# L'HOMME
# DU GRAND HÔTEL

## Du même auteur

La Ronde des innocents
*Les Nouveaux Auteurs, 2010*
*et « Points », nº P2627*

Les Cendres froides
*Les Nouveaux Auteurs, 2011*
*et « Points », nº P2830*

Le Murmure de l'Ogre
*Seuil, 2012*
*et « Points », nº P3143*

Sans faille
*Seuil, 2014*
*et « Points », nº P4000*

Une vraie famille
*Seuil, 2015*
*et « Points », nº P4333*

La Femme à droite sur la photo
*Seuil, 2017*
*et « Points », nº P4817*

Dernier été pour Lisa
*Seuil, 2018*
*et « Points », nº P5025*

Un autre jour
*Seuil, 2019*
*et « Points », nº P5288*

Qu'à jamais j'oublie
*Seuil, 2021*
*et « Points », nº P5572*

*VALENTIN MUSSO*

# L'HOMME DU GRAND HÔTEL

roman

*ÉDITIONS DU SEUIL*
*57, rue Gaston-Tessier, Paris XIX^e^*

Pour les citations au fil du texte :

Anton Tchékhov, *L'Oncle Vania*, in *Œuvres*, t. I, *Théâtre complet*, traduction d'Elsa Triolet, Gallimard, « Bibliothèque de la Pléiade », 1967.
Philip Roth, *Tromperie*, traduction de Maurice Rambaud, Gallimard, 1994 ; *Deception*, © 1990, Philip Roth. All rights reserved.
Used by permission of The Wylie Agency (UK) Limited.
Manuel Vilas, *Ordesa*, traduction d'Isabelle Gugnon, Éditions du sous-sol, 2019.

ISBN 978-2-02-150842-0



www.seuil.com

# PROLOGUE

Oblitérée à la plate-forme de préparation du comté de Barnstable, l'enveloppe arriva au courrier du matin au quartier général de la police de Boston, une semaine jour pour jour après l'élection de novembre qui avait conduit un ancien vice-président à la Maison-Blanche, au terme d'une bataille épique faite de tweets fracassants, d'accusations de fraude et de recours judiciaires. Il s'agissait d'une robuste pochette de papier kraft, de format standard, d'un poids approximatif de cent quatre-vingts grammes. Affranchie au bureau de poste du centre-ville de Chatham, à Cape Cod, par un expéditeur désireux de rester anonyme, elle était adressée à l'inspecteur Alan Drayton.

Le pli avait été retardé. Il avait été posté six jours plus tôt, mais une erreur rarissime de la machine à lecture optique du tri industriel l'avait dans un premier temps acheminé vers le centre de distribution du comté de Norfolk. L'erreur corrigée, les ennuis avaient continué : enfin parvenu au QG de la police, il n'avait pu être dirigé vers aucun service, avait traîné quelque temps sur le chariot de transport, pour finir par atterrir au comptoir, où il était demeuré trois jours entiers, perdu au milieu d'autres courriers que personne ne réclamerait.

Il aurait pu y rester encore longtemps si un jeune agent, chargé avec une autre recrue de la corvée d'accueil, n'avait trompé son ennui en furetant dans la pile des plis abandonnés. Intrigué par cette enveloppe, ou plutôt par le nom du destinataire, il héla un détective de la criminelle qui passait dans les parages pour la lui montrer et, *in fine*, la lui confier.

Au même moment, trois étages plus haut, dans un bureau des homicides et des violences aux personnes, l'inspecteur Bennett était aux prises avec son ordinateur, qui faisait encore des siennes. Excédé par une semaine de déboires informatiques, il en tapait rageusement l'écran et la tour, comme un gamin maltraitant un flipper et risquant à tout moment de se faire sanctionner par un tilt. Durant quelques secondes, l'image se fit à peu près nette, puis l'écran devint complètement bleu.

– Foutue bécane ! lâcha-t-il avec sa mauvaise humeur habituelle.

Il continua à s'acharner de longues minutes sur la machine, jusqu'à ce que la tête de son collègue, Gary Horne, émerge dans l'embrasure de la porte entrouverte.

– Toujours en galère ?

– De pire en pire ! Dieu sait quand ils investiront enfin dans du matos qui tienne la route.

– Le budget, Bennett, le budget... Ce serait déjà bien qu'ils nous paient nos heures sup, tu ne crois pas ?

Bennett lui jeta un regard contrarié.

– Tu veux quelque chose, Gary ?

– On vient de recevoir un courrier plutôt bizarre.

Bennett leva les sourcils.

– C'est-à-dire ?

– Un courrier adressé à l'inspecteur Drayton.

– Drayton ? répéta Bennett avec une franche surprise. Tu ne veux pas dire Alan Drayton, quand même ?

Horne exhiba l'enveloppe et vérifia une énième fois qu'il ne faisait pas erreur.

– Si. C'est en tout cas ce qui est écrit.

– Comment est-ce qu'il est arrivé ici ?

– Tout bêtement par la poste, il y a déjà plusieurs jours. Ils ne savent pas quoi en faire en bas, alors j'ai pensé que…

– Tu as bien fait. Passe-le-moi, je m'en occuperai plus tard.

Mais, dès qu'il fut à nouveau seul, Bennett délaissa complètement son ordinateur pour s'intéresser à la mystérieuse enveloppe de papier kraft. Il la soupesa, plus par curiosité que par crainte qu'elle ne contienne quoi que ce soit de dangereux – tous les plis un tant soit peu volumineux passaient par un scanner, une procédure mise en place quelques années plus tôt après une vague d'envois de courriers piégés. Si elle n'était pas très grosse, elle était en revanche plutôt lourde.

Il l'ouvrit et identifia aussitôt l'objet qu'elle contenait. C'était un enregistreur vocal noir – pas un appareil numérique, mais un modèle un peu plus ancien, qui fonctionnait encore avec de petites cassettes. Il se souvenait d'en avoir possédé un quelques années plus tôt. Il devait encore l'avoir chez lui, quelque part dans le capharnaüm qu'étaient devenus ses placards. Ce genre d'enregistreur avait été beaucoup utilisé dans la police avant d'être détrôné par l'application dictaphone des smartphones, beaucoup plus pratique.

Sans attendre, Bennett appuya sur la touche « lecture ». La cassette démarra, mais elle semblait complètement vierge. Il comprit rapidement qu'il devait la rembobiner, car la bande n'était pas calée au début. Une fois l'opération accomplie, il la remit en route.

Le son était étouffé et manquait de clarté. Bennett dut pousser le volume à fond et même tendre l'oreille. Il s'agissait d'une conversation entre deux hommes, qui avait sans doute été enregistrée à leur insu. Au début, celle-ci lui parut tellement incompréhensible et saugrenue qu'il crut à une mauvaise blague. Mais, au fur et à mesure que la bande se déroulait, son excitation et sa stupéfaction ne cessèrent de grandir.

Très vite, il fut incapable de détacher son attention de l'enregistreur. Sans même s'en rendre compte, il commença à griffonner des notes sur un bloc qui traînait à portée de sa main : des noms, des dates, des lieux, des extraits du dialogue... Il n'en croyait pas ses oreilles.

Quand il eut fini d'écouter la cassette, il resta un long moment abasourdi à son bureau. Puis il relut attentivement ses notes et chercha à les ordonner. Trop de pensées se bousculaient dans sa tête. Son ordinateur étant en rade, il sortit son portable pour effectuer quelques recherches rapides sur Internet. Tout collait à la perfection : les informations qu'il avait relevées éclairaient et complétaient celles qui défilaient sur l'écran de son téléphone. Dans la foulée, il envoya un SMS à son collègue pour que celui-ci rapplique au plus vite.

Horne était de retour dans le bureau moins de deux minutes plus tard.

– Qu'est-ce qui se passe ?

– L'enveloppe adressée à Drayton...

– Eh bien ?... Il y avait quoi dedans ?

– Des aveux, répondit Bennett d'un ton neutre.

– Pardon ?

– Les aveux d'un meurtre... et pas n'importe lequel.

– Tu me charries, pas vrai ?

Mais rien, sur le visage tendu du policier, ne pouvait laisser penser qu'il charriait qui que ce soit.

Bennett marqua un silence, puis il brandit en l'air la petite cassette qu'il avait retirée avec précaution de l'appareil.

– Il faut que je parle au grand patron immédiatement. Regarde bien cette cassette, Gary. Elle ne paie pas de mine. Pourtant, elle va déclencher une tempête... Une tempête dont tu ne peux même pas imaginer l'ampleur.

# PREMIÈRE PARTIE

# DE CAPE COD À BOSTON

L'écriture est un tunnel dont on ne s'évade pas.

Louise Glück

# 1

L'homme se réveilla dans une chambre d'hôtel, mais il ignorait totalement pourquoi et comment il s'était retrouvé là.

Un ventilateur aux pales immobiles, fixé au plafond, occupait son champ de vision. Il releva la tête. Sur sa gauche, de coquets rideaux bleus à fleurs laissaient entrevoir des persiennes blanches. Un immense écran plasma faisait face au lit. Plusieurs cadres ornaient les murs : de vieilles gravures représentant une carte marine ou de gros poissons vus sous différents angles, sans doute tirés d'un ouvrage d'histoire naturelle. Dans la seconde pièce, en prolongement de celle où il était, il aperçut une table basse, un grand canapé et des fauteuils gris.

Quand il avait ouvert les yeux, après une nuit qu'il aurait pu qualifier de sereine, il s'était senti parfaitement détendu, éprouvant même l'agréable sensation que son corps flottait. Mais dès qu'il avait pris conscience de son environnement ses pensées s'étaient emmêlées et l'anxiété s'était emparée de lui. À présent, étendu dans ce lit aux draps soyeux, il était incapable de se souvenir de ce qu'il faisait dans cette chambre, malgré le violent effort de mémoire qu'il fournissait. Une histoire de fou… Pourtant, le décor qui l'entourait ne lui était pas tout à fait étranger. Pris séparément, chacun des éléments qui le composaient lui était familier, mais leur combinaison le déstabilisait ; leur addition l'empêchait de trouver ses repères.

Il se leva, les membres engourdis. La moquette, d'un mauve pâle, était douce et agréable sous ses pieds nus. Il fit quelques pas hésitants, persuadé qu'un déclic allait se produire dans son esprit, qu'il allait enfin trouver une explication à cette situation : une cuite, un abus de médicaments ou quelque chose dans ce genre. Mais rien ne lui vint.

Il s'approcha de la fenêtre, écarta le rideau pour entrouvrir les persiennes. La lumière du jour qui pénétra dans la chambre lui fit plisser les yeux. Entre les lames, il distingua la mer, à perte de vue, qui scintillait dans la clarté matinale. De petits bateaux à voile formaient des taches colorées à sa surface, comme dans une toile impressionniste. La plage de sable ocre était grignotée çà et là par des herbes folles. Des drapeaux flottaient au vent. Sur la gauche, un doigt de sable s'avançait dans l'eau, prolongé par une jetée en pierres. L'ensemble avait tout de la carte postale.

Ce paysage, il le reconnaissait, mais il aurait été incapable de le situer géographiquement sur une carte ou de simplement nommer cette côte. Il se revoyait se promenant sur cette plage. Oui, il pouvait encore sentir le sable meuble sous ses pieds ou le souffle de la brise sur son visage. Des sensations prisonnières des pores de sa peau… Il se revoyait même sur l'un de ces voiliers. La barre à roue familière sous ses doigts, la voile qui claquait, la ligne bleue à l'horizon… Il était plus d'une fois parti en mer, il en était certain, mais ces images lui semblaient lointaines, comme le simple écho d'une vie antérieure.

Déstabilisé, il laissa retomber le pan de rideau et tourna le dos au monde extérieur pour se réfugier dans la chambre, qui ne l'apaisait pourtant pas davantage. Il remarqua alors que les draps et la couverture étaient particulièrement en désordre sur le lit et que les coussins gisaient à terre – preuves que la nuit n'avait peut-être pas été aussi calme qu'il l'avait d'abord cru.

Il entra dans la seconde pièce de la suite, d'une taille à peu près comparable à celle de la chambre et décorée avec autant de goût. Tapissée d'un élégant papier peint à rayures, elle possédait un foyer électrique mural. Il s'approcha de la table basse, sur laquelle reposaient un énorme bouquet de fleurs ainsi qu'une corbeille de fruits, accompagnée d'un bristol couleur crème. Il dut le placer sous son nez pour pouvoir le déchiffrer. Visiblement, il avait besoin d'une paire de lunettes, mais il n'en avait trouvé ni dans la chambre ni dans le salon.

*Cher Monsieur Hamilton,*

*Nous vous souhaitons la bienvenue au Grand Hôtel. C'est toujours un plaisir et un honneur de vous accueillir dans notre établissement. J'espère que vous passerez un agréable séjour.*

*Respectueusement,*

*Le directeur*

Hamilton… Randall Hamilton, c'était ainsi qu'il s'appelait. De cela, il était sûr. Au moins n'avait-il pas oublié son nom – et voilà bien la première chose rassurante qui lui arrivait depuis son réveil. En revanche, à en croire ce mot, ce n'était pas la première fois qu'il venait là, et il était franchement inquiétant qu'il ne puisse pas se souvenir d'un seul de ses précédents séjours. Le mot, écrit à la main par le directeur lui-même, lui parut particulièrement déférent, comme s'il était adressé à une personne importante et influente.

Près de la corbeille, il remarqua une brochure imprimée sur du papier glacé. Il s'assit sur le canapé pour mieux l'examiner. La photo principale du prospectus représentait un long bâtiment massif à la façade blanche, qui surplombait la plage qu'il venait de voir à travers les persiennes. Un toit pentu à bardeaux, de larges ouvertures au rez-de-chaussée, des rambardes ajourées sur les nombreuses terrasses : l'extérieur était tout aussi impressionnant et luxueux que la suite. Un grand escalier, bordé de rampes en bois et surmonté d'une arche, descendait jusqu'à la plage, où étaient installées des chaises longues parfaitement alignées et des tonnelles aux rideaux en toile écrue. Randall commença à lire le texte publicitaire qui l'accompagnait :

**Grand Hôtel de Cape Cod**

***Une expérience unique vous attend***

Vous rêvez de vous réveiller avec vue sur l'océan, de voir partir les flottes de pêche au petit matin, d'admirer un lever de soleil à l'heure où les phoques se prélassent sur les bancs de sable, de déguster des huîtres locales ? Rejoignez-nous pour des journées d'insouciance et de bien-être.

Depuis plus d'un siècle, le Grand Hôtel fait figure d'institution dans le comté de Barnstable. Situé sur une propriété de 20 acres, l'hôtel se caractérise par une architecture unique. Grâce à d'importants travaux de rénovation, nos chambres ont conservé leur charme d'origine tout en offrant l'équipement moderne et le confort dont vous avez besoin : télévision par câble, climatisation, Wi-Fi, service de blanchisserie. Notre établissement possède un restaurant gastronomique, deux piscines chauffées, un spa, trois courts de tennis en terre battue et une plage privée propices à des moments de détente privilégiés.

Le Grand Hôtel, un havre de paix pour un séjour inoubliable…

Un hôtel à Cape Cod… C'était donc là qu'il se trouvait. Comment pouvait-il s'être réveillé dans cette chambre sans être capable de dire par quel moyen il y était arrivé ?

Randall déplia la brochure. L'intérieur présentait les suites et les chambres, vantait les mérites du restaurant et les prestations de l'hôtel, qui proposait même aux clients des bateaux affrétés pour une balade en mer. Plusieurs photos l'illustraient, exprimant toutes le summum du luxe.

Combien pouvait valoir une seule nuit dans cet endroit ? Une véritable fortune, sans l'ombre d'un doute. Comment avait-il pu se la payer ? Se poser une telle question était dingue en soi. Mais il y avait plus dingue encore : si Randall ignorait presque tout de ce lieu, il ignorait tout de lui-même. Ou du moins l'essentiel.

Son esprit n'était pourtant pas une toile vierge : sans qu'il eût à fournir d'effort particulier, une multitude d'images et de souvenirs imprécis se mêlaient dans son cerveau, mais dès qu'il essayait d'en capturer un il lui échappait comme du sable entre les doigts. Une vraie pellicule qui aurait défilé de manière beaucoup trop rapide pour un œil humain. Ses pensées n'arrivaient à se fixer sur rien de tangible. Et les questions qu'il se posait ne trouvaient aucune réponse claire. Qui était-il ? Quelle profession exerçait-il ? Était-il marié ? Avait-il des enfants ? D'où venait-il ?

Cet exercice se transforma rapidement en torture mentale. Randall se prit le visage dans les mains, tenta de faire le vide dans sa tête et de se calmer. Au bout de quelques minutes, il se leva pour explorer le reste de la pièce.

À l'entrée du salon il remarqua un bureau en bois clair. Dessus, à côté du papier à lettres à l'en-tête de l'hôtel et d'une carte des consommations, il y avait un ordinateur portable. Était-ce le sien ? Mais à qui d'autre aurait-il pu appartenir puisqu'il se trouvait dans sa chambre ? Randall souleva le couvercle de l'appareil, qui sortit aussitôt de son état de veille. Un cartouche vide invitait l'utilisateur à entrer un mot de passe.

Il s'installa sur la chaise face à l'écran. Un foutu mot de passe… Comment pouvait-il avoir la moindre idée de ce qu'il devait taper, lui qui ne se rappelait rien de sa propre existence ? Il fixa le rectangle gris, l'air perdu. Une chose était sûre : son esprit étant verrouillé par un cadenas, plus il chercherait, moins il trouverait. Il devait se laisser aller, éviter de réfléchir et entrer le premier mot qui lui viendrait sous les doigts. Peut-être qu'avec un peu de chance…

Il posa ses mains sur le clavier, ferma les yeux et inspira profondément. Une image ne tarda pas à s'imposer à lui : celle d'un voilier glissant sur les eaux. Non, pas *un* voilier, *le* voilier sur lequel il s'était imaginé naviguer en regardant l'océan. Puis, aussitôt après, il vit le nom du bateau inscrit à la poupe en lettres noires : ODYSSEY.

Sans conviction, il entra les sept lettres en capitales. La session s'ouvrit comme par magie. Les battements de son cœur s'accélérèrent. La mémoire commençait donc à lui revenir. Avoir trouvé ce simple mot de passe représentait à ses yeux une vraie victoire, qui le rassura un peu. Un peu seulement.

Le fond de la page d'accueil était une vue de l'océan – un paysage presque semblable à celui que lui offrait la fenêtre de sa chambre. En bas de l'écran, une icône indiquait qu'une page de traitement de texte était ouverte. Elle était intitulée « Talion ». Il cliqua dessus, un texte apparut. Tout comme avec le mot de bienvenue du directeur, il dut presque coller ses yeux à l'écran pour pouvoir lire les caractères.

Il était plus résolu que jamais à accomplir sa vengeance. Il se sentait enfin prêt. Rien ni personne n'empêcherait son plan de se dérouler comme prévu.

Une fine pluie s'était mise à tomber. Le thermomètre ne devait guère dépasser les deux ou trois degrés. Il releva le col de sa parka et plongea la main dans sa poche droite : ses doigts rencontrèrent la balle de calibre 12 qu'il gardait toujours sur lui. Cinquante petits grammes de plomb qui pouvaient vous exploser la cervelle ou vous trouer le cœur en quelques millièmes de secondes. Il joua avec le cylindre de soixante-dix millimètres comme d'autres l'auraient fait avec une balle anti-stress. Au début, c'était avec cette balle qu'il avait eu l'intention de passer à l'acte. Il était bon tireur, pas du tout le genre à louper sa cible à cause d'une poussée d'adrénaline. Mais quelques jours plus tôt une autre idée avait germé dans son cerveau. Il avait prévu pour son ennemi des réjouissances bien plus cruelles. La mort seule n'était pas un châtiment suffisant. Quand on est mort, on ne souffre plus. Plus rien n'existe. Or il voulait le faire souffrir, le plus longtemps possible. Une punition exemplaire, c'était bien le moins qu'il lui devait.

Le texte, à l'évidence inachevé, s'arrêtait là. Les statistiques en bas de la page indiquaient que le fichier contenait quelque cinquante mille mots. Randall survola rapidement le reste du récit. Il s'agissait d'un roman, un policier au vu de l'intrigue – l'histoire d'un homme qui cherchait à se venger, sans que Randall réussisse vraiment à comprendre les raisons de cette vengeance. Parvenu à la première page, il en eut la confirmation, mais une surprise de taille l'attendait.

Randall Hamilton

TALION
roman

Son propre nom sur la page de garde. Il secoua la tête, de plus en plus perplexe. Il était impossible qu'il soit l'auteur de ce texte. Non seulement ce qu'il venait de lire ne lui disait strictement rien, mais il avait en plus la conviction qu'il aurait été incapable d'aligner trois phrases pour raconter une histoire, voire simplement d'imaginer une intrigue. Il ne pouvait pas être écrivain. Ces mots ne pouvaient pas être les siens. Pourtant, la réalité ne mentait pas : ce début de roman était à son nom, il se trouvait dans son ordinateur, qui se trouvait dans sa chambre d'hôtel. Que pouvait-il opposer à cela ? Peut-être quelqu'un lui avait-il joué un mauvais tour… Mais qui aurait pris la peine d'élaborer un canular aussi fou et aussi sophistiqué ?

Randall rabattit l'écran de l'ordinateur et continua ses recherches. Dans la partie chambre, il fit coulisser les battants de l'immense penderie et découvrit un ensemble de vêtements décontractés, tous de marque : pantalons légers en coton, chemises à carreaux, cardigans, vestes de sport en flanelle... Ces habits ne lui semblaient pas correspondre à son style, mais, bon sang !, il n'avait en fait aucune idée de ce que pouvait être son style. Serait-il tombé sur des jeans et des sweats à capuche qu'il n'en aurait sans doute pas été plus étonné.

En refermant la penderie, il avisa un panneau en bois de forme carrée qui se détachait du mur sur sa droite. Il passa ses doigts sur les rebords. En exerçant une pression dessus, le panneau pivota sur ses charnières. Derrière était encastré un petit coffre-fort en acier noir, équipé d'une serrure électronique et d'un écran. Randall demeura de longues secondes à le fixer. Avait-il ouvert ce panneau par hasard ? Ou savait-il ce qu'il dissimulait ? Une nouvelle énigme se posait en tout cas à lui.

Il regarda les touches lumineuses en fouillant sa mémoire pour retrouver le code. À supposer, bien sûr, qu'il l'eût connu à un moment ou à un autre... Ses efforts ne menant à rien, il se dit qu'il serait plus judicieux d'avoir recours à la technique qui avait fonctionné avec son ordinateur – peut-être la chance lui sourirait-elle une seconde fois. Il ferma à nouveau les yeux et essaya de faire le vide dans sa tête. Très vite, six chiffres lui apparurent. Il se hâta de les taper par peur de les oublier.

Le coffre émit un « bip » et la porte s'ouvrit. Randall n'arrivait pas à y croire. Le mot de passe, puis ce code... Il était donc loin d'avoir tout oublié : les informations dont il avait besoin étaient enfouies quelque part dans son cerveau et ne demandaient qu'à être libérées.

Le coffre ne contenait pas grand-chose et Randall en fut déçu, comme s'il s'était attendu à y trouver toutes les réponses à ses questions.

Un portefeuille, tout d'abord, avec à l'intérieur un nombre impressionnant de billets de 100 dollars qui paraissaient ne jamais avoir servi, deux cartes bancaires et une carte de Sécurité sociale à son nom, ainsi qu'une carte de visite – celle d'un certain Bob Freeman, agent littéraire à New York. Rien d'autre. Pas de carte d'identité, ni de permis de conduire. La somme d'argent confirmait qu'il devait être plein aux as et expliquait qu'il ait pu se payer cette chambre. Quant à la carte de visite, c'était sans doute celle de son agent, puisqu'il était écrivain.

Sous le portefeuille se trouvait une feuille de papier à l'en-tête du Grand Hôtel. Elle ne semblait pas provenir du bloc qu'il avait aperçu sur le bureau, car elle était un peu jaunie et marquée de plusieurs plis profonds. Il s'agissait d'un texte écrit à la va-vite. L'écriture à l'encre noire était peu appliquée, si bien que Randall eut un peu de mal à la déchiffrer.

*Comment avons-nous pu en arriver là ? Je dis « nous », mais il me semble que tu aurais pu très bien continuer à te satisfaire de la situation : distant, protégé derrière tes barbelés, persuadé que seuls les autres doivent changer pour s'adapter à toi. Je ne pouvais plus vivre dans l'attente de quelque chose qui ne viendrait jamais. Si douloureuse qu'elle soit pour toi, je te dois la vérité : j'ai rencontré quelqu'un. Cela s'est fait sans que je le veuille, sans que je le recherche...*

C'était tout. Pas de formule d'adresse, pas de signature. La lettre, si c'en était bien une, était à l'évidence à l'état de brouillon. Qu'est-ce que ce mot signifiait ? Qui l'avait écrit ? Et surtout, pourquoi Randall avait-il cru nécessaire d'enfermer ce simple bout de papier dans un coffre-fort ? Car, à bien y réfléchir, qui aurait pu chercher à le lui voler ?

Enfin, il trouva un coffret gris marqueté en bois précieux, d'environ vingt centimètres sur trente, qui suscita chez lui beaucoup plus d'intérêt. Il le déposa sur le lit et en souleva lentement le couvercle. Il ne put réfréner un mouvement de recul quand il découvrit qu'il renfermait une arme – un pistolet à la crosse noire – ainsi qu'un chargeur.

Sa surprise passée, Randall sortit l'arme de poing du coffret, posa son index sur la détente, puis la manipula dans tous les sens. Même s'il ne se souvenait pas de l'avoir jamais utilisée, elle était familière sous ses doigts, étrangement familière, et cela lui fit peur. Avec anxiété, il s'empara du chargeur et l'inséra dans le pistolet. Il le fit d'un geste assuré, avec un naturel déconcertant, sans avoir à s'y reprendre à plusieurs fois. Intuitivement, il savait parfaitement comment s'en servir : armer le chien, déverrouiller la sécurité, faire remonter la première balle dans le canon… Un jeu d'enfant. Tendant le bras, il fixa une cible invisible à l'autre bout de la chambre.

– Pan ! lâcha-t-il sans trembler, sans même ressentir le moindre trouble.

Après être resté un long moment immobile sur le bord du lit, il replaça l'arme dans le coffre-fort, mais décida de garder sur lui quelques billets ainsi que la lettre mystérieuse.

La salle de bains était la seule pièce qu'il n'ait pas encore explorée. Aussi luxueuse que le reste de la suite, elle possédait une double vasque en marbre et une énorme baignoire circulaire, dans laquelle auraient pu aisément prendre place trois ou quatre personnes. Randall s'approcha du grand miroir éclairé par des néons.

Face à lui, un homme qui devait avoir une soixantaine d'années : le cheveu coupé court, une légère barbe grisonnante, des yeux bleus éteints, le bas du visage un peu trop affaissé. Bien sûr, il le reconnaissait. C'était lui, ou plutôt une version de lui-même plus négligée, plus avachie, que celle qu'il avait en tête. Comme si en une nuit il avait pris dix ans. Il passa une main angoissée sur sa figure. « Quand est-ce que je vais me réveiller pour de bon ? Quand est-ce que ce cauchemar va prendre fin ? »

# 2

Après avoir fait un minimum de toilette et enfilé les vêtements qui lui tombaient sous la main, Randall quitta la suite 328. Dans le couloir, il croisa une jeune femme de chambre aux nattes brunes et au visage juvénile, qui poussait un chariot. Elle lui fit un signe de la tête qui lui parut obséquieux.

– Bonjour, monsieur Hamilton, j'espère que vous avez passé une nuit agréable.

Il balbutia une réponse confuse avant de s'éloigner vers les ascenseurs, au risque de passer pour un grossier personnage. N'était-il pas étrange qu'elle connaisse son nom, étant donné le nombre de clients que devait accueillir cet immense hôtel ? Il se rappela alors le mot du directeur : il ne fallait pas oublier qu'il était un habitué des lieux et une personne importante.

L'ascenseur transportait un couple âgé – lui excessivement habillé, noyé sous des couches de vêtements et appuyé sur une canne sans laquelle il semblait incapable de tenir debout ; elle tout en bijoux et en maquillage, plus alerte que sa moitié, arborant un sourire un peu hautain. « Qu'est-ce que tu aimerais faire ce matin, ma chérie ? Une promenade sur la plage ? Un peu de lecture dans le salon ? Ou retourner dans cette boutique où tu as repéré un tailleur, tu sais, le bleu avec les boutons dorés qui te plaisait tant ? »

En dépit de cette conversation banale, Randall avait l'impression que le couple le regardait du coin de l'œil avec un mélange de méfiance et de gêne, comme s'il venait de proférer une grossièreté. « Tu délires, mon vieux. Sans doute un accès de paranoïa dû à la situation que tu es en train de vivre… »

L'ascenseur ne s'arrêta à aucun étage avant d'atteindre le rez-de-chaussée. Les portes s'ouvrirent sur un hall gigantesque rempli de colonnes et de miroirs. Un escalier monumental, couvert d'un tapis rouge, accrocha son regard dès qu'il sortit de la cabine. Sur le mur du fond, d'imposantes vitrines exposaient des maquettes de bateaux anciens. Des fauteuils et des canapés à carreaux rouges et blancs formaient un agréable coin salon près de l'entrée.

Après l'intimité de la chambre, Randall se sentit perdu dans un endroit aussi vaste. Il n'y avait pas foule dans le hall, mais le peu de gens qu'il croisa suffit à créer en lui un malaise indéfinissable : il était oppressé, comme un ermite qui reviendrait au monde après des mois de solitude. Ne sachant trop quoi faire et par peur d'attirer l'attention, il suivit le couple de l'ascenseur, qui s'était dirigé vers ce qu'il supposa être la salle de restaurant.

Le maître d'hôtel, en chemise et cravate bleu nuit, gilet et veste noirs, le salua :

– Bonjour, monsieur Hamilton, j'espère que vous avez passé une nuit agréable.

Ils s'étaient tous donné le mot, ma parole ! À moins qu'il ne s'agît que d'une formule toute faite qu'ils servaient à la plupart des clients, du moins ceux dont ils connaissaient le nom. Cette fois, Randall fit l'effort de sourire.

– Excellente, oui, excellente.

– Je crois que nous aurons beau temps aujourd'hui.

– Vous m'en voyez ravi.

Comme il ne bougeait pas, le maître d'hôtel haussa légèrement les sourcils et désigna d'une main la salle derrière lui.

– Je suppose que vous prendrez comme d'habitude votre petit déjeuner dans la véranda.

– Euh, oui, la véranda, ce sera parfait… répondit-il sans grande conviction.

Comme il n'esquissait toujours aucun mouvement, l'homme prit les devants :

– Je vais vous accompagner.

Ils traversèrent la salle de restaurant, tout en longueur, décorée de manière simple, moins tape-à-l'œil en tout cas que ne l'était le hall : petites tables carrées recouvertes de nappes blanches et de bouquets, lampes murales et lustres anciens, boiseries claires et chaleureuses. Les portes-fenêtres à croisillons ouvraient sur l'océan, offrant aux clients une vue imprenable.

Ils sortirent par une porte-fenêtre et débouchèrent sur la véranda, qu'on ne pouvait trouver que charmante. Pergolas en bois blanc et piliers de briques rouges délimitaient l'espace. Sur chaque table, toutes entourées de larges fauteuils en rotin, était posée une lampe-tempête.

Le maître d'hôtel l'invita à s'asseoir.

– Nous vous apportons votre café et vos journaux.

Une jeune serveuse prit aussitôt le relais. On déposa sur sa table des viennoiseries, des œufs, du fromage, mais Randall n'avait aucun appétit. En revanche, il se servit deux tasses de café qu'il avala en un rien de temps.

Peu après, l'homme qui l'avait escorté jusqu'à la véranda vint déposer sur sa table deux journaux : Le *Boston Globe* et le *New York Times*.

La date des quotidiens attira son attention : 30 octobre 2020. À vrai dire, il ne s'était pas encore interrogé à ce sujet. Aurait-il été capable de donner cette date s'il ne l'avait lue à l'instant ? Rien n'était moins sûr. Tout était flou dans sa tête, et quantité de questions essentielles ne lui étaient même pas venues à l'esprit.

Il déplia le *Boston Globe* et se contenta d'en lire les principaux titres. « 4 jours avant l'élection Trump et Biden bataillent pour la Floride », « Les milices d'extrême droite répondent à l'appel de Trump pour surveiller le scrutin : les autorités s'inquiètent ». Il fit de même avec l'autre journal, mais n'avait nulle envie de prendre connaissance des articles dans le détail. L'élection... dans quelques jours seulement. Bien sûr, il ne pouvait ignorer que ses compatriotes s'apprêtaient à élire le prochain président, mais une fois encore les informations dans son cerveau étaient schématiques, superficielles : il avait l'impression d'être un enfant qui aurait suivi les nouvelles du jour à la télé sans rien y comprendre.

Il referma les journaux et les posa sur un coin de la table pour éviter de déprimer davantage. Tournant la tête vers l'océan, il suivit du regard les mouettes qui volaient en cercles concentriques et fondaient de temps à autre sur des poissons nageant en surface. La baie était parfaitement calme, aussi calme qu'il était lui-même agité.

Randall attaquait une troisième tasse de café lorsqu'il s'aperçut qu'une jeune femme se tenait devant sa table. Si ses lèvres affichaient un large sourire, elle paraissait embarrassée. Il crut un instant qu'il la connaissait et craignit de se montrer inconvenant, mais il ne tarda pas à comprendre qu'il se trompait.

– Monsieur Hamilton, désolée de venir vous déranger pendant votre petit déjeuner mais...

Elle s'interrompit au beau milieu de sa phrase.

– Oui ? fit-il pour l'inciter à continuer.

– Je m'appelle Sally. Je viens de Cleveland et je suis en ce moment en lune de miel. Je me suis mariée la semaine dernière avec Jeffrey...

Jeffrey ? Est-ce qu'il était censé le connaître, celui-là ? Un ami à lui ? Une connaissance de travail ?

La jeune femme se retourna et désigna une table à l'autre bout de la véranda. Une tasse à la main, un jeune type à lunettes, foulard rouge autour du cou, lui faisait un signe en souriant de toutes ses dents. Machinalement, Randall l'imita.

– Nous vous avons reconnu hier matin, ici même, mais nous n'avons pas osé vous aborder. Je suis… je veux dire, nous sommes deux très grands fans de vos romans, monsieur Hamilton. Sans exagérer, je peux dire que nous les avons tous lus.

« J'aimerais pouvoir en dire autant », pensa-t-il.

– Merci.

– Je commente toutes vos publications sur Facebook et Instagram… Sallybook92, c'est mon pseudo. Je ne sais pas comment vous vous y prenez pour nous concocter des histoires aussi captivantes et incroyables ! Et vos fins ! C'est quelque chose… J'ai beau chaque fois me triturer la tête en me disant : « Cette fois-ci, ma petite Sally, il ne t'aura pas ! », je me laisse berner comme une débutante. J'aimerais tant avoir une imagination aussi débordante que la vôtre…

Randall commençait à éprouver un certain malaise, moins à cause des compliments que parce qu'il avait le sentiment d'être un usurpateur ou de se trouver malgré lui mêlé à un quiproquo.

– Bref… poursuivit-elle. Ce matin, j'ai pris mon courage à deux mains et j'ai juré à Jeffrey que j'aurais le cran de vous parler si je vous recroisais. Ce qui est arrivé… complètement par hasard, je vous l'assure. N'allez pas imaginer que je vous espionne ou que je vous attends ici depuis des heures. Je ne suis pas comme les psychopathes que vous mettez en scène dans vos romans !

Elle ricana pour masquer sa gêne. Ce n'est qu'à ce moment-là que Randall remarqua qu'elle tenait en main un livre, sur lequel son nom apparaissait en énormes caractères. Elle le lui tendit avec timidité. La couverture, aux teintes noires et orangées, représentait une forêt de sapins à la tombée de la nuit. Le roman s'intitulait *Au fond des bois*. Ce titre, pas plus que celui du fichier dans son ordinateur, ne lui évoqua quoi que ce soit. Une bande rouge au bas de la couverture proclamait : « Best-seller international. N° 1 des ventes. »

– Est-ce que vous auriez la gentillesse de nous le dédicacer ?

Randall s'empara du roman et demeura interdit. Non seulement il était écrivain, mais il était en plus un écrivain sacrément célèbre, s'il en croyait ce bandeau et l'enthousiasme de cette groupie. Sentant le regard de la jeune femme posé sur lui, il se ressaisit :

– Bien sûr, avec plaisir…

– Oh, le stylo ! J'ai oublié le stylo, gloussa Sallybook92, qui repartit vers sa table en sautillant.

Randall en profita pour lire quelques lignes de la quatrième de couverture. « Vous pensiez avoir rencontré l'amour de votre vie. Vous pensiez tout connaître d'elle, jusqu'au moindre de ses secrets. Vous allez bientôt découvrir qu'elle est loin d'être celle que vous imaginiez. »

Il aurait aimé poursuivre sa lecture, mais Sally était déjà de retour. Sur la première page de titre, il griffonna un « Heureuse lune de miel » puis signa – ou plutôt apposa un gribouillis qu'il aurait eu lui-même du mal à déchiffrer. La jeune femme le remercia chaleureusement. Il craignit qu'elle ne continue à se répandre en éloges, mais elle finit par s'éloigner en brandissant son bouquin, tel un trophée.

Alors qu'il allait prendre une dernière gorgée de café, une douleur atroce lui traversa le crâne. C'était comme si toutes les terminaisons nerveuses de son cerveau s'étaient réveillées en même temps. Il se pencha en avant, se prit la tête entre les mains. Une petite cuillère tomba au sol. Une nuée de points noirs voltigea devant ses yeux ; un sifflement aigu envahit ses oreilles.

Au bout de quelques secondes, tandis que la douleur refluait un peu, il sentit une main se poser sur son épaule.

– Monsieur, est-ce que tout va bien ?

La voix lui parvenait en écho. Il se redressa et ouvrit les paupières. La serveuse qui s'était occupée de lui était à ses côtés. Elle répéta sa question, une franche inquiétude sur le visage. Randall se massa les tempes et essaya de prendre sur lui.

– Oui, ça va. Je crois que j'ai un affreux mal de crâne ce matin...

– Je vous apporte tout de suite de l'aspirine, dit-elle en regagnant la salle de restaurant.

Lorsqu'elle revint, Randall allait un peu mieux. Une barre lui pesait encore sur le front, mais rien de comparable avec ce qu'il avait vécu quelques instants plus tôt. Après avoir avalé son cachet, il remercia la serveuse et quitta la véranda.

Quand il se retrouva dans le hall, il fut à nouveau complètement perdu. Il regarda son reflet dans l'un des grands miroirs, tandis que les clients allaient et venaient autour de lui. Il était hagard, absent. Que faire à présent ?

Logiquement, il aurait dû demander de l'aide à un membre du personnel, lui expliquer son cas, avouer qu'il s'était réveillé dans cette chambre sans savoir ce qu'il y faisait, demander à voir de toute urgence un médecin. Mais, à la vérité, Randall éprouvait une immense honte. Bien qu'en relative forme physique – si l'on exceptait cette douleur qui l'avait assailli dans la véranda –, il se sentait diminué depuis son réveil, privé de ses capacités, blessé au plus profond de sa dignité. Il ne voulait pas demander d'aide car il refusait d'accepter la cruelle réalité qui s'imposait à lui.

Quoi qu'il en soit, il ne pouvait demeurer passif au milieu du hall. Les gens allaient finir par le prendre pour un fou. Il devait agir, trouver des réponses à ses questions. Et d'abord en apprendre plus sur lui-même et sur les raisons qui l'avaient conduit dans cet hôtel.

Alors qu'il se faisait ces réflexions, Randall sentit un regard posé sur lui. Derrière le comptoir de la réception, un homme à costume à rayures et à cravate rouge l'observait de manière dubitative. Randall fut tenté de quitter précipitamment le hall, de repartir vers les ascenseurs ou de sortir du bâtiment, mais il voulait à tout prix éviter de se faire davantage remarquer de cet employé par un comportement étrange.

Le cœur battant, il se dirigea vers le comptoir en essayant d'adopter un air détaché. L'homme, qui devait être le concierge si l'on se fiait aux clés d'or accrochées à sa veste, lui fit un signe révérencieux de la tête.

– Bonjour, monsieur Hamilton, puis-je vous aider ? Maurice est toujours à votre service.

Randall fut soulagé de connaître enfin le nom d'une personne dans cet hôtel sans avoir à le lui demander.

– Hum, bonjour, Maurice... Je crois bien que j'étais en train de rêvasser tout à l'heure.

– L'inspiration, sans doute... C'est vous qui m'avez dit un jour qu'un écrivain ne cesse jamais de travailler, que quoi qu'il fasse il est toujours en train de penser à ses romans. Un métier qui n'offre jamais de vacances...

– Oui, toujours à penser à une nouvelle intrigue, répondit-il avec un sourire forcé.

– Votre travail avance-t-il comme vous le souhaitez ?

Randall repensa à l'extrait de roman qu'il avait lu dans sa chambre. Ça ne devait pas être si difficile que ça de jouer un rôle durant quelques minutes.

– Oh, oui, je suis plutôt satisfait. Je pense en être à la moitié environ. Le roman s'intitule *Talion*.

Une expression de surprise apparut sur le visage du concierge.

– Oh, vous me faites beaucoup d'honneur, monsieur. Je sais que vous ne révélez en général à personne le titre d'un roman en cours d'écriture. Un secret bien gardé...

– Oui, enfin, il ne s'agit que d'un titre provisoire.

Comment pouvait-il être un Randall Hamilton crédible s'il ne savait rien de ses habitudes, de son comportement quotidien, de ses manies ? Mieux valait éviter de commettre des impairs pour le moment et s'en tenir au strict nécessaire dans ses échanges avec les autres.

Un silence s'installa. Il chercha désespérément quelque chose à dire, une banalité, de quoi meubler la conversation.

– Souhaitez-vous que nous affrétions le voilier ? lui proposa le concierge. Nous devrions avoir très beau temps, même si je crains que les températures ne soient moins clémentes aujourd'hui.

Randall paniqua. Il se vit soudain à la barre d'un voilier, seul, incapable de le diriger, perdu au milieu des vagues. C'était une chose de s'être imaginé en skipper émérite, c'en était une autre de passer à l'action.

– Non, pas aujourd'hui, je vous remercie. J'aimerais plutôt effectuer quelques recherches pour mon nouveau roman.

À l'évidence, le concierge ne voyait pas où il voulait en venir.

– La bibliothèque, peut-être ? hasarda-t-il. Je sais que vous l'appréciez. Elle est très calme à cette heure, vous y serez tranquille pour travailler.

– Oui, la bibliothèque. Ce sera parfait. Eh bien, bonne journée, Maurice.

– Bonne journée à vous, monsieur.

Par chance, un client s'avança vers le comptoir et accapara le concierge, qui ne fit plus attention à lui.

Randall se dirigea dans la direction opposée à la salle de restaurant et commença son exploration, comme l'eût fait un touriste lambda. Il longea une galerie dont la verrière, orientée vers l'océan, diffusait une claire lumière matinale. Sur le mur étaient exposées de vieilles photographies de l'hôtel, la plupart en noir et blanc. Disposées dans l'ordre chronologique, celles-ci couvraient plusieurs générations.

Il y jeta un coup d'œil : les bâtiments n'avaient quasiment pas changé en plus d'un siècle, à l'exception du porche qui avait été agrandi et de quelques ornements de façade. Sur les clichés les plus anciens, on distinguait des hippomobiles, des hommes en haut-de-forme et des femmes vêtues d'élégantes robes bouffantes. Un monde lointain et évanoui… L'hôtel, pourtant, avait traversé les ans à peu près intact, indifférent aux transformations de la société.

S'il était un habitué des lieux, combien de fois était-il venu au Grand Hôtel ? Depuis combien d'années le fréquentait-il ? Quels liens le rattachaient à l'établissement ? Cette galerie ne lui était pas totalement étrangère. Une impression de déjà-vu l'avait saisi en y pénétrant. Ces photos, cette lumière si particulière, ces grands tapis au sol… Il avait déjà arpenté cet endroit par le passé, mais, tout comme dans sa chambre, il n'éprouvait qu'une sensation diffuse qui n'avait guère l'apparence d'un vrai souvenir.

Après un petit salon vide, Randall trouva enfin la bibliothèque, une pièce de taille confortable aux boiseries sombres, dans laquelle flottait une odeur de vieux cuir. Deux pans de murs étaient couverts de livres. Un canapé et des fauteuils clubs, deux tables équipées d'ordinateurs et de lampes de banquier en laiton à abat-jour vert complétaient le décor. Un homme, qui devait avoir peu ou prou son âge, était en train de lire un journal, enfoncé dans un fauteuil au cuir craquelé. Il leva brièvement le nez de ses feuilles pour le saluer.

Pour ne pas rester les bras ballants, Randall s'installa sans attendre à une table. À peine eut-il effleuré la souris que l'écran s'alluma sur une page de moteur de recherche. Ses doigts tremblaient. Il n'avait pas du tout l'impression d'être le genre de type habitué à rester des heures à écrire sur un ordinateur. Le clavier lui faisait même l'effet d'être une chose intimidante.

Touche après touche, il tapa maladroitement les lettres de son nom et appuya sur « entrée ». Sur la droite de la page apparurent des couvertures de livres ainsi que des photos de leur auteur, c'est-à-dire lui. Plus aucun doute sur son identité… Pas de canular, de mauvaise blague ni de malentendu. C'était bien lui, plus souriant, plus vivant, plus sémillant néanmoins que l'individu qu'il avait vu dans le miroir de la salle de bains.

D'après ce qui était affiché, les résultats de sa demande se comptaient en millions. En dizaines de millions même. Troublé, il cliqua sur la première occurrence, une page Wikipédia. *Sa* page Wikipédia.

**Randall Burton Hamilton**, né le 20 février 1962 à Allendale (New Jersey), est un écrivain américain.
En 1984, à l'âge de 22 ans, il publie son premier roman, *À contre-courant*, qui réalise des ventes honorables et lui procure un certain succès d'estime. Mais c'est avec la parution de son deuxième livre, *Les Illusions*, qu'il accède à la célébrité (500 000 exemplaires en grand format puis 2 millions d'exemplaires en poche). Ses romans suivants, qui s'apparentent à des genres aussi divers que le fantastique, le roman policier, la science-fiction, le roman historique, rencontrent tous un succès grandissant.
Fait rare en matière de littérature dite « de genre », cette réception du public s'accompagne d'un accueil très positif des critiques littéraires et des universitaires, qui voient en lui un héritier des feuilletonistes européens tout autant que des grands écrivains du roman noir américain. Sont régulièrement loués son sens de la narration, ses dialogues vivants et réalistes, ainsi que sa capacité à jouer avec les codes littéraires.
Ses romans se sont vendus à quelque 150 millions d'exemplaires dans le monde. Plusieurs de ses ouvrages ont été adaptés pour le cinéma et la télévision. Il a reçu tout au long de sa carrière nombre de prestigieux prix littéraires, dont le prix Edgar-Allan-Poe, le prix Bram-Stoker et le National Book Award.

Encore sous le choc de sa lecture, Randall fit défiler la page. Ce qu'il avait pris pour l'article complet n'était en réalité qu'une courte introduction. Jeunesse, carrière, vie privée, analyse de l'œuvre, influences, réception critique… : l'article lui-même comportait des dizaines de sections et de paragraphes. Le texte qu'il était en train de dérouler était interminable : on aurait pu croire à la biographie de Jules César ou de John Fitzgerald Kennedy. Sa vie était étalée là, devant ses yeux, comme elle l'était devant ceux de millions de personnes à travers le pays.

Il descendit jusqu'au bas de l'article, qui recensait ses œuvres.

**Romans**

*À contre-courant*, 1984
*Les Illusions*, 1985
*Lisa*, 1986
*Un été à Black Oak*, 1987
*La Proie des ténèbres*, 1988
*Apparences*, 1989
*Un simple coup de chance*, 1990
*Une voie sans issue*, 1991

La liste continuait ainsi, à raison d'un livre par an, quand ce n'était pas deux, jusqu'à l'année 2020 et à son dernier titre : *La Part des rêves*. À ces romans s'ajoutait un nombre incalculable de nouvelles, parues dans des magazines puis des anthologies.

Randall fixa l'écran, le souffle coupé. Il avait publié plus de quarante livres au cours de son existence, et il ne souvenait pas d'en avoir écrit un seul.

# 3

*Boston, à 90 miles du Grand Hôtel*

Vide, sec, stérile, sans jus… Il pouvait varier les qualificatifs autant qu'il le voulait, le constat restait le même : il n'arrivait à rien aujourd'hui. Incapable de pondre une phrase qui tienne la route, de trouver une idée qui vaille la peine d'être couchée sur le papier, d'extirper de son cerveau autre chose qu'un cliché ou une scène rebattue.

Voilà plus d'une heure qu'Andy Marzano était assis à son bureau et fixait la page blanche qui dépassait de son Underwood, une machine encombrante et anachronique sur laquelle il aimait pourtant taper quelques idées. Le cliquetis des barres sur le clavier était le son qu'il préférait et il trouvait à cette vieille bécane un charme fou. Dénichée dans une brocante avec trois rubans encreurs introuvables désormais, il l'avait achetée sur un coup de tête, comme ça, parce que c'était sur l'un de ces modèles que Jack Torrance, dans *Shining*, tapait son roman. Ou plutôt tapait inlassablement cette phrase sans queue ni tête qui avait fini par le rendre complètement dingue : « Un tiens vaut mieux que deux tu l'auras. »

Dingue, Andy allait finir par le devenir lui aussi s'il ne trouvait pas tout de suite quelque chose à écrire, n'importe quoi, une phrase, fût-elle bancale, qui allait en entraîner une autre, débloquer les portes de son imagination, ouvrir tout un champ de possibles devant lui. Mais il avait beau fixer cette foutue feuille, rien ne lui venait. Trop de fatigue en lui. Trop de découragement.

Andy n'avait jamais cru à toutes ces balivernes sur l'inspiration, à ces histoires de muses qui murmurent à l'oreille des poètes et animent leurs doigts sur les cordes de la lyre. L'écriture n'était affaire que de travail et de sueur. Qui avait dit ça déjà ? Faulkner ? Hemingway ? Peu importait, c'était juste la stricte vérité. Mais pour travailler et suer, encore fallait-il trouver un minimum d'énergie en soi et ne pas être rétamé comme il l'était.

Il était rentré à l'aube après une longue nuit de travail et, comme chaque fois, il ne rêvait que de s'effondrer sur le vieux matelas posé au milieu de l'unique pièce de l'appartement pour dormir huit heures d'affilée. Il avait néanmoins résisté à la tentation et, après s'être préparé du café en poudre et avoir réchauffé d'immondes raviolis en boîte, il s'était installé devant sa machine à écrire avec son carnet de notes – un simple cahier d'écolier qu'il couvrait de son écriture menue et nerveuse. Il y avait des jours comme ça où c'était sans espoir… Andy savait qu'il aurait mieux fait de prendre un peu de repos pour avoir les idées claires, mais chaque heure d'écriture perdue l'éloignait un peu plus de son but.

Toutes les dix minutes, il se levait pour aller à la fenêtre fumer une cigarette. Pourtant, le tabac, tout comme les tasses de café qu'il enchaînait pour tenir debout, l'excitait sans lui donner la moindre idée. Assis sur le rebord de la fenêtre, il laissait son regard divaguer sur cette pièce en soupente qui lui servait tout à la fois de salon, de chambre et de bureau. Le matelas à même le sol, le minuscule coin cuisine, le bureau décati où trônait l'Underwood, le plafond maculé de taches d'humidité, et les livres, entassés un peu partout, sur des planches fixées au mur, en piles précaires dans les coins ou débordant de vieux cartons. Ce décor lui semblait à l'image de sa vie : minable et bordélique.

Le studio, au dernier étage d'un immeuble de Dorchester, privé presque continuellement de la lumière du jour, était de loin l'appartement le plus luxueux qu'il avait pu s'offrir au vu de son maigre salaire de veilleur de nuit. Il avait décroché ce job un an plus tôt, dans un hôtel pas très folichon à quelques rues de chez lui. Quoique assez ingrat et plus fatigant qu'on n'aurait pu l'imaginer, il lui permettait au moins de passer une partie de ses nuits à lire.

Le regard d'Andy glissa de la feuille blanche à la tablette au-dessus de son bureau, où étaient rangés ses livres favoris : quelques titres de Stephen King et de Richard Matheson, du Jack Kerouac, du Norman Mailer, du Philip Roth, et, tout au bout de la rangée, l'un des romans qui l'avaient le plus fasciné dans sa vie, *Vol au-dessus d'un nid de coucou*, de Ken Kesey. Bon sang ! Il aurait bien vendu son âme au diable pour pondre un seul de ces chefs-d'œuvre. Ou, plus modestement, avoir l'idée d'un de ces romans.

Juste après une énième pause cigarette, Andy s'empara au hasard d'un des livres et l'ouvrit à la première page : « Selon plusieurs témoins dignes de foi, une pluie de pierres s'est soudainement abattue sur Carlin Street dans la ville de Chamberlain le 17 août. » Il le referma aussitôt et en observa la couverture : le visage d'une fille représenté tout à la fois de face et de profil comme dans une toile cubiste, baigné d'un halo de lumière, dont une moitié restait plongée dans l'ombre. *Carrie. L'histoire d'une fille possédée par un terrible pouvoir.*

Il se répéta à voix haute la première phrase, qu'il connaissait depuis longtemps par cœur. Une pluie de pierres… C'était quelque chose, quand même… Voilà ce dont il avait besoin : un début percutant, déroutant, qui ferrait le lecteur et le plongeait immédiatement dans l'histoire pour ne plus le lâcher avant la dernière page. Plus facile à dire qu'à faire…

Découragé, Andy dut faire un effort pour ne pas se défouler sur la machine – un jour, il l'avait envoyée valdinguer, cassant au passage la molette de rotation du cylindre qu'il avait piteusement réparée avec un bouchon. À la place, il tapa rageusement sur les touches : *Seul comme un con dans son appartement miteux, Andy Marzano fixait depuis plus d'une heure la feuille blanche qui dépassait de son Underwood.* Ensuite, il tourna le dos à son bureau, s'effondra sur le matelas, et s'enfouit la tête sous son oreiller.

*

Il se réveilla en sursaut. Des coups de klaxon lui parvenaient de la rue par la fenêtre entrouverte. Il remarqua aussitôt que la luminosité de la pièce avait changé. Un mince rayon de soleil se reflétait sur la vitre. Il s'accouda et jeta un coup d'œil au radio-réveil digital posé à côté du matelas. 12:03.

Merde ! Il s'était juré de ne s'étendre qu'une petite heure avant de se remettre au travail et voilà que toute sa matinée était fichue. Mais soudain une autre pensée lui traversa l'esprit : quel jour était-ce ? Vendredi ? Samedi ? Oui, samedi… Le déjeuner… chez ses parents. Le rituel, immuable. Il allait une nouvelle fois être en retard et sa mère ne manquerait pas de piquer une de ces crises dont elle avait le secret.

En quatrième vitesse, Andy enfila une paire de baskets et mit un sweat propre, non sans s'être auparavant essuyé les aisselles avec la chemise qu'il avait portée toute la nuit et qu'il jeta en boule sur le matelas.

L'ascenseur étant toujours en panne – « En cours de réparation », indiquait une pancarte depuis bientôt trois semaines –, il dévala les cinq étages. Il s'apprêtait à sortir de l'immeuble quand la vue de sa boîte aux lettres le stoppa dans son élan. Il était si fatigué ces derniers temps qu'il n'avait pas vérifié son courrier depuis plusieurs jours. Une chose qu'il aurait cru impensable il y a peu tant il espérait… « Bon, ne t'emballe pas, Andy, inutile de tirer des plans sur la comète. »

Sa boîte renfermait un tract publicitaire pour un restaurant asiatique, deux factures et un courrier expédié de New York. Il ne garda en main que ce dernier et sentit les battements de son cœur s'accélérer en l'ouvrant. Il parcourut la lettre avec nervosité, l'excitation faisant place peu à peu à la déception : son contenu était pratiquement identique à celui des dizaines d'autres lettres d'agents et d'éditeurs qu'il conservait non sans un certain masochisme dans un tiroir de son bureau.

> *Monsieur,*
>
> *Nous avons examiné avec soin le manuscrit que vous avez bien voulu nous faire parvenir. Votre texte manifeste d'indéniables qualités littéraires ainsi qu'un talent certain pour cerner la psychologie des protagonistes. Malheureusement, il nous a semblé que votre histoire était par moments trop répétitive et manquait surtout d'originalité. Nous avons donc le regret de vous informer que nous ne pouvons pas en envisager la publication.*
>
> *En espérant qu'un autre éditeur pourra accueillir votre travail, nous vous prions de croire, Monsieur…*

Accablé, Andy replia la lettre en baissant la tête. Des qualités littéraires… Du talent… Lorsqu'il ne recevait pas de simples lettres types, les mêmes remarques élogieuses revenaient, malheureusement toujours réduites à néant par les sempiternelles réserves sur son manque d'originalité. À tout prendre, il aurait préféré ne recevoir que des missives standard. Un échec complet lui aurait paru plus facile à digérer qu'une demi-réussite.

Alors qu'il se faisait cette réflexion, la porte de l'immeuble s'ouvrit sur sa voisine du quatrième étage, Mme Bilott, une sexagénaire acariâtre qu'il évitait en général de croiser dans les couloirs. Sa tête émergea de derrière deux énormes sacs en papier kraft débordant de victuailles.

– Ah, monsieur Randazo… !

– Marzano, madame, Marzano…

– Oui, eh bien… vous avez encore fait un boucan de tous les diables la nuit dernière ! Je n'arrêtais pas d'entendre des pas et de la musique au-dessus de ma chambre. Je n'ai pas fermé l'œil avant 2 heures du matin. Si ça continue, je vais être obligée d'en informer la copropriété. Ils ne plaisantent pas avec ce genre de choses…

– Vous l'avez déjà fait, madame, et on vous a expliqué que ça ne pouvait pas être moi : je travaille de nuit, il n'y a personne chez moi à cette heure.

– N'essayez pas de noyer le poisson. Pour vous faire pardonner, vous allez m'aider à monter ces paquets. Voilà ce qui arrive quand des jeunes dans votre genre font les imbéciles dans l'ascenseur…

*

Andy traversa la ville à bord de sa Fiat défraîchie, qui affichait 150 000 kilomètres au compteur et menaçait à tout instant de rendre l'âme. Il remonta Dorchester Avenue, puis emprunta l'autoroute urbaine pour rejoindre le North End : le quartier de sa jeunesse, qu'il n'avait quitté que trois ans plus tôt, quand il s'était enfin décidé à voler de ses propres ailes. Celui dans lequel son aïeul, Pellegrino Marzano, nouvellement débarqué d'Europe, avait posé ses maigres bagages au début du xxe siècle. Originaire d'un petit village de Sicile… Une histoire à la Vito Corleone, sauf que la famille d'Andy n'avait jamais fait partie de la Mafia. Ce que, en rigolant, il regrettait parfois : qui sait si la tête d'un cheval dans le plumard d'un éditeur ne lui aurait pas permis d'être publié illico dans une maison prestigieuse ?

Il eut du mal à trouver une place dans Hanover Street, ce qui le mit encore plus en retard. Ses parents habitaient un vieil immeuble en briques rouges non loin de St. Stephen's Church. On apercevait même de la fenêtre de leur cuisine un bout du clocher et de la croix de l'église catholique où s'étaient jadis pressées, avant les Italiens, des générations d'immigrés irlandais.

Les Marzano avaient toujours occupé le même appartement sans luxe mais plutôt spacieux, qu'ils auraient été désormais incapables de se payer tant les prix avaient grimpé en flèche dans ce coin les dernières années. Autrefois populaire, le quartier était devenu un lieu touristique et attirait de plus en plus les classes moyennes supérieures de la ville.

– Tu ne peux pas continuer comme ça, Andy.

Assis de l'autre côté de la table de la cuisine, son père engouffra une généreuse bouchée de lasagnes à la bolognaise, tout en le fixant du regard. C'était un homme petit et trapu, aux gestes nerveux, qui malgré une calvitie galopante et un visage trop empâté conservait quelques traces d'une beauté qui avait fait des ravages dans sa jeunesse. Sur les photos où il avait une vingtaine d'années, Andy lui trouvait des airs d'Al Pacino et une allure de mauvais garçon – peut-être, en fin de compte, sa famille avait-elle des accointances avec la Mano Nera.

– Continuer comme quoi exactement ?

– Tu le sais très bien.

Un silence s'installa. Gênée, Martha Marzano chercha à faire diversion en resservant copieusement Andy, dont l'assiette était pourtant encore à moitié pleine. Elle détestait les disputes entre son mari et son fils, qu'un sixième sens – ou simplement l'habitude – lui faisait immanquablement pressentir.

Andy leva les mains en l'air en grimaçant :

– Maman, comment est-ce que tu veux que je mange tout ça ?…

– Tu es très pâle en ce moment, et tu as beaucoup maigri. Oui, tu n'as plus que la peau sur les os. Il faut que tu reprennes des forces.

Son père secoua la tête, puis posa sa fourchette maculée de sauce tomate sur le bord de son assiette avant de s'essuyer sommairement la bouche.

– Comment est-ce qu'il pourrait être en bonne santé ? Il travaille toute la nuit et passe ensuite ses journées à son bureau, sans voir personne, pour écrire toutes ces idioties…

– « Ces idioties » ! s'insurgea Andy.

Sa mère lui posa une main sur l'avant-bras.

– Calme-toi, mon chéri !

Puis, se tournant vers son mari :

– Frank, ne recommence pas avec ça, s'il te plaît ! Ça va encore faire des histoires.

– « Ces idioties », comme tu les appelles, sont des romans. Tu sais ? Des histoires fictives destinées à divertir le public, à faire passer aux gens un bon moment… Écrire demande du temps, de la concentration et du travail. Alors oui, je suis bien obligé de rester collé à mon bureau si je veux avancer dans mes projets. Et j'ai du talent, même si vous êtes à l'évidence incapables de vous en rendre compte.

Andy repoussa son assiette et sortit la dernière lettre de refus qu'il avait reçue par la poste. Il aurait préféré s'en dispenser, car il ne la considérait guère comme un titre de gloire, mais pour l'heure il ne trouvait rien de mieux pour convaincre ses parents que ce qu'il faisait était sérieux.

– Écoutez ça : « Votre texte manifeste d'indéniables qualités littéraires ainsi qu'un talent certain pour cerner la psychologie des protagonistes. »

– Tu entends ça, Frank ? Andy a des qualités littéraires et un certain talent…

– Un « talent certain », maman !

– Oui, bien sûr…

Son père joignit ses mains devant sa bouche, comme s'il s'apprêtait à faire une prière.

– J'attends la suite.

– Quelle suite ?

– Quand est-ce qu'ils vont publier ton livre ?

Andy se sentit mortifié. Pourquoi avait-il sorti ce courrier ? Pourquoi prêtait-il le flanc aux attaques de son père ? Rien n'aurait été plus facile que de le baratiner en prétendant qu'il venait d'avoir Random House ou Knopf au téléphone et qu'on se montrait enthousiasmé par son travail. Il aurait eu par la suite tout le loisir de trouver des excuses pour expliquer que le projet avait capoté.

– Les éditeurs croulent sous les manuscrits, papa. Il est très compliqué de sortir du lot. Quand on ne connaît personne dans le milieu, qu'on n'a pas de relations, c'est cent fois plus difficile de percer.

– La vie ne fait pas de cadeaux, Andy.

– Par pitié, arrête avec tes phrases toutes faites !

– Ce ne sont pas des phrases toutes faites, c'est une leçon de vie que je te donne. Supposons que tu arrives à te faire publier, qu'est-ce qui se passera ? Est-ce que tu crois que les malheureux exemplaires que tu vendras te permettront de vivre ? Ce sont des illusions, des rêves de gamin…

– « Nous sommes faits de l'étoffe de nos rêves… »

– Qu'est-ce que c'est encore que ce charabia ?

– C'est du Shakespeare, papa.

– Je n'ai jamais vu Shakespeare remplir l'assiette de qui que ce soit. Écoute, Andy, tu as 22 ans et tu n'as aucune situation…

– J'ai un travail.

– Veilleur de nuit par intérim dans un hôtel, tu appelles ça un travail ? Est-ce que tu te vois dans dix ans continuer à faire ce boulot pour un salaire de misère ? J'ai commencé à travailler à 14 ans avec mon père…

– Papa ! Tu m'as raconté cette histoire cent fois !

– Eh bien je continuerai jusqu'à ce qu'elle entre dans ta caboche. J'ai commencé à travailler avec mon père à 14 ans, comme il l'avait fait avec le sien des années plus tôt. Marzano et Fils, entreprise familiale qui a toujours donné entière satisfaction à ses clients. Pellegrino Marzano est reparti de rien en arrivant ici, mais il avait un savoir-faire. C'était un ouvrier maçon hors pair. Il n'avait peut-être jamais lu un livre de sa vie, mais il savait utiliser ses mains, sans doute mieux que ton Shakespeare ne l'a jamais fait avec sa plume. Sans avoir fait fortune, nous avons toujours eu un toit à nous et de quoi élever correctement nos enfants. Ça ne représente sans doute rien pour toi pour l'instant, mais le jour où tu fonderas une famille…

Andy détourna la tête vers la fenêtre.

– Si tu crois que je pense à fonder une famille… Et je veux plus qu'un toit à moi. Je veux réussir, devenir célèbre. Je veux que des millions de personnes lisent mes romans.

Sa mère lui tapota la main en souriant.

– J'ai beaucoup aimé tes deux premiers livres, Andy. Ils auraient mérité d'être publiés.

– Martha ! De quel côté est-ce que tu es ? s'écria Frank Marzano.

– Je ne suis d'aucun côté ! Pourquoi est-ce que tu veux toujours que je prenne parti ? J'entends des arguments et j'essaie de me faire ma propre opinion.

Frank soupira bruyamment.

– Trouve-toi d'abord une situation stable, Andy. Lorsque ce sera le cas, tu pourras écrire autant que tu le voudras à tes moments perdus.

– Je refuse de me contenter de « moments perdus ».

– Tu n'aurais jamais dû arrêter tes études comme tu l'as fait.

– On ne va pas recommencer avec ça !

– Regarde ton ami Logan. Il a le même âge que toi et il fait de brillantes études de médecine. Qu'est-ce qui se passera dans quelques années quand il aura une bonne situation, de l'argent, et que tu continueras à végéter dans ton hôtel ? À ton avis, qu'est-ce que tu éprouveras à part des regrets ?

– Ah, Logan, le fils parfait ! Vous auriez peut-être dû l'adopter…

– *Testardo come un mulo !*

– Je ne parle pas un mot d'italien, papa.

– Et c'est un tort ! Qu'est-ce qu'un Marzano qui ne maîtrise même pas la langue de ses ancêtres ? Je vais te renouveler ma proposition, Andy : tu peux venir travailler avec moi quand tu le voudras. Tu connais déjà un peu le métier. Quand tu m'aidais l'été sur les chantiers, tu t'en sortais très bien.

– Je m'en sortais peut-être très bien mais je détestais ça…

Frank Marzano demeura impassible, mais Andy savait pertinemment qu'il venait de le blesser.

– Tu auras l'assurance de pouvoir un jour reprendre l'entreprise et de la perpétuer. « Marzano et Fils » : j'aimerais bien que ce nom signifie un jour à nouveau quelque chose.

Andy garda le silence, les yeux plongés dans son assiette de lasagnes, à laquelle il n'avait presque pas touché.

– Promets-moi au moins que tu vas y réfléchir, reprit son père. Ça ne t'engage à rien.

– D'accord, je vais y réfléchir, répondit-il pour clore la discussion, sachant qu'il n'en ferait rien.

Le reste du repas fut morne. Martha Marzano finit par allumer le petit poste de télé de la cuisine pour égayer l'ambiance, mais il n'était question que de la prochaine élection. Le président en exercice, l'air satisfait, vantait son bilan économique et ses réformes. Andy aurait parié sa chemise que son père, fidèle démocrate depuis toujours, n'allait pas tarder à se mettre en pétard. Ce qui ne manqua pas d'arriver.

– Éteins la télé, Martha. Je ne supporte plus ce type. Et dire qu'il risque d'être réélu…

– Il ne passera pas une seconde fois, rétorqua Andy, qui se moquait pourtant éperdument de qui serait le futur gagnant.

– Avec ce fantoche que se sont dégoté les démocrates, tout est possible.

Alors qu'Andy cherchait une excuse pour s'éclipser plus tôt que d'habitude, la sonnette de l'entrée retentit. Sa mère remit rapidement de l'ordre dans ses cheveux.

– Ah ! ça doit être Sofia !

Andy fronça les sourcils.

– Quelle Sofia ?

– Tu sais bien : Sofia, la fille des Bianchi ! Tu jouais avec elle au jardin d'enfants. Frank, va ouvrir, s'il te plaît.

– Qu'est-ce qu'elle vient faire ici ?

– Je l'ai invitée à prendre le café avec nous. Tu verras : elle est très gentille, et jolie fille en plus de ça.

– En quoi ça me concerne ?

Sa mère secoua la tête avec un sourire complice qui lui fit craindre le pire.

– Andy, tu viens d'avoir 22 ans. Il est vraiment temps que tu te trouves quelqu'un…

– Maman ! Comment est-ce que tu as pu me faire un coup pareil ?

*

Il parvint à supporter le supplice pendant une demi-heure. Sofia Bianchi était effectivement mignonne, mais il lui semblait que cette fille vivait dans un autre univers que le sien, sans compter le fait qu'il détestait les rencontres arrangées.

Pour meubler la conversation, sa mère se répandait en anecdotes prétendument amusantes – mais franchement gênantes – sur son enfance, comme la fois où il s'était fait pipi dessus dans la classe de Mlle Tyrell, en dernière année de maternelle. Assis sur le canapé du salon, coincé entre son père et Sofia, Andy avait l'impression d'avoir 15 ans et de vivre un de ces moments de honte absolue comme seule l'adolescence en réserve.

Après avoir regardé ostensiblement sa montre, il prétendit avoir rendez-vous chez un garagiste pour faire changer sa courroie de distribution – un demi-mensonge en somme, car sa Fiat en aurait eu bien besoin. Il laissa à Sofia son numéro de téléphone, dont il modifia lâchement le dernier chiffre.

Dans le couloir de l'entrée, au moment de partir, il s'adressa à sa mère en aparté :

– Merci d'avoir pris ma défense tout à l'heure.

– C'est normal, mon chéri. Mais…

– Mais quoi ?

– Je crois que tu devrais quand même écouter ton père.

En sortant de l'immeuble et en se dirigeant vers sa voiture, Andy se sentit déprimé comme il l'avait rarement été. C'était comme si une force obscure l'attirait vers le fond et qu'il se débattait pour atteindre la surface.

Il ne devait plus laisser ses parents avoir une telle prise sur son moral. Il ne devait plus laisser quiconque lui dicter ce qu'il avait à faire. Il allait s'accrocher, se battre. Quel que soit le temps que cela prendrait, il parviendrait à obtenir la vie pour laquelle il était fait.

Il repensa à la phrase de Shakespeare. Personne ne réussirait à lui voler ses rêves.

# 4

Il y avait du monde au Collins. Distrait par les conversations ambiantes, Andy était incapable de se concentrer. Entre deux gorgées de bière, il griffonnait des absurdités sur son carnet à spirale, réfugié à sa table habituelle au fond du bar, sur la banquette en skaï rouge qui faisait un étrange bruit de succion quand on s'asseyait dessus.

Andy n'avait jamais prêté foi à ces écrivains qui prétendaient avoir pondu des romans entiers assis à une terrasse de café, au milieu des clients – un ridicule fantasme d'auteurs qui avaient dû trop regarder des cartes postales du Flore ou des Deux Magots dans le Paris de l'après-guerre. Lui ne parvenait à écrire sérieusement que lorsqu'il était seul, dans le silence de son appartement ou avec, en bruit de fond, les bandes originales de ses films préférés. Les musiques dont il connaissait les moindres notes l'inspiraient, ou plutôt l'entraînaient dans un mouvement grisant qui lui donnait l'illusion que tout ce qu'il couchait sur le papier était bon.

– Je t'en sers une autre, Andy ?

Devant lui, un plateau à la main, se tenait Carla, la serveuse. C'était une fille que la plupart des gens considéraient comme quelconque, mais à laquelle Andy trouvait un charme indéfinissable. Il avait un temps flirté avec elle ; rien de bien sérieux, même s'il lui arrivait parfois de regretter que les choses ne soient pas allées plus loin.

Carla était la nièce du patron, M. Jasieński, un type peu commode qu'Andy connaissait bien pour avoir travaillé trois mois durant dans ce bar. Il s'était pris maintes fois le bec avec lui. S'il avait mis les voiles, cependant, c'était moins à cause de leurs chamailleries que de la fatigue qu'engendrait chez lui ce boulot de serveur. Le seul point positif était que Jasieński payait plutôt bien. Sa place de veilleur de nuit lui rapportait moins, mais le petit pécule que lui donnait sa mère chaque mois en cachette lui permettait d'atteindre son ancien salaire.

Andy secoua la tête en songeant à son porte-monnaie.

– Merci, Carla, mais je vais attendre Logan.

– Encore en retard, j'imagine ?

Il leva les yeux vers l'horloge murale au-dessus du comptoir.

– Une petite demi-heure cette fois. Le record est loin d'être battu… Mais bon, il a un vrai travail, lui.

Carla désigna du menton le cahier qu'il recouvrait d'une main, comme pour le cacher :

– Un nouveau roman en perspective ?

– On essaie, mais c'est loin d'être gagné.

– Tu es doué, Andy, je suis sûre que tu vas finir par percer.

– Tu n'as jamais rien lu de moi, Carla !

– Pas la peine, tu as une tête d'écrivain.

– Elle est bien bonne celle-là ! Et ça consiste en quoi, au juste, avoir une tête d'écrivain ?

– Je ne sais pas… Avoir toujours cet air absent qui donne l'impression que tu n'appartiens pas au même monde que nous, que tout coule sur toi sans t'atteindre.

Percevant une pointe de reproche dans les paroles de Carla, Andy baissa le regard. Heureusement, sa gêne fut vite dissipée, car Logan arrivait en trombe à sa table.

– Désolé, je suis à la bourre, comme d'habitude. Encore le bordel à l'hôpital… Tu nous mets deux bières, Carla ? C'est moi qui régale, pour me faire pardonner.

Andy soupira :

– C'est toujours toi qui régales…

– Oh, ne sois pas ronchon. Tu paieras les consommations quand tu auras fait fortune.

Andy rentra la tête dans ses épaules. Il se sentait toujours rabaissé quand son ami ironisait sur ses futurs succès ; comme si, au fond, il était incapable de le prendre vraiment au sérieux.

Après avoir jeté sa besace sur une chaise, Logan s'installa face à lui. Malgré son air fatigué, il conservait une sorte de fraîcheur et d'énergie juvéniles. L'allure un peu dégingandée, des mèches rebelles tombant sur son front, aussi blond que lui-même était brun.

Logan et lui, c'était à la vie à la mort – oh ! ils pouvaient bien croire encore à leur âge en ce genre de sentences définitives. Une histoire d'amitié née quelques années plus tôt sur les bancs du lycée, qui avait tout d'improbable tant leurs caractères étaient différents. Logan le cartésien, les pieds sur terre, volontiers ouvert aux autres ; Andy le rêveur, le réservé, toujours sur la défensive. Le couple mal assorti tenait bon pourtant, même si Andy avait de plus en plus le sentiment que leurs vies divergeaient, que les contraintes de l'âge adulte distendaient le lien qui les unissait. Rien d'objectif… Une sensation tout au plus, une nostalgie qui le prenait soudain quand ils étaient ensemble et qu'il essayait de repousser loin de lui.

– Impossible de me libérer avant… Une hernie inguinale qui était censée durer une petite heure, mais il y a eu des complications. Tu sais ce qu'on dit : « Une opération sans complications n'est pas une opération. »

Andy n'avait pas la moindre foutue idée de ce qu'était une hernie machin-chose, mais il préférait éviter de le lancer dans des explications médicales, au risque d'y passer des heures.

Après une licence et une année préclinique à l'université, Logan avait commencé à assister des médecins au Boston Medical Center, dans le South End. Cela sautait aux yeux, il était fait pour devenir l'un d'entre eux. Andy ne l'avait jamais senti aussi épanoui que depuis qu'il avait affaire à de vrais patients. Il lui arrivait parfois d'éprouver à son égard une pointe de jalousie, dont il avait chaque fois honte.

– Qu'est-ce que tu écrivais ?

– Tu veux vraiment le savoir ?

– Bien sûr, répondit Logan en piochant dans le bol de cacahuètes posé sur la table.

– Je crois que c'est plutôt bon. Écoute : « Fidèle à ses habitudes, auxquelles il n'aurait dérogé pour rien au monde, cet enfoiré de Logan Boyle était une nouvelle fois en retard… »

– Enfoiré toi-même !

Andy referma son cahier d'un geste sec.

– Je n'arrive à rien en ce moment. C'est déprimant.

– Il y a toujours des hauts et des bas.

– Le problème, c'est quand il y a de plus en plus de bas, et de moins en moins de hauts… Au fait, j'ai déjeuné avec mes parents à midi, ils n'ont pas arrêté de chanter tes louanges : « le docteur Boyle » par-ci, « le docteur Boyle » par-là…

– Arrête, je ne suis même pas encore médecin.

– Tu devrais le leur dire toi-même, ça les calmerait un peu.

Andy se mit à triturer la spirale métallique de son cahier.

– J'ai reçu une nouvelle réponse aujourd'hui, reprit-il.

– Et… ?

– Tu connais l'histoire du verre à moitié plein…

Andy extirpa de sa poche la lettre pliée en quatre et la tendit à Logan, qui prit tout son temps pour la lire.

– Alors, qu'est-ce que tu en penses ? voulut savoir Andy.

– Eh bien, c'est encourageant.

– « Encourageant » ?

– Beaucoup plus que la dernière fois. Si on s'arrête à « la psychologie des protagonistes », on peut même dire que c'est un franc succès.

Carla les interrompit en leur apportant leurs bières :

– Et voilà, ces messieurs sont servis.

– Merci, mon chou, j'en ai rêvé toute la journée. Qui a inventé cette règle idiote selon laquelle on ne peut pas soigner des patients avec un peu d'alcool dans le sang ?

Carla soupira bruyamment.

– Tu sais quoi, « mon chou » ? Quand tu auras fini tes études, rappelle-moi de ne jamais venir me faire soigner chez toi.

– Je n'y manquerai pas. Elle a vraiment son caractère, ajouta-t-il dès que la jeune femme se fut éloignée.

– C'est une fille bien. Arrête de la titiller tout le temps comme ça.

– Oh là là, qu'est-ce qui t'arrive ? Elle est assez grande pour se défendre, non ? C'est cette lettre qui te met dans cet état ?

Andy se renfrogna.

– Je peux te poser une question ?

– Vas-y, mon vieux.

– Qu'est-ce que tu penses de mes livres ?

Logan leva les yeux au plafond.

– On en a déjà discuté cent fois, Andy… Ça tourne à l'obsession, ma parole !

– Non. Pour une fois, j'aimerais que tu me dises ce que tu penses *vraiment* de mes livres, pas que tu te contentes de répéter tout le temps la même chose. Tu sais que j'ai un dossier plein à craquer de lettres dans ce genre – enfin, plein à craquer, j'exagère peut-être un peu, mais ce sera vite le cas si je ne change pas quelque chose…

– Changer quoi ?

– C'est justement ce que j'ai besoin de savoir. Il y a forcément une raison objective qui explique que je n'arrive pas à retenir l'attention des agents et des éditeurs. Et je sais que tu es capable de me parler franchement.

Logan but une longue gorgée de bière, chassa une mèche de son front, puis il fixa son ami droit dans les yeux.

– Écoute, Andy, tu as un talent incontestable, et je ne dis pas ça pour te faire plaisir ou te rassurer. Tu maîtrises parfaitement la langue, tu as du style, tu arrives à capter d'infimes détails du quotidien que les gens comme moi sont infichus de remarquer. Ça ne date pas d'aujourd'hui, je me souviens encore de tes devoirs au lycée…

– Que tu pompais sans vergogne, je te le rappelle.

– C'est vrai, tu m'as souvent sorti de la mouise. Mais à côté de ça…

Logan s'interrompit et fit tourner son verre entre ses doigts.

– Quoi ? Ça allait enfin devenir intéressant.

– Parfois, quand je vais au cinéma, je suis bluffé par le style du réalisateur ou par le jeu des acteurs, et pourtant quelque chose ne fonctionne pas. Ça ne suffit pas. Je ne suis pas pris par l'histoire, je ne suis pas entraîné dans l'existence des personnages. Il manque ce qui est essentiel à une fiction : de la vie. Pour être tout à fait honnête, c'est un peu ce que j'éprouve en lisant tes romans.

– Ils sont ennuyeux, c'est ça ?

Logan fit une grimace.

– Non, je n'irais pas jusque-là. J'ai simplement l'impression d'avoir déjà lu tes intrigues ailleurs – et Dieu sait pourtant que je ne suis pas un grand lecteur. Tes histoires sont préfabriquées, elles ne sentent pas assez le vécu. Même si je ne te connaissais pas, je verrais qu'elles ont été écrites par un type qui était encore assis sur les bancs de l'école il n'y a pas si longtemps.

– Le vécu… répéta Andy, songeur.

– Prends ton dernier roman, par exemple. Formellement, il n'y a rien à dire. Mais, bon sang, toutes ces descriptions développées sur des paragraphes entiers ! Soyons honnête : on se fout de savoir de quelle couleur sont les fenêtres de l'appartement de ton héros. On dirait parfois que tu fais du remplissage pour ne pas avoir à te confronter à tes personnages, à nous livrer leurs émotions. Tu restes trop à distance.

– Je vois.

– L'histoire d'amour entre Billy et… comment s'appelle-t-elle, déjà ?

– Marianne.

– C'est ça. Cette histoire devrait nous faire vibrer. Or le lecteur reste trop extérieur à leur relation. C'est comme si tu n'arrivais pas à te projeter dans ce couple. Et pourquoi situer ton action à New York, une ville que tu connais à peine ? Pourquoi ne pas avoir choisi Boston ? Commence par parler de ce que tu connais.

Andy demeura silencieux. Il éprouvait un sentiment bizarre : il était tout à la fois reconnaissant envers Logan pour sa franchise et mortifié par ses critiques, qui n'étaient blessantes que parce qu'elles étaient justifiées. Il avait maintes fois pressenti tous les défauts que son ami énumérait, mais ce n'est qu'à cet instant qu'il en percevait l'effet dévastateur sur ses romans. Quand trouverait-il enfin une vraie histoire à raconter, qui lui viendrait des tripes et n'aurait pas le goût d'une formule resucée ?

– Tu m'as demandé d'être franc, Andy, mais j'ai peut-être poussé le bouchon un peu loin…

– Non, au contraire. Tu as raison. J'avais besoin d'entendre tout ça, et de la bouche d'une personne en qui j'ai confiance. Pourquoi est-ce que tu ne m'en as pas parlé avant ?

Logan secoua la tête, l'air soudain contrit.

– J'avais l'impression que tu n'étais pas prêt à l'entendre. Je sais ce que ces livres représentent pour toi : tu y investis tellement de temps et d'énergie. J'avais moins peur de te blesser que de te décourager. Et puis, je n'y connais rien après tout, je ne suis pas un professionnel.

– Je n'ai pas besoin de l'avis d'un professionnel, mais de retours sincères de lecteurs. Ce sont eux qui achèteront mes livres et les liront.

– Je suis sûr que tu es capable de progresser.

Le mot hérissa Andy, mais il choisit de passer outre et de garder pour lui sa frustration.

– Bon, oublions un peu mes livres. Tu ne m'avais pas dit que tu avais un rencard ce soir ?

– Je l'ai annulé, et je crois que j'ai été bien inspiré. Tu sais, c'était cette fille qu'on a rencontrée il y a un mois à cette soirée chez…

Mais déjà Andy ne l'écoutait plus vraiment. Il s'était mis en « mode lunaire » – une expression qu'il s'était inventée à l'époque où son institutrice lui reprochait sa distraction et lui demandait de « descendre de la Lune ». Même avec Logan, il ne pouvait s'empêcher de décrocher au milieu d'une discussion et de laisser ses pensées divaguer. Il était devenu expert dans l'art de faire croire à son interlocuteur qu'il prenait activement part à la conversation – hochements discrets de la tête, sourires complices, interjections passe-partout.

– … alors, quand j'ai appris ça, je me suis dit : « Est-ce que tu crois vraiment que ce rencard est une si bonne idée ? » Sans compter le fait que…

Ses romans l'obsédaient, le dévoraient, ne lui laissaient aucun répit. L'écriture était une malédiction. Comme il se connaissait, il allait ressasser toute la nuit les critiques de Logan. Ses histoires manquaient d'âme et de souffle. Ses personnages n'étaient que des marionnettes interchangeables. De simples êtres de papier.

« Parle de ce que tu connais. » Le conseil était avisé mais comment y parvenir ? Son dernier livre, qui lui avait demandé douze mois de travail acharné, était un roman d'amour. Pas une de ces romances à l'eau de rose que lisait quelquefois sa mère. Une histoire d'un réalisme cru, un livre ambitieux qui entendait disséquer la vie d'un couple : ses secrets, ses mensonges, ses lâchetés, sa lente dérive.

Or il n'avait jamais eu la moindre liaison sérieuse avec une fille. Comme la gent féminine l'avait toujours trouvé beau garçon – une de ces beautés ténébreuses qui n'ont pas conscience d'elles-mêmes –, il n'avait jamais eu à fournir beaucoup d'efforts pour enchaîner les aventures. Mais c'était tout. Il ne demandait pas de rencontrer le grand amour, simplement de connaître une fois dans sa vie une relation solide et durable, qui lui permettrait d'en apprendre davantage sur le quotidien d'un ménage.

– … je me demande si tu n'aurais pas dû persévérer avec Carla. Regarde-la… Bon, tu sais qu'elle n'est pas trop mon genre, mais elle a vraiment quelque chose. À commencer par un sacré caractère…

Il devait tout reprendre à zéro. Non, peut-être pourrait-il sauver quelques-unes de ces descriptions que Logan trouvait barbantes – en les raccourcissant tout de même pour les rendre plus digestes –, tout comme il pourrait conserver la trame générale du livre qui lui avait donné un mal de chien. La structure lui paraissait réussie. Mais pour le reste… Ses personnages étaient entièrement à reconstruire. Il fallait remplir ces coquilles vides. Il devait se borner à n'exprimer que des sentiments qu'il avait éprouvés, à ne décrire que des situations qu'il avait vécues.

Une sorte d'euphorie s'empara d'Andy. Il lui semblait qu'un voile venait de se lever, qu'il appréhendait l'acte créatif avec des yeux neufs. Avec un pincement au cœur, il songea au temps qu'il avait perdu, à toutes ces heures gaspillées à travailler de façon désordonnée. Il ne devait plus écrire une ligne tant qu'il ne serait pas capable d'analyser l'essence d'un couple avec la précision d'un entomologiste.

Mais, pour cela, il ne pouvait se contenter d'un modèle extérieur. Il lui fallait enfin vivre une relation authentique, qui deviendrait le combustible de son écriture. De préférence avec une personne qu'il ne connaissait pas encore. Redevenir vierge de tout ressenti passé, sans préjugés ; n'être plus qu'un creuset prêt à accueillir le précieux métal épuré. Le projet était fou, mais tellement excitant.

– La prochaine fille qui entre ici…

– Pardon ? Qu'est-ce que tu marmonnes ?

Andy ne s'était même pas rendu compte qu'il venait de penser à voix haute.

– Non, rien.

Logan souffla d'agacement.

– Il y a vraiment des moments où je me demande si tu m'écoutes.

– Bien sûr que je t'écoute. Continue…

Tandis que Logan poursuivait son monologue, Andy fixa la porte d'entrée avec insistance. Au bout de quelques secondes, un quinquagénaire en costume entra dans le bar. « Sois patient. » Il s'écoula encore deux minutes avant qu'une fille à l'air suffisant et aux lèvres pincées fasse son apparition. Elle portait un carré court typique des années 1920 qui ne seyait pas du tout à son visage trop rond. Manqué ! « La prochaine fille qui entre ici… et qui te plaît un minimum », se corrigea-t-il mentalement.

– Tu attends quelqu'un ? demanda Logan, qui avait remarqué son manège.

– Non, pas du tout. Il y a juste un drôle de type là-bas… répondit-il laconiquement.

Logan ne prit même pas la peine de tourner la tête. Andy regarda à nouveau en direction de l'entrée – et, plus tard, avec le recul, il se dirait que bien des drames auraient été évités s'il ne l'avait pas fait.

Soudain, à la porte, ce fut elle. Comme une évidence. Comme si le destin s'était fait le complice de son projet. Elle se tenait légèrement à contre-jour, si bien que ses traits demeurèrent un moment imprécis. De taille moyenne, les cheveux coupés court et bouclés, elle portait une robe évasée rose pâle qu'il aurait sans doute trouvée moche sur une autre – car, l'air de rien, il avait des idées sur la mode féminine ; mais là…

Elle était accompagnée par deux autres filles de son âge – et du sien à lui, d'ailleurs – qu'il regarda à peine. Ce n'est que lorsqu'elle se dirigea vers une table non loin de la leur qu'il put enfin observer son visage : des pommettes hautes, des yeux gris-vert à vous faire chavirer, de petites taches de rousseur parsemant son nez et ses joues. Une apparition… De celles qui n'existent que dans les romans ou au cinéma.

– J'ai besoin d'aller pisser, déclara Logan.

La trivialité de sa remarque ne suffit pas à rompre le charme de cet instant.

– Hum…

– Pas eu un seul moment aujourd'hui pour vider ma vessie…

Dès que Logan fut parti, leurs regards se croisèrent. Andy ne baissa pas les yeux. Il vit dans ceux de la fille un mélange d'agacement – Qu'est-ce qu'il me veut, ce type ? – et de satisfaction presque narcissique d'être observée.

Plus rien n'existait autour d'eux – non, autour de *lui*, car que pouvait-il présumer de ce qu'elle pensait ? Andy ressentait une palpitation inédite au creux de son ventre, une démangeaison dont il ignorait si elle était due à l'intensité de cette rencontre ou à l'excitation de penser à ce qu'il pourrait en faire dans son roman. Réalité et fiction : la frontière entre ces deux mondes s'effaçait pour le laisser dans une zone grise et confuse.

Entre eux, un corps fit soudain écran. Andy leva la tête. Carla venait de se planter devant lui.

– Laisse tomber… Tu n'as aucune chance.

– Pardon ?

– Elle s'appelle Abigaël.

– Je ne vois pas de qui tu parles.

– C'est ça…

Il se sentait pris en faute. Faire plus longtemps semblant lui parut ridicule, alors il demanda :

– Tu la connais ?

– Un peu… Elle vient ici avec ses copines depuis quelques semaines. Parfois, elle est seule et passe son temps le nez plongé dans un bouquin ou dans un scénario.

– Un scénario ?

– Elle est actrice. Mais pas de celles qui rêvent d'une carrière à Hollywood. Elle fait du théâtre – il paraît qu'elle est douée. Elle joue en ce moment une pièce au Majestic. Tu vois où c'est ?

– Non. Tu sais, moi, le théâtre…

– Bref, c'est le style de fille à se donner des airs supérieurs… Le genre « inaccessible », quoi ! fit-elle en mimant des guillemets avec ses doigts. Je te dis, tu n'as aucune chance…

Andy haussa les épaules, comme si ce qu'elle lui racontait était insignifiant. Vexée qu'il ne cherche pas à se défendre davantage, Carla tourna les talons avec un soupir.

« C'est ce qu'on verra », se dit-il à lui-même. Et, par peur que ne s'évanouisse l'instant qu'il venait de vivre, il ouvrit son carnet et commença à en remplir fébrilement une page. Il évita de regarder en direction d'Abigaël. Peut-être le fixait-elle. Peut-être le prenait-elle pour un écrivain. Pourquoi « prenait » ? C'était ce qu'il était, nom d'un chien !

Quoi qu'il en soit, elle ne pouvait soupçonner qu'il était en ce moment même en train d'écrire les prémices de leur histoire.

# 5

Désormais seul dans la bibliothèque de l'hôtel – qui diable à part lui aurait voulu s'enfermer dans cet endroit par un si beau temps ? –, Randall Hamilton passa une heure devant l'écran de l'ordinateur à faire sur différents sites des recherches sur sa propre vie.

La lecture de sa longue biographie sur Wikipédia lui apprit l'essentiel de ce qu'il devait savoir. Il avait grandi dans une petite ville du New Jersey. Fils unique. Enfance tranquille auprès de ses parents, tous deux professeurs dans le secondaire. Élève plutôt moyen au lycée. Parcours guère plus brillant à l'université, où il avait étudié les lettres et l'histoire.

La vie de Randall Hamilton aurait sans doute été des plus banales et des plus ternes s'il ne s'était pris très jeune de passion pour la littérature : comme il le confiait dans plusieurs interviews, le *Dracula* de Bram Stoker et le *Frankenstein* de Mary Shelley avaient été ses deux premiers chocs littéraires. D'après les informations qu'il avait sous les yeux, il avait rédigé ses premières nouvelles à l'âge de 12 ans, puis écrit son premier roman lors de sa dernière année de lycée – un texte de son propre aveu « exécrable », qu'il avait détruit par peur qu'on ne cherche à le sortir après sa mort pour de basses raisons financières.

Son existence avait été bouleversée en 1984, alors qu'il n'était qu'un tout jeune homme. Un célèbre agent new-yorkais du nom de Bob Freeman avait alors fait publier et défendu bec et ongles *À contre-courant*, le roman à mi-chemin du policier et du fantastique qu'il avait passé trois ans à peaufiner, tard le soir, dans sa chambre d'étudiant. Freeman était resté son agent tout au long des années et, bien qu'ayant allègrement dépassé l'âge de la retraite, il l'était encore, même si Randall était désormais le seul auteur dont il s'occupait.

La suite semblait tout droit sortie d'un conte de fées. Les succès s'étaient enchaînés avec la régularité d'un métronome. Chacun de ses livres réussissait l'exploit de rester des dizaines de semaines consécutives dans les listes des meilleures ventes. Traduit dans une quarantaine de pays, Randall bénéficiait de droits d'auteur inégalés dans la profession.

Pour ce qui était de la critique littéraire, l'encyclopédie en ligne ne mentait pas : ses romans avaient pratiquement tous reçu un accueil dithyrambique. Son dernier en date, *La Part des rêves*, avait bénéficié d'un important article dans le *New York Times* qu'il lut en diagonale : on y louait « la complexité de ce roman noir, hommage américain aux classiques anglais du XIXe siècle », et la faculté d'Hamilton à « autopsier avec un art consommé du suspens ses thèmes favoris, comme les secrets de famille et la soif d'absolu de l'adolescence ».

Côté vie privée en revanche, les choses étaient beaucoup moins glorieuses. Randall avait convolé deux fois. Si aucun de ses mariages n'avait duré, il était de notoriété publique qu'il était resté en bons termes avec ses ex-femmes. Il n'avait pas d'enfant ; ses deux parents étaient décédés. On ne lui connaissait pas de famille proche, mais des articles *people* lui prêtaient nombre de conquêtes féminines : des mannequins ou des célébrités avec lesquelles il posait à l'occasion d'événements mondains ou de soirées caritatives. Elles étaient toutes d'une beauté renversante et la plupart auraient pu être ses filles. Randall éprouva de la honte devant ces photos, comme si l'homme qu'il voyait était aux antipodes de ce qu'il était, ou du moins de ce qu'il supposait être.

Ses recherches lui apprirent qu'il avait l'habitude depuis une vingtaine d'années de séjourner au Grand Hôtel, le plus souvent hors saison, pour terminer ses livres. Il aimait les plages bordées de dunes de Cape Cod, les villages côtiers, l'air vivifiant de l'océan. L'un de ses romans avait d'ailleurs pour cadre un établissement inspiré du Grand Hôtel ; une sorte de *Cluedo* fortement influencé par l'univers d'Agatha Christie. Voilà donc pourquoi ce lieu lui était familier et le personnel si attentionné envers lui.

L'esprit opaque, Randall délaissa l'ordinateur pour fureter dans les étagères de la bibliothèque. Il trouva une dizaine de ses titres, qu'il avait tous dédicacés « à la clientèle du Grand Hôtel », celle-ci ayant eu la courtoisie de ne pas partir avec. Il s'assit dans le canapé club et en feuilleta quelques-uns. Pas de doute, ce qu'il avait écrit était bon, très bon même. Le style était clair, visuel, sans fioriture ; les intrigues parvenaient à entraîner le lecteur dès les premiers paragraphes. Comment pouvait-il avoir écrit ces milliers de pages tout en ayant l'impression de les lire pour la première fois ? Pourquoi ses rares souvenirs demeuraient-ils aussi confus dans sa mémoire ?

Randall demeura songeur. Son enfance, ses parents, deux mariages et trente-cinq ans d'écriture ne pouvaient pas disparaître ainsi du jour au lendemain. À quoi son amnésie était-elle due ? Un accident ? Un choc ? Non, puisqu'il s'était réveillé dans son lit. S'il lui était arrivé quelque chose de grave la veille, les employés de l'hôtel se seraient forcément enquis de sa santé. Et rien de ce qu'il avait trouvé sur Internet n'évoquait le fait qu'il fût sujet à des pertes de mémoire. Il se sentit soudain la poitrine oppressée. Il avait besoin d'air. Impossible pour lui de rester une seconde de plus dans cette pièce.

Il évita de traîner dans le hall et sortit d'un pas alerte de l'hôtel. Le ciel était limpide, mais il faisait froid. Randall regretta de ne pas avoir pris une veste plus chaude dans la penderie. L'air frais eut néanmoins le mérite de le revigorer. Devant le porche, le voiturier s'apprêtait à garer la Jaguar d'un client. Comment lui-même était-il venu à l'hôtel ? En voiture de luxe ? Il aurait aimé interroger l'employé, mais s'en abstint pour ne pas être pris pour un fou.

Il passa sous l'arche en bois et descendit le long escalier qui conduisait à la plage. Sur sa droite, en contrebas, il aperçut une immense piscine de forme libre qui ne devait plus être en service en cette saison.

La plage était presque déserte. La mer calme. Mouettes et goélands traversaient le ciel. Randall observa leur vol, en apparence limpide mais ponctué de minuscules adaptations des ailes pour épouser les variations du vent. Il aurait aimé être un de ces oiseaux, pour prendre de la hauteur dans l'espoir d'y voir plus clair.

Il marcha sans but, prisonnier d'une affreuse solitude. De la plage, l'hôtel, qui surplombait la côte de sa façade altière, paraissait encore plus impressionnant. Il respira l'air frais à pleins poumons.

Au fur et à mesure que ses pas foulaient le sable, des images remontèrent en lui et se mirent à flotter comme une écume trouble à la surface de sa mémoire. Lui, enfant, en train de faire du vélo dans un jardin public – mais cette vision aurait aussi bien pu être tirée d'un spot publicitaire pour des céréales. Une chambre d'étudiant aux murs couverts d'affiches de cinéma qu'il n'arrivait pas à identifier. Une grande maison blanche ; un couple déjà âgé installé sous la véranda. Ses parents ? Puis une femme allongée sur un lit, nue, qui lui tournait le dos ; sa main glissant sur sa peau comme sur de la soie. Lui encore, assis dans un immense bureau aux murs de verre, qui dominait les buildings de la ville – New York ? Une femme et un homme, élégamment vêtus, de l'autre côté de la table.

Qui étaient-ils ? Des collaborateurs ? Des agents ? Des éditeurs ? Ou des publicitaires qui s'occupaient de ses livres ?

Randall secoua la tête pour chasser ces images qui engendraient en lui plus de questions que de réponses. Il continua d'avancer, fixant l'horizon et marchant à la lisière des vagues sur le sable – un peu plus vite, cependant, pour lutter contre le froid qui commençait à engourdir ses membres.

Il devina plus qu'il ne distingua sa présence. Une ombre mouvante, une silhouette qui passait derrière lui, un peu plus haut sur la plage. Il se retourna à moitié.

C'était une femme qui se promenait seule. Elle portait un long manteau gris très seyant et une écharpe rose qui flottait dans le vent. Est-ce son allure générale qui retint son attention ? La sensation que, pour la première fois depuis qu'il s'était levé, il rencontrait une personne familière ?

Retenu par une appréhension obscure, Randall retarda le moment de voir son visage. Il détourna les yeux vers les oiseaux qui, se disputant une maigre pitance, poussaient des cris éraillés. Quand elle arriva à sa hauteur, il regarda enfin les traits de la femme, et un frisson le parcourut. « C'est elle », se dit-il, mais il aurait été incapable de dire ce que signifiait vraiment cette pensée.

Comme il l'observait de manière un peu trop insistante, la femme tourna la tête dans sa direction – une ou deux secondes tout au plus, mais ce court instant suffit pour qu'il comprenne que, de son côté, elle ne le reconnaissait pas. Ces traits, ces yeux, cette coiffure… Tout lui semblait familier en elle, pourtant il était incapable de lui donner un nom ou de se rappeler dans quelles circonstances il l'avait déjà vue. Pas de choc salutaire qui lui aurait fait brutalement recouvrer la mémoire, mais un malaise diffus, qui venait contrarier la sensation de ravissement qu'il avait d'abord éprouvée.

Fugacement, il imagina que cette jeune femme était celle de la vision qu'il avait eue quelques instants plus tôt : cet être mystérieux, allongé à ses côtés dans le plus simple appareil, dont le visage se dérobait à lui. Mais non, c'était impossible... L'inconnue devait bien avoir trente ans de moins que lui et son absence totale de réaction prouvait qu'ils ne se connaissaient pas. « Tu es en plein délire... »

La jeune femme poursuivit sa route, sans faire attention à lui. Était-ce une cliente de l'hôtel ? Ou une habitante du coin qui faisait une promenade matinale ? Sa tenue élégante le fit pencher pour la première hypothèse. Il l'imaginait bien au volant de l'un de ces luxueux bolides que garait le voiturier.

Il ne devait pas en rester là. Cette inconnue pouvait avoir des réponses à ses questions. Après tout, ce qu'il avait pris pour de l'indifférence était peut-être de la défiance. Qui sait si elle n'avait pas cherché à l'éviter pour une raison quelconque ? Randall se remit en marche dans sa direction. Comme elle avançait d'un pas peu soutenu, il eut tôt fait de la rejoindre. Elle ne se retourna qu'une seule fois et, bien qu'elle pût soupçonner qu'il la suivait, elle n'accéléra pas, à son grand soulagement.

Quand il fut à sa hauteur, il se sentit paralysé. Ce qui n'avait été de loin qu'une impression devenait l'évidence même : quelque chose le reliait à elle. Ce visage à la beauté presque douloureuse ne lui était pas étranger. Malgré son émotion, il fit un effort pour continuer à avancer au même rythme qu'elle.

– Bonjour, dit-il simplement d'une voix tremblante.

Comme la jeune femme se contentait d'un signe de la tête peu engageant, il poursuivit :

– Excusez-moi mais... j'ai l'impression de vous connaître.

Contre toute attente, elle émit un petit rire qui donna moins de dureté à son visage, puis elle replaça son écharpe par-dessus son épaule.

– Plus personne n'utilise cette technique, vous savez.

– Pardon ?

– Le « On ne s'est pas déjà vus quelque part ? ». Il n'y a rien de plus ringard pour aborder une femme. Vous auriez pu faire un effort.

Randall sentit la honte lui monter au front. Il n'avait même pas eu conscience du ridicule de ses paroles. Lui qui avait tenu les plus belles filles du monde dans ses bras se comportait comme un dragueur de seconde zone.

– Non, ça n'est pas du tout ce que vous croyez ! J'ai vraiment l'impression que nous nous sommes déjà vus.

– Je sais, je vous faisais marcher.

– C'est vrai ?

Elle continua de progresser un peu sur la plage avant de lui répondre.

– Je réside au Grand Hôtel depuis une semaine. Nous nous sommes effectivement croisés plusieurs fois, de loin. Vous êtes l'écrivain, n'est-ce pas ? Quelle question stupide... Bien sûr que vous êtes « l'écrivain ». Qui ne connaît pas Randall Hamilton ? (« Moi », eut-il envie de répondre.) N'est-ce pas pénible parfois de ne jamais pouvoir passer incognito ? J'imagine que la rançon de la gloire n'est pas qu'un mythe ?

Il repensa à la groupie qui l'avait abordé au petit déjeuner pour lui faire signer un de ses romans. Ce genre de scène avait dû se répéter des centaines de fois au cours de sa fameuse « carrière ».

– Ça peut être un peu pesant parfois, je vous l'accorde. Mais il y a tant d'auteurs qui aimeraient devenir célèbres que je ne peux guère m'en plaindre.

– C'est vrai, on ne peut pas regretter ce qu'on a recherché toute sa vie...

Randall eut l'impression qu'elle parlait en fait d'elle-même.

– Je mentirais en disant que j'ai lu tous vos livres, reprit-elle, mais j'aime beaucoup ce que vous écrivez.

– Merci.

– Et je n'ai pas pour habitude de mentir aux gens pour leur faire plaisir. Je suis toujours sincère… Ma plus grande qualité et aussi mon plus grand défaut.

Ils marchèrent en silence. Randall sentait son cœur battre à un rythme anormal. Cette femme était certes bien réelle, mais l'atmosphère qui se dégageait de cette scène avait quelque chose d'onirique.

– Pourquoi venez-vous toujours à Cape Cod pour terminer vos livres ? J'ai lu ça dans la presse…

– Je m'y sens bien. J'aime l'atmosphère de cet endroit, l'air fortifiant de l'océan, les villages de la côte…

Il s'arrêta, conscient qu'il se contentait de réciter ce qu'il avait lu sur Internet à son propre sujet.

– Mais, cette fois, je ne sais pas si j'irai au bout de mon livre.

– Pourquoi dites-vous cela ?

– Je ne suis plus capable d'écrire la moindre ligne. Je crois que quelque chose s'est cassé en moi.

– C'est une coquetterie d'écrivain, vous ne croyez pas ?

– Si seulement c'était vrai… Les gens pensent sans doute que, parce qu'on a écrit quarante livres, on sera forcément capable d'en écrire un quarante et unième, mais les choses ne fonctionnent pas ainsi. Il faut croire qu'un jour on finit par perdre ses repères…

– Sérieusement, vous pourriez arrêter d'écrire ?

– Je le crois. J'imagine que je ne serais pas le premier.

– Non, effectivement. Forster s'est arrêté d'écrire plus de quarante ans avant sa mort. Philip Roth aussi a renoncé, mais il était plus vieux que vous. Que feriez-vous de vos journées si vous n'écriviez plus ?

Randall s'imagina prisonnier pour le restant de son existence de la carte postale qu'il avait sous les yeux. La même journée recommencée à l'infini, dans un corps qui lui était étranger.

– Je me promènerais sur la plage.

– Vous finiriez par trouver les journées très longues.

– Sans doute… Vous connaissez mon nom mais je ne connais toujours pas le vôtre.

– Est-ce important ? répondit-elle d'un ton contrarié en regardant l'horizon.

– J'aimerais le connaître.

– Hedy.

– C'est un prénom peu courant.

– Ma mère admirait Hedy Lamarr, l'actrice hollywoodienne. Vous savez que c'était une inventrice de génie ? On prétend que c'est elle qui a créé le Wi-Fi. Malheureusement, elle a fini dans la solitude et la misère. Personne ne l'a jamais prise au sérieux. Les femmes trop belles suscitent toujours de la méfiance.

Une nouvelle fois, Randall eut l'impression qu'elle parlait d'elle.

– Pourquoi êtes-vous au Grand Hôtel, Hedy ?

– J'essaie d'oublier…

– Oublier quoi ?

Elle regarda encore en direction de la mer et inspira l'air chargé d'embruns. Son air désenchanté le toucha.

– Je vous trouve bien indiscret, monsieur. Après tout, nous venons à peine de nous rencontrer.

– Excusez-moi. Je me suis permis cette question parce que… même si ça peut paraître fou, j'ai vraiment la sensation que nous nous connaissons. Plus que deux personnes qui se sont simplement croisées de loin dans un hôtel.

– Qui sait ? Nous nous sommes peut-être rencontrés dans une autre vie…

– Vous vous moquez de moi.

– Non. Je ne crois pas que nos existences se résument à ce que nous en voyons. Nombre de cultures croient dans la transmigration des âmes. Si ce n'est pas la première fois que nous nous parlons, peut-être avions-nous une apparence différente la dernière fois.

Randall scruta le visage de la jeune femme pour savoir si elle était sérieuse, mais celui-ci n'offrait qu'une façade inexpressive. Sans même qu'il s'en fût rendu compte, ils étaient déjà de retour devant l'hôtel.

– Je dois y aller à présent, dit-elle en fixant l'escalier. Peut-être aurons-nous l'occasion de nous revoir... dans cette vie ou dans une autre.

Randall aurait voulu la retenir. Il n'avait presque rien appris de concret sur elle, mais il était persuadé qu'elle ne s'était pas trouvée sur son chemin par hasard. Il demeura pourtant empêtré dans sa maladresse.

– Combien de temps resterez-vous à l'hôtel ?

– Je ne le sais pas encore. Ça ne dépend pas de moi...

Elle lui adressa un petit sourire triste avant de lui tourner le dos et de se diriger vers les marches. Randall la regarder s'éloigner de la plage. Quand il se retrouva seul, il se demanda si toute cette scène avait existé ailleurs que dans son imagination.

# 6

– Une jeune femme avec un manteau gris et une écharpe rose, dites-vous ?

– Oui. Elle a dû entrer dans l'hôtel il y a une dizaine de minutes à peine.

Derrière le comptoir, Maurice hochait doucement la tête, sans se départir de son air guindé. Il se pencha en avant et baissa légèrement la voix :

– Il doit s'agir de Mlle Azarova.

– Hedy Azarova ?

– C'est exact.

– Que savez-vous sur elle, Maurice ?

Le concierge se raidit et toussota.

– C'est-à-dire, monsieur Hamilton… Je suis un peu embarrassé : nous n'avons pas pour habitude de dévoiler des informations sur…

– Allons ! Je ne vous demande pas son CV complet ni le numéro de sa carte de crédit. Je resterai discret. Nous nous connaissons suffisamment, tous les deux, n'est-ce pas ?

Randall lui décocha un clin d'œil en essayant d'adopter un air complice.

– Certainement… Eh bien, fit le concierge après une hésitation, elle est arrivée à l'hôtel il y a une semaine.

– C'est une habituée ?

– Non, nous ne l'avions jamais vue auparavant. Une jeune femme très distinguée, et à l'évidence très fortunée : elle a réservé l'une des suites les plus luxueuses de notre établissement.

– Elle est russe ?

– Son nom pourrait le laisser supposer, mais elle n'a aucun accent et je ne l'ai pas entendue parler quelque langue étrangère que ce soit.

– Vous ne savez donc pas d'où elle vient ?

– Non. À vrai dire, je serais bien en peine de vous donner d'autres informations à son sujet.

– Est-elle venue seule ?

– Monsieur ! s'exclama Maurice en levant les yeux au plafond.

– Répondez juste à cette question et je cesserai ensuite de vous torturer.

– Pas exactement.

– C'est-à-dire ?

– Elle est descendue au Grand Hôtel accompagnée d'un homme plus âgé qu'elle, qui semblait être son conjoint. Une personne à l'apparence assez froide, à laquelle je n'ai guère eu affaire. Il n'est resté que deux jours, presque sans sortir de sa chambre. Il est ensuite parti au petit matin et nous ne l'avons pas revu depuis lors. Mlle Azarova a paru... très contrariée et peinée par ce départ.

– Je vois.

En réalité, Randall ne voyait rien du tout. Hedy était toujours aussi énigmatique, bien qu'il pût supposer qu'elle traversait une crise dans son couple, ce qui pouvait expliquer son humeur mélancolique. Rien dans ce que lui avait dit Maurice ne laissait penser qu'il la connaissait.

– Une dernière question, sans rapport avec Mlle Azarova. Comment suis-je venu à l'hôtel ?

– Je vous demande pardon, monsieur ?

– Par quel moyen de locomotion suis-je arrivé ici ? En voiture ?

Le concierge le regarda avec des yeux ronds, mais son professionnalisme reprit presque aussitôt le dessus.

– Je crois savoir que vous n'avez jamais aimé conduire. En taxi, monsieur. Vous êtes venu en taxi, comme chaque fois.

– Mais, avant le taxi ?

– À la vérité, je l'ignore. Sans doute en train ou en avion, venant de New York.

– New York ?

– Il s'agit bien de votre résidence principale ? Votre appartement, sur Central Park…

– Bien sûr. Pardonnez-moi, il s'agissait simplement d'une petite expérience… pour mon prochain roman.

Le concierge se détendit enfin.

– Je m'en doutais. Vous avez voulu voir comment je réagirais ? Vous testiez sans doute sur moi une de ces répliques dont vous avez le secret.

– C'est tout à fait ça. Merci pour votre aide, Maurice, et bonne journée.

Randall avait commencé à tourner les talons lorsqu'une pensée lui traversa l'esprit.

– Oh ! Est-ce que par hasard quelqu'un aurait cherché à me joindre ces derniers jours ?

Le concierge secoua la tête.

– À l'exception de quelques fans qui tentent toujours leur chance en appelant l'hôtel, personne. Auriez-vous un problème avec votre téléphone mobile ?

– Mon téléphone ?

– Eh bien, oui, je présume qu'on vous contacte de préférence sur votre mobile en cas d'urgence.

Un portable… Comment n'y avait-il pas pensé tout seul ?

*

C'est avec excitation que Randall fouilla de fond en comble sa chambre, qui avait déjà été faite en son absence. Il trouva assez rapidement le téléphone dans le tiroir de sa table de nuit, à côté d'un petit dictaphone à cassette qui suscita sa curiosité. Il appuya sur la touche « entrée » et écouta la bande durant une minute. Il s'agissait de notes enregistrées en vue de l'écriture de son roman : il reconnut plusieurs phrases proches de celles qu'il avait lues sur l'ordinateur. Il fut déçu de ne pas y trouver d'informations plus personnelles ou plus intéressantes.

Délaissant l'enregistreur, il se concentra sur le téléphone. Allumé mais en mode silencieux, celui-ci contenait deux messages non lus.

Le premier expéditeur ne lui était pas étranger : il s'agissait de Bob Freeman, son agent, dont il avait trouvé la carte de visite dans son portefeuille et qui était mentionné sur Wikipédia. Randall s'assit sur le lit et enclencha le haut-parleur : « Mon grand, c'est Bob. Écoute, je sais que tu n'aimes pas être dérangé quand tu es dans ton palace, mais je n'ai pas pu m'empêcher de t'appeler. Je viens tout juste de terminer les deux cents feuillets que tu m'as envoyés. Je suis… je suis très enthousiaste, Randall. (Silence.) Je crois sincèrement que tu n'avais rien écrit d'aussi bon depuis au moins dix ans. On dirait… je ne sais pas, que tu as trouvé un nouveau souffle. Ton récit est percutant, incisif, sans le moindre gras. Tu sais combien je fais la guerre aux longueurs et aux digressions, mais là… il n'y a pas un paragraphe à supprimer. Tu me redonnes vraiment un coup de jeune, mon grand. J'ai l'impression de revenir près de quarante ans en arrière, quand j'ai reçu ton premier manuscrit par la poste. Rappelle-moi, s'il te plaît… Ou plutôt non, ne me rappelle pas si tu es dans la dernière ligne droite. N'écoute même pas ce message – bon, pour le coup, je crois que c'est un peu tard… Finis-moi ce petit bijou. Merci de continuer à me faire confiance après toutes ces années. Je t'embrasse. »

« Malheureusement, je doute que tu puisses un jour en finir la lecture », pensa Randall en revenant à la liste des messages.

Le second expéditeur ne lui disait rien : c'était une certaine « Lyly », comme l'indiquait laconiquement son nom de contact. « Bon, comme d'habitude, tu ne décroches pas. Je voulais simplement savoir si tout allait bien et si tu étais fin prêt. J'ai relu une nouvelle fois le discours, il est parfait. Peut-être un peu long, mais je ne doute pas que tu sauras improviser au cas où. Rappelle-moi si tu as besoin de quoi que ce soit. Je ne sais pas encore à quelle heure j'arriverai à l'hôtel, mais ne t'inquiète pas, j'ai la situation en main. Tout se passera bien. »

Si le premier message était clair – son éditeur historique avait adoré son roman en cours d'écriture –, le second était beaucoup plus sibyllin. Qui était cette Lyly et à quoi faisait-elle allusion ? Quelle situation méritait qu'on la prenne en main ? Quel discours était-il censé prononcer ? De quoi aurait-il dû s'inquiéter ?

Randall consulta ensuite sa boîte mail, qui contenait un nombre invraisemblable de messages. Il en survola quelques-uns au hasard : des demandes d'interviews, des courriers l'informant de traductions ou de cessions de ses livres, des expéditions d'articles de presse, des redditions de comptes de ses précédents romans, qui faisaient état de ventes et de sommes à donner le vertige… Ces mails lui permirent de comprendre que la fameuse Lyly s'appelait en réalité Elizabeth Banfield et qu'elle était son attachée de presse. À voir le nombre de tâches hétéroclites qu'elle était capable de gérer, des plus sérieuses aux plus futiles, elle semblait même plus proche d'une nounou.

Randall arrêta sa lecture et posa le téléphone sur la table de nuit. Il aurait bien le temps de se préoccuper de tout cela plus tard, d'autant qu'il se sentait soudain terriblement fatigué. Les émotions qu'il avait éprouvées depuis le matin l'avaient vidé.

Il s'allongea sur le lit et fixa le ventilateur au plafond. Rapidement, ses paupières se firent lourdes. Il n'arrivait plus à lutter, comme si on venait de lui administrer un anesthésique sur une table d'opération. Les pales du ventilateur s'étirèrent et se mirent à tourner en une spirale vertigineuse.

En quelques instants, les ténèbres le recouvrirent.

*

Durant plusieurs secondes, une douleur intense lui vrilla le crâne, puis, aussi rapidement qu'elle était apparue, elle se dissipa pour n'être plus qu'un battement lointain dans son cerveau. Randall comprit immédiatement que quelque chose clochait, avant même d'ouvrir les yeux, avant même d'avoir complètement retrouvé une pleine conscience des choses.

Il n'était plus dans sa chambre. Une brise fraîche lui caressait le visage, ses pieds étaient humides. Il était étendu sur un transat, au milieu de l'une des immenses terrasses qui surplombaient la plage. Bon sang ! comment avait-il atterri là ? Il se souvenait parfaitement de s'être endormi sur son lit après avoir consulté son téléphone, jamais d'être sorti de sa suite pour prendre l'air. « Tu ne te rappelles ni qui tu es ni d'où tu viens, alors cette énigme peut sembler de bien peu d'importance par rapport au reste... »

Le corps courbaturé, il se leva avec difficulté. Il regarda autour de lui mais il n'y avait personne. Sa montre lui indiqua qu'il avait dormi un peu plus de deux heures. Le ciel s'était couvert de nuages. Les mouettes au-dessus de la mer avaient pour la plupart disparu. Randall éprouvait une impression étrange : c'était comme s'il était la dernière âme qui vive dans cet hôtel déserté, devenu soudain terriblement angoissant.

Il fit quelques pas pour aller s'accouder à la rambarde de la terrasse. Alors qu'il laissait son regard dériver sur la plage, quelque chose l'arrêta. Au bout de la jetée en pierres, il venait de distinguer une silhouette. Après avoir frotté ses yeux encore engourdis, il crut identifier Hedy dans son long manteau gris, mais peut-être s'agissait-il d'une hallucination. Il plissa les paupières pour y voir plus clair, sans grand succès. C'est alors qu'il sentit une présence derrière lui.

Il se retourna. Un jeune employé en tenue de l'hôtel, qu'il n'avait jamais vu, finissait de descendre l'escalier, un gros plaid à carreaux rouges entre les mains.

– Monsieur Hamilton ! héla-t-il en s'approchant.

– Oui ?

– J'ai vu que vous vous étiez assoupi sur la terrasse. Je vous apportais de quoi vous couvrir. Il ne fait vraiment pas chaud aujourd'hui…

– Merci, mais je ne vais pas rester. J'ai juste fermé les yeux quelques secondes et…

Randall s'interrompit. Il n'avait aucune raison de se justifier devant un employé pour avoir piqué un malheureux somme. Et il n'appréciait guère que ce blanc-bec s'adresse à lui comme à un grabataire.

– Oh, bien sûr, il n'y a pas de problème, fit le jeune homme en serrant le plaid contre sa poitrine.

– Dites-moi, depuis combien de temps suis-je sur cette terrasse ?

– Je ne pourrais pas précisément vous le dire, monsieur. Une grosse demi-heure tout au plus.

– Est-ce que vous m'avez vu sortir de l'hôtel ?

– Je vous demande pardon ?

– M'avez-vous vu sortir pour descendre jusqu'ici ? Ou simplement passer par le hall de l'établissement ?

– Je ne crois pas. Je sortais tout à l'heure pour ranger du matériel quand je vous ai aperçu allongé sur cette chaise longue. J'ai pensé bien faire en…

– Bien sûr, je ne vous reproche rien. Venez par ici, s'il vous plaît…

Randall l'entraîna vers la rambarde et désigna du doigt la jetée au loin :

– Vous voyez cette femme, là-bas ?

– Oui.

– Pourrait-il s'agir de Mlle Azarova ?

– On le dirait bien, monsieur.

Randall leva un sourcil, dubitatif.

– Vous savez de qui je parle, n'est-ce pas ? Mlle Hedy Azarova.

– Je sais très bien qui c'est. Le contraire serait étonnant…

– Pourquoi dites-vous cela ?

– Disons que Mlle Azarova n'est pas passée inaperçue depuis son arrivée à l'hôtel… si vous voyez ce que je veux dire.

– Non, je ne vois pas du tout.

– Eh bien, il y a eu des disputes assez vives dans la suite qu'elle occupait avec son compagnon.

– « Vives » ?

L'employé hocha lentement la tête, regrettant visiblement ses indiscrétions.

– Assez en tout cas pour que nous soyons à deux doigts de leur demander de quitter l'établissement, ce qui, je peux vous l'assurer, n'arrive quasiment jamais.

– Vous pensez que cet homme a été physiquement violent avec elle ?

– Je ne le crois pas, monsieur, sinon, c'est la police que nous aurions avertie : jamais nous n'accepterions de couvrir ce genre de comportement.

– Bien entendu.

– À mon avis, c'étaient de simples disputes de couple. Mais il y a eu des insultes, des cris et des objets cassés dans la chambre, si bien que des clients se sont plaints. Désirez-vous autre chose, monsieur ? Voulez-vous que je vous laisse la couverture ?

– Non, je vous remercie, répondit Randall en fouillant dans sa poche pour lui donner un pourboire.

Quand il regarda à nouveau par-dessus la rambarde, il s'aperçut que Hedy s'était assise sur le rebord de la jetée, les pieds dans le vide. Un mauvais pressentiment le saisit aussitôt. Cette femme avait eu plusieurs altercations violentes avec son compagnon, elle se sentait seule, peut-être désespérée de voir son couple se désagréger. Malgré ce que venait de lui confier l'employé, on ne pouvait pas exclure que l'homme l'ait bousculée, voire frappée. Et si elle s'apprêtait à commettre une énorme bêtise ? Car, de là où il se trouvait, Randall trouvait que son corps penchait dangereusement en avant au-dessus de l'eau.

Ses doigts serrèrent la rambarde, sa mâchoire se crispa. Il ne pouvait pas rester là à regarder cette femme s'enfoncer dans le désespoir. Il devait lui venir en aide, même s'il était encore incapable de dire comment.

Randall descendit l'escalier menant à la plage mais, arrivé à la dernière marche, il fut pris d'un vertige. Il dut faire une halte et s'appuyer sur la main courante. Que lui arrivait-il encore ? Allait-il perdre connaissance comme dans la chambre et se réveiller à l'autre bout de l'hôtel, sans se souvenir de rien ? Il ne pouvait pas se permettre de flancher. Pas maintenant.

Il prit sur lui et gagna la plage. Tandis qu'il avançait dans le sable, une dune herbeuse déroba la jetée à sa vue. Hedy était désormais hors de son champ de vision. Le cœur de Randall s'emballa, son mauvais pressentiment s'intensifia. Il essaya d'accélérer le pas, mais ses jambes étaient frêles et son corps déjà gagné par la fatigue. Il avait à présent la certitude que cette femme n'était pas pour lui qu'une inconnue croisée lors d'une balade matinale. Elle était une pièce essentielle du puzzle, sans laquelle l'image complète ne pourrait être révélée.

Lorsqu'il eut parcouru une vingtaine de mètres, la jetée réapparut. Durant quelques secondes, les yeux troublés par l'effort qu'il venait de fournir, il crut que Hedy avait disparu et il fut terrifié à l'idée qu'elle se soit jetée à l'eau. Pourtant, dès qu'il eut atteint la construction en pierres, il la distingua, toujours assise au même endroit. Mais son corps était désormais affaissé sur le côté, comme si elle avait été saisie d'un malaise.

Le souffle court, Randall se mit à courir sur la jetée en une succession de foulées pathétiques. Hedy ne bougeait plus. Seuls les pans de son manteau étaient légèrement agités par la brise. « Elle n'est pas inconsciente, pensa-t-il, elle est morte. » Les larges pierres humides de la jetée glissaient sous ses pieds. Le sel de l'océan lui piquait les yeux et la bouche. Il avala les derniers mètres qui le séparaient de la jeune femme à toute allure. Quand il arriva auprès d'elle, la scène qu'il découvrit le pétrifia.

Le corps de Hedy était recroquevillé, son visage presque entièrement dissimulé par la masse de ses cheveux et par son écharpe. La manche de son manteau était relevée presque jusqu'au coude, découvrant son avant-bras maculé de sang. Randall distingua plusieurs entailles, qui avaient atteint profondément les veines. Le sang coulait le long de sa peau et dégouttait sur les pierres : il avait formé une petite flaque dans laquelle baignait la lame d'un coupe-choux.

Randall hurla le nom de la jeune femme, mais son cri se perdit dans le bruit des vagues alentour. Il dut faire un effort pour ne pas fléchir. Dépassant sa stupeur, il s'agenouilla à ses côtés et la prit dans ses bras. Il appuya de toutes ses forces sur l'intérieur de son poignet pour tenter de stopper l'hémorragie. Le sang s'immisça aussitôt entre ses doigts. Il dégagea ensuite les mèches de son visage, d'une pâleur effrayante. Il constata qu'elle respirait encore, quoique faiblement. Quelques minutes de plus et il aurait probablement été trop tard. Sans perdre de temps, il détacha la longue écharpe du cou de Hedy et la noua fermement autour de son poignet, pour lui confectionner un garrot rudimentaire.

Serrant le corps inanimé contre sa poitrine, Randall tourna la tête dans tous les sens, dans l'espoir de trouver quelqu'un qui puisse prévenir les secours. Mais la plage était désespérément vide. Ils étaient seuls, au bout de cette jetée. C'est alors qu'il comprit qu'il ne pourrait compter sur personne d'autre que lui-même.

S'appuyant d'une main sur les pierres, il dut s'y reprendre à plusieurs fois avant de pouvoir soulever la jeune femme. Dès qu'il fut debout, il commença à rebrousser chemin.

Il entendait son cœur battre puissamment à ses tempes. Le corps lui masquant ses propres pieds, il avançait à l'aveuglette, les jambes flageolantes, à deux doigts de perdre l'équilibre à chaque pas. Hedy n'avait pas repris connaissance : son visage à la blancheur de cire demeurait affaissé contre sa poitrine. L'écharpe autour de son poignet s'était déjà imbibée de sang et avait même maculé le pull de Randall d'une large auréole.

Quand il atteignit enfin la plage, les jambes rompues, il vit au loin une silhouette descendre l'escalier de l'hôtel à toute allure. Il crut reconnaître l'employé qui l'avait abordé sur la terrasse. Alors, bien qu'à bout de forces, Randall continua d'avancer dans le sable en criant à l'aide et en priant pour que Hedy ne rende pas son dernier souffle entre ses bras.

# 7

Andy se rendit au Collins le lendemain à la même heure. Il prit place à sa table habituelle, commanda une bière et attendit. Carla, qui semblait avoir tout compris de son manège, lui lança des regards hostiles et évita de s'attarder auprès de lui.

Il eut le temps de relire tranquillement ce qu'il avait écrit, à savoir sa rencontre anticipée et fantasmée avec Abigaël. Les trois pages qu'il avait noircies ne constituaient encore qu'un premier jet maladroit, mais elles étaient plus vivantes que tout ce qu'il avait produit jusqu'alors. La simple pensée qu'il puisse vivre dans la vraie vie ce qu'il racontait nourrissait sa flamme créative.

Abigaël arriva une demi-heure plus tard et, à sa grande déception, elle était accompagnée par une des deux filles qu'il avait vues la veille. Elles paraissaient toutes deux d'humeur enjouée. Abigaël rayonnait. Elle avait troqué sa robe contre un jean délavé taille haute et une chemise blanche : cette tenue sans aucune affectation donnait à sa beauté une simplicité désarmante.

Elles commandèrent des limonades et discutèrent avec entrain, parlant un peu trop fort et ponctuant leur dialogue d'éclats de rire. Abigaël avait remarqué Andy dès qu'elle s'était assise, peut-être même dès qu'elle avait pénétré dans le bar. Ils échangèrent à nouveau des regards, mais elle prit soin cette fois de ne pas laisser le sien traîner trop longtemps sur lui – une manière de dire, sans trop extrapoler : Je sais que c'est à cause de moi que vous êtes ici aujourd'hui.

Andy essaya de se donner du courage. Il pouvait tenter de l'aborder même si elle n'était pas seule. Les circonstances seraient certes différentes de celles imaginées dans son roman, mais il pourrait peut-être tirer son épingle du jeu. C'était malgré tout augmenter le risque de se faire rembarrer, si sa copine cherchait à s'interposer entre eux et à lui faire comprendre qu'il n'était qu'un minable dragueur. Quand les filles faisaient bloc, elles pouvaient se montrer terriblement cruelles.

À force de tergiverser, Andy laissa passer sa chance : Abigaël et son amie quittèrent le Collins dès qu'elles eurent fini leur verre. Son carnet de notes toujours ouvert devant lui, il les regarda partir avec dépit. Il eut à peine l'occasion d'adresser à Abigaël un discret signe de la tête, comme à une vague connaissance qu'on croise par hasard, mais elle n'y répondit pas.

Il fut fidèle au poste le jour d'après, ayant décommandé un rendez-vous avec Logan pour être sûr de ne pas être dérangé : avec ses pitreries habituelles, son ami était capable de tout faire foirer. Par moments, Logan lui faisait penser à ce lointain cousin que personne n'ose inviter aux mariages par peur qu'il fasse du grabuge.

Ce qu'Andy n'avait pas prévu, c'était qu'Abigaël serait déjà attablée quand il arriverait. Qui plus est à sa place attitrée. Car il ne rêvait pas, elle était installée au fond du bar, sur *sa* banquette en skaï rouge, plongée dans une lecture. Il en demeura stupéfait dans l'entrée. Était-ce une provocation ? Une invitation ? Ou une simple coïncidence ? Une chose était sûre, il ne pouvait pas aller s'asseoir piteusement à une autre table et perdre définitivement la face. Son cahier à la main, il traça donc droit vers elle après avoir pris une grande inspiration.

– Excusez-moi…

– Oui ? fit-elle en levant vers lui un regard totalement indifférent.

Abigaël était encore plus charmante maintenant qu'il la voyait de près, ce qui eut pour effet de le couper dans son élan.

– Est-ce que ça vous dérangerait si… je m'asseyais à votre table ? Je m'installe toujours ici d'habitude.

Abigaël fronça les sourcils. Elle regarda tout autour d'elle en feignant d'y chercher quelque chose.

– Est-ce que votre nom est inscrit quelque part ?

– Euh… non.

– Est-ce que nous nous connaissons ?

Il sourit benoîtement.

– Eh bien… Carla, la serveuse, est une amie à moi. Vous la connaissez aussi. J'ai tendance à croire que les amis de mes amis sont mes amis.

– « Les amis de mes amis… », répéta-t-elle en se moquant ouvertement.

Elle désigna pourtant du menton la chaise face à la banquette pour l'inviter à prendre place, ce qu'il fit sans se faire prier.

– Franchement, vous y croyez vraiment ? reprit-elle.

– À quoi ?

– À tous ces proverbes ridicules. « Qui se ressemble s'assemble » mais « les contraires s'attirent ». Ça ne veut rien dire, si on y pense. Je déteste tous ces clichés.

– Je m'appelle Andy, dit-il pour repartir sur de meilleures bases.

– Je le sais.

– C'est Carla qui vous l'a dit ?

– Pourquoi m'aurait-elle dit une chose pareille ? J'ai juste entendu votre ami vous appeler par ce prénom l'autre jour. Je suppose que c'est le vôtre.

Elle se mit à regarder son cahier avec insistance.

– Qu'est-ce que vous écrivez au juste ? Vous savez que vous êtes terriblement agaçant, avec votre carnet ?

– J'écris un roman.

– Un roman ? Rien que ça !

– Vous trouvez ça ridicule ?

– Non, pas du tout. Je peux lire ? demanda-t-elle en avançant sa main.

Andy eut un léger mouvement de recul. Elle avait posé la question aussi simplement que si elle venait de lui demander de lui passer une serviette en papier.

– Eh bien, non, c'est encore à l'état de brouillon.

– Qu'est-ce qu'un écrivain qui ne veut pas qu'on lise ses livres ?

Piqué au vif, il se renfrogna. Il n'aimait pas le tour que prenait la conversation.

– Je veux bien qu'on le fasse, mais seulement une fois qu'ils sont terminés.

– Les derniers romans de Dickens, de Stendhal ou de Nabokov sont inachevés, est-ce que ça nous empêche de les lire ?

– C'est un peu différent : ils sont morts avant d'avoir pu les finir. Je ne crois pas qu'on ait pris la peine de leur demander leur avis.

– Bien sûr qu'ils auraient aimé qu'on les lise ! Les écrivains sont tous mégalos, c'est bien connu. Vous ne croyez tout de même pas qu'ils ont sué sang et eau pendant des mois en s'imaginant que leur manuscrit resterait dans un tiroir après leur mort…

Elle approcha un peu plus sa main du cahier.

– Dites-moi au moins de quoi ça parle.

– Je viens à peine de commencer.

– À moins que vous ne pratiquiez l'écriture automatique, vous avez bien une idée de ce que vous voulez écrire.

– Disons que je tente quelque chose d'un peu... expérimental. Mon histoire est susceptible d'évoluer en fonction de plusieurs paramètres.

Elle secoua la tête en signe d'incompréhension. Mieux valait ne pas s'aventurer sur ce terrain dangereux, car, en fin de compte, c'était bien elle le paramètre principal de son histoire.

– Et vous, Abigaël ? Je parie que vous étiez en train de lire une pièce de théâtre.

Elle baissa rapidement les yeux sur le document relié par une spirale.

– Sacrément perspicace... Vous savez que je suis actrice ?

– Oui.

– Carla, j'imagine... fit-elle en lorgnant vers le comptoir.

– Pourquoi m'aurait-elle dit une chose pareille ?

– Peut-être parce que vous le lui avez demandé. Vous parliez de moi l'autre jour.

– Vous lisez sur les lèvres ?

– Pas la peine. Vous manquez de discrétion, Andy. On lit en vous à livre ouvert.

Il se sentit à nouveau mouché, avec la désagréable impression de ne pas parvenir à prendre la main dans leur échange.

– Quelle pièce lisez-vous ?

– *Oncle Vania*, de Tchekhov. Nous sommes en train de commencer les répétitions. Je joue le rôle de Sonia...

À l'époque du lycée, il avait assisté à une représentation par une troupe d'élèves de *La Cerisaie*, qu'il avait trouvée mortellement ennuyeuse, peut-être moins à cause du texte que de l'amateurisme désespérant des acteurs. Il aurait pu prétendre connaître Tchekhov sur le bout des doigts, mais il craignait trop qu'elle ne le démasque.

– Désolé, je n'ai pas lu la pièce, avoua-t-il.

– Sonia est la fille d'un professeur vieillissant et acariâtre. Elle se tue à la tâche en gérant le domaine de son père. Elle est laide et tombe amoureuse d'un médecin qui n'a d'yeux que pour sa belle-mère. C'est un rôle magnifique mais, comme vous l'imaginez, pas très gai.

– Vous allez vraiment jouer le rôle d'une fille laide ? J'ai du mal à le croire.

– Laissez tomber vos flatteries, je déteste ça…

– Je suis sérieux.

– C'est du théâtre, Andy. Un peu de maquillage, une vilaine perruque, et je vous assure que vous n'aurez plus du tout envie de venir vous asseoir à ma table.

– Je prends le pari.

– Vous regretterez qu'on ne m'ait pas donné le rôle d'Éléna.

– Éléna ?

– La belle-mère. Une femme très séduisante qui fait tourner la tête de tous les hommes.

– Ça n'aurait pas été drôle : vous n'auriez pas eu à faire beaucoup d'efforts.

Pas dupe, elle referma son texte et se leva, si bien qu'Andy s'alarma :

– Vous ne partez pas déjà ?

– Si.

– Ce n'est pas ma compagnie qui vous dérange, j'espère. Je peux aller m'asseoir ailleurs.

– Ne faites pas l'enfant… Je dois retourner au théâtre, je suis déjà en retard. Je vous souhaite bonne chance pour votre roman.

Il chercha quelque chose à dire. Lui demander son numéro ? Lui donner le sien ? L'inviter à dîner quelque part ? Mais tout ce qui lui passait par la tête lui paraissait affreusement banal, indigne de ce qu'il cherchait à créer avec elle. Finalement, Abigaël vint à sa rescousse :

– Vous pourrez venir me voir un de ces jours, si le cœur vous en dit. Au théâtre, je veux dire… Je ne suis pas comme vous,

Andy : ça ne me dérange pas de montrer mon travail en cours. Au contraire, j'apprécie qu'on me critique, même durement. Il n'y a que comme ça qu'on peut progresser.

Il prit évidemment sa tirade pour un reproche.

– Dites, vous avez fait exprès de vous asseoir à cette place, n'est-ce pas ?

Elle haussa les épaules avec un air amusé.

– Qui sait ? Comme le dit l'un de ces proverbes que vous semblez apprécier, « le hasard fait parfois bien les choses ».

*

– Je ne me lasserai jamais de cette vue, marmonna Logan en avalant une bouchée de sandwich au thon. Quel pied !

Andy leva les yeux vers la façade marronnasse du Boston Medical Center. Le décor était d'autant plus déprimant qu'après une matinée plutôt ensoleillée le ciel s'était couvert de lourds nuages.

– Tu l'as dit…

– Sérieusement, tu n'en as pas marre de bouffer ces sandwichs insipides, assis à côté de moi sur le bord d'une jardinière ? Tu en as du courage… Qu'est-ce que j'aimerais me faire de vrais restos comme ces huiles de l'hôpital, me taper la cloche tous frais payés sous prétexte de déjeuners professionnels.

Andy croqua sans appétit dans son hot-dog.

– Je suis sûr que tu n'en penses pas un mot.

– Ne me dis pas que tu n'aimerais pas faire pareil, entouré d'attachés de presse et de stars de l'édition ?

Andy grimaça.

– Tu veux que je te dise ? Quand tu te seras embourgeoisé et que tu gagneras plein de fric, tu regretteras nos déjeuners minables sur ce parking…

– Aucun risque, je peux te l'assurer.

– C'est ce que tu crois. Quand on a obtenu ce dont on rêvait, on se retrouve sans but, et on finit toujours par regretter sa vie d'avant, lorsqu'on devait galérer pour l'obtenir.

– Qu'est-ce que tu en sais ?

– J'ai lu ça dans un bouquin de psychologie. C'est la recherche de la réussite qui est notre moteur. Seul le chemin compte, pas la destination.

– Waouh ! On n'a qu'à prendre les paris : rendez-vous dans dix ou quinze ans…

Après avoir remballé son sandwich à peine entamé, Logan fixa son ami avec insistance.

– Pourquoi est-ce que tu me regardes comme ça ?

– Je ne sais pas, tu as l'air bizarre en ce moment. Il y a anguille ?

– Quoi ?

– Anguille sous roche, comme on dit. Je te connais depuis assez longtemps pour sentir que tu me caches quelque chose.

– Qu'est-ce que je pourrais bien te cacher ? répondit Andy en fuyant son regard.

– Toi, tu as rencontré quelqu'un…

– C'est du grand n'importe quoi !

– Tu rougis. Allez, lâche le morceau !

Andy lui fit signe de se calmer en agitant la main.

– C'est bon, tu as gagné. J'ai peut-être rencontré quelqu'un…

– « Peut-être » ? Qu'est-ce que c'est que ces conneries ? Soit on rencontre une personne, soit on ne la rencontre pas.

– Alors disons que je l'ai rencontrée.

– Mon salaud ! Tu ne m'aurais rien dit si je ne t'avais pas cuisiné. Comment est-ce qu'elle s'appelle ?

– Elle s'appelle Abigaël, mais ce n'est pas ce que tu crois.

– Ah bon ? Tu rencontres une fille, tu ne veux pas me parler d'elle, mais ça n'est pas ce que je crois…

– Disons que ça aurait tout aussi bien pu être quelqu'un d'autre. Je l'ai abordée l'autre jour au Collins. Abigaël sera le personnage de mon prochain roman.

Logan secoua la tête avec perplexité.

– Attends, je n'y comprends rien. Elle existe, cette fille, ou non ?

– Elle existe, mais elle aura bientôt un double littéraire. Tu vas penser que je suis un peu dérangé, mais je crois que j'ai trouvé le moyen d'insuffler de la vie à mes romans. J'ai eu cette idée l'autre jour quand on discutait tous les deux…

Andy se lança dans le récit de son projet et de son tête-à-tête avec Abigaël, sans cesser de malaxer et de réduire en miettes le sandwich qu'il tenait entre ses doigts. Plus il parlait, plus Logan le regardait avec des yeux effarés.

Quand il eut terminé, il fixa ses chaussures, inquiet de la réaction de son ami, qui ne se fit pas attendre.

– Je ne pense pas que tu sois un peu dérangé, je pense que tu es un putain de malade mental ! Qu'est-ce qui t'a pris ? Tu te rends compte de ce que tu es en train de faire à cette fille ?

– Je la connais à peine, je ne lui ai fait aucun mal.

Logan lui saisit l'avant-bras avec une brusquerie qui le surprit.

– Tu ne lui as fait aucun mal pour l'instant, parce que vous vous êtes contentés d'échanger trois mots… Mais qu'est-ce qui se passera la prochaine fois ?

– Je n'en sais rien, je ne suis pas voyant.

– Tu dérailles, Andy ! La littérature et la vie sont deux choses différentes. On ne peut pas les mélanger comme un apprenti sorcier.

– Tu ne comprends pas, Logan. La littérature, c'est ma vie. Je ne suis rien sans mes livres…

– Peut-être, mais ça ne te donne pas le droit de manipuler les autres et de les entraîner dans ton délire. Arrête tout maintenant, laisse cette fille tranquille.

– Trop tard. Elle a une répétition cet après-midi et j'ai l'intention d'aller la voir.

Logan se leva, l'air irrité, et jeta le reste de son repas dans une poubelle, en imitant le geste d'un basketteur.

– Fais ce que tu veux, Andy, mais n'oublie pas que je t'aurai prévenu. Il ne faudra pas venir pleurnicher quand tu te rendras compte que tu as vraiment merdé…

# 8

« Je suis laide.

– Tu as des cheveux magnifiques.

– Non ! Quand une femme est laide, on lui dit : “Vous avez de beaux yeux, vous avez de beaux cheveux…” Je l’aime depuis six ans déjà, je l’aime plus que ma mère. Maintenant, il est ici tous les jours, mais il ne me regarde pas, ne me voit pas. C’est une telle souffrance ! Oh Dieu, donne-moi les forces… J’ai prié toute la nuit… Je n’ai plus de fierté, je n’ai plus la force de me dominer. »

Assis dans l’ombre au fond du petit théâtre, Andy fixait la scène avec fascination. Quoiqu’elle ne portât aucun maquillage ni costume particulier, Abigaël était méconnaissable. Ce n’était plus devant lui la jeune femme radieuse et sûre d’elle qu’il avait rencontrée au bar, mais un être abîmé, fragile, empli de désespoir. La métamorphose était si saisissante qu’il demeurait hypnotisé, incapable du moindre mouvement.

Abby – puisque tel était le nom de l’héroïne de son roman – ne pouvait être qu’actrice elle aussi. Une actrice capable de magnétiser son public, si charismatique et talentueuse que son narrateur, malgré tout son amour, ne pourrait s’empêcher de la jalouser secrètement.

– Non ! Non ! Ça ne va pas du tout, Abigaël ! Tu surjoues !

La voix de stentor provenait du premier rang. Une silhouette à la chevelure argentée émergea d'un siège. Le metteur en scène, évidemment… Il était resté si discret jusque-là qu'Andy n'avait même pas remarqué sa présence.

– Sonia est follement amoureuse d'Astrov, hurla-t-il comme si Abigaël s'était trouvée à des kilomètres de lui, mais elle perd tous ses moyens quand on aborde sa vie sentimentale. Cette fille n'a aucune confiance en elle, elle est au bord du gouffre. Il s'agit d'une scène de confession, d'un moment de pure intimité, pas d'une harangue ! Il faut que tu restes plus en retrait…

Quel abruti, ce type ! Abigaël était parfaite. Fallait-il qu'il ait de la merde dans les yeux pour ne pas s'en apercevoir ? S'il ne connaissait presque rien à la pièce, Andy avait la certitude qu'elle avait trouvé le ton juste, qu'elle était parvenue à se fondre totalement dans la peau de son personnage. Il ne l'écoutait pas depuis plus de dix minutes qu'elle avait déjà réussi à l'émouvoir et à l'embarquer dans l'histoire. Et il n'était pas du genre bon public, en particulier au théâtre, où tout lui semblait horriblement factice.

Andy se cramponna au dossier du siège devant lui. Il se serait volontiers levé pour invectiver ce metteur en scène à deux balles, mais Abigaël s'avança sur la scène pour lui répondre :

– Je ne suis pas d'accord avec toi, Eric… Sonia donne peut-être l'impression de baisser les armes à ce moment-là, mais elle est la seule qui ne soit pas simple spectatrice de sa vie, qui n'accepte pas le gâchis qui s'annonce. Lorsqu'elle dit qu'elle n'est pas belle, ce n'est pas une coquetterie ou un constat, c'est un cri existentiel.

– « Un cri existentiel » ! Mais tu n'es pas là pour crier, ma chérie, tu es là pour jouer. Et si possible en suivant les instructions que je te donne. On dirait que ta Sonia est… hystérique. Voilà, c'est le mot : « hystérique ». Prends exemple sur Kate : efface-toi derrière ton personnage, ne cherche pas à nous épater.

– Écoute, Eric, je ne crois pas que…

L'homme agita une main agacée en récupérant une liasse de feuilles sur un fauteuil.

– Bon, on va s'arrêter là pour aujourd'hui. J'ai l'impression qu'on commence tous à fatiguer. Kate, tu pourrais venir une seconde ? J'aimerais revoir avec toi ton entrée en scène…

Au fond du théâtre, Andy fulminait. Non content d'avoir cherché à humilier Abigaël, ce type n'avait pas pu s'empêcher de chanter les louanges de sa partenaire, qu'il avait vraiment trouvée fade et sans prestance. L'envie d'aller lui écraser son poing en pleine face le démangeait, mais il doutait qu'Abigaël soit le genre de fille à aimer qu'on prenne sa défense, surtout en ayant recours à la violence. Dépité, il la regarda disparaître par la sortie de l'arrière-scène.

*

Par la porte de la loge entrebâillée, Andy apercevait Abigaël assise devant un miroir, l'air triste, perdue dans ses pensées. Il toqua légèrement. Elle se retourna en essayant d'arborer un visage plus avenant.

– Ah, c'est toi ! Tu es venu finalement… Entre.

Andy s'avança prudemment dans la loge, conscient que sa présence l'importunait peut-être après cette répétition éprouvante. Elle jeta un coup d'œil au miroir, puis chassa une mèche de cheveux derrière son oreille – un geste qu'il avait déjà remarqué chez elle et qui semblait traduire de la nervosité.

– Abigaël, tu étais formidable ! Tu ne peux pas savoir à quel point j'ai été impressionné.

– Je t'ai déjà dit que je n'aimais pas les flatteries.

– Je suis sincère, tu étais parfaite. J'ai tellement hâte de te voir dans cette pièce… Tu ne jouais pas le personnage de Sonia, tu *étais* Sonia.

– Ce n'est pas ce qu'a l'air de penser Eric, répondit-elle en soupirant.

– Désolé, mais c'est un con. Il est metteur en scène comme je suis danseuse dans le Ballet du Bolchoï.

Elle sourit – et ce sourire éclaira brièvement son visage.

– Je t'imagine bien avec un tutu.

– Et moi donc…

– Non, il a raison : j'en faisais des tonnes tout à l'heure. Je dois apprendre à jouer de manière plus rentrée.

Même s'il n'en montra rien, Andy fut déçu par sa réaction. Il aurait aimé qu'elle manifeste plus de combativité, plus de complicité avec lui en approuvant ses critiques. Il sentait dans sa voix de la résignation, comme si le personnage malheureux qu'elle interprétait sur scène avait déteint sur elle. Mais presque aussitôt après une autre pensée le traversa. Peut-être n'était-ce pas une si mauvaise chose que la frontière entre son rôle et sa véritable personnalité s'estompe : il pourrait en tirer des ressorts dramatiques intéressants pour son livre, exploiter ce trouble si particulier que devaient connaître tous les comédiens.

– Pourquoi est-ce qu'il s'est montré aussi dithyrambique avec cette fille… Kate ? Franchement, je ne l'ai pas trouvée terrible.

Abigaël se mordit la lèvre mais ne répondit rien.

– J'ai gaffé ? C'est ton amie ?

– Pas plus que ça… C'est que…

– Quoi ?

– Eric couche avec elle.

– Ah…

– C'est sa maîtresse.

– Tu veux dire qu'il est marié ?

Elle hocha la tête.

– Au début, ils essayaient de rester discrets, maintenant ils ne font même plus semblant. Eric lui promet depuis des mois qu'il va quitter sa femme pour officialiser leur relation, mais elle se berce d'illusions… Il a deux gosses, et il n'abandonnera jamais sa petite vie confortable pour partir à l'aventure. Eric est un dragueur impénitent.

– Il a surtout l'air d'un vieux beau arrogant… Est-ce qu'il ne se vengerait pas de toi ? Il n'a pas cherché à te draguer, quand même ?

Abigaël haussa les épaules.

– Il a bien essayé quand je suis arrivée dans la troupe, mais je l'ai vite envoyé promener.

– Merde alors !

– Oh, je ne suis pas du genre à me laisser faire… Ça n'a aucune importance de toute façon, ne parlons plus de ça. Ça te dirait d'aller quelque part ? Je n'ai pas envie de traîner ici et je meurs de faim.

En arrivant dans la loge, il avait craint qu'elle ne cherche à se débarrasser de lui au plus vite. À présent, voilà que c'était elle qui prenait les devants. Andy ne fit pas même un effort pour cacher son enthousiasme :

– Avec plaisir ! Bon, je t'attends devant le théâtre, je te laisse te préparer…

Il s'apprêtait à sortir quand elle le retint d'une voix hésitante.

– Andy ?

– Oui ?

– C'est gentil d'être venu. Pour être honnête, je ne croyais pas te voir ici. J'ai été un peu brusque avec toi l'autre jour, non ?

– J'en ai vu d'autres.

– Au fait, pour répondre à ta question, je l'ai fait exprès…

– « Exprès » ?

– De m'asseoir à ta place au Collins.

*

Andy l'emmena dans un restaurant chinois sans prétention. Outre que son compte en banque ne lui permettait guère de faire des folies, il sentait qu'il aurait été déplacé de sortir le grand jeu : les choses s'étaient déroulées avec tant de naturel et de simplicité qu'il aurait craint de tout gâcher en voulant lui en mettre plein la vue. Depuis qu'ils avaient quitté le théâtre, il avait le cœur léger.

Le restaurant était animé, l'ambiance décontractée. Dès qu'on eut pris leur commande, Abigaël chercha à en savoir plus sur les romans qu'il écrivait. De quoi parlaient-ils ? Quel était son genre de prédilection ? Où trouvait-il l'inspiration ? Quelles étaient ses influences ? Plus elle posait de questions, avec un intérêt qui à l'évidence n'était pas feint, plus Andy se montrait vague et gêné. Non pas qu'il eût du mal à y répondre – durant les longues nuits qu'il passait à l'hôtel, il imaginait des réponses aux questions que pourraient lui poser d'hypothétiques journalistes à la sortie de son premier roman, sur des sujets parfois même saugrenus –, mais il éprouvait l'horrible impression de n'être qu'un usurpateur. La myriade de courriers négatifs des éditeurs tournoyait dans sa tête, tout comme les propos décourageants de ses parents.

Qu'était-il en fin de compte, s'il avait le courage d'être honnête avec lui-même ? Rien d'autre qu'un écrivain du dimanche, comme le pays en comptait peut-être des millions, incapable d'attirer l'attention du moindre professionnel de l'édition. À quoi s'ajoutait le jeu cruel auquel il était en train de se livrer avec Abigaël. Pouvait-on même parler de jeu quand l'un des deux participants n'avait même pas conscience d'y prendre part ? Andy songeait aussi aux mises en garde de Logan. Il était encore temps de tout arrêter, soit en abandonnant ce stupide projet de roman, soit en se résignant à ne pas chercher à revoir Abigaël après cette soirée, si difficile que fût ce choix.

Après avoir prétendu être en contact avec plusieurs éditeurs new-yorkais, Andy détourna la conversation de manière peu subtile et interrogea Abigaël sur son parcours. Il comprit qu'elle était issue de la bonne bourgeoisie bostonienne. Son père était à la tête d'un cabinet d'avocats spécialisé dans le droit des affaires : c'était selon ses propres mots « un homme aimant », mais qui était aussi carriériste et obsédé par la réussite sociale. Sa mère était une femme effacée, qui avait choisi de renoncer à toute ambition personnelle pour vivre dans l'ombre de son mari et passer ses journées à « s'occuper de son intérieur ». Persuadée qu'elle était malheureuse et dépressive derrière ses apparences d'épouse modèle, Abigaël s'était juré de ne jamais devenir comme elle. Tandis qu'elle parlait d'eux, Andy perçut dans sa voix une pointe d'amertume et de rancœur, et elle ne s'attarda d'ailleurs pas sur le sujet.

Abigaël n'avait jamais eu de goût particulier pour la scène jusqu'au jour où elle avait accompagné par hasard une amie de la fac, Emily, pour une audition. Bien sûr, elle avait déjà assisté à des pièces avec sa famille ou à l'occasion de sorties scolaires, mais elle avait eu ce jour-là la sensation de passer de l'autre côté du miroir, de pénétrer un monde inconnu dont l'atmosphère l'avait happée. Il lui était apparu comme une évidence qu'elle venait enfin de trouver sa place, quoiqu'elle n'eût jamais interprété le moindre rôle devant personne.

Le lendemain, elle s'inscrivit au cours que suivait sa copine : sa vie en avait été transformée à jamais. Six mois plus tard, elle jouait *Le Songe d'une nuit d'été* dans une troupe d'amateurs. Bien que le public fût restreint et guère averti, elle s'était sentie vivre pleinement pour la première fois de son existence. Une sensation d'euphorie, de plénitude, l'envahissait à chaque entrée sur scène. Mais une fois les lumières éteintes et le maquillage retiré une impression de vide la saisissait ; sa vie terne et sans relief d'antan resurgissait. Elle comprit qu'elle ne pourrait plus vivre sans le théâtre, que cette passion devait occuper tout son temps, qu'elle ne pouvait être seulement un dérivatif à l'ennui du quotidien.

En l'écoutant, Andy avait le sentiment qu'il aurait pu prononcer chacune de ses paroles. Le théâtre était dans l'existence d'Abigaël ce que l'écriture était dans la sienne. C'était à peine croyable. La jeune femme était son double, un être en miroir dont il était capable de comprendre les motivations intimes.

Ses parents étaient devenus fous quand, à la fin de sa troisième année d'université, elle leur avait annoncé qu'elle arrêtait ses études pour devenir comédienne.

– Je crois qu'ils n'auraient pas plus mal réagi si je leur avais avoué que je me lançais dans le porno… s'amusa-t-elle.

Son père avait en vain tenté de la raisonner. À bout d'arguments et de patience, persuadé qu'il ne s'agissait que d'une lubie, il l'avait menacée de lui couper les vivres, ce qui avait eu pour effet de l'affermir un peu plus dans ses résolutions. Certes, elle ne gagnait pas des fortunes, mais elle vivait correctement depuis qu'elle jouait dans des spectacles professionnels.

– Chaque mois, dit-elle en avalant une minuscule bouchée de ses crevettes aux vermicelles, il me verse une somme indécente sur mon compte en banque, mais je n'y touche pas. Je crois qu'il ne comprendra jamais qu'on puisse vouloir gagner sa vie en faisant ce que l'on aime vraiment.

– Il fait sans doute ça parce qu'il a peur pour toi.

– Je sais. Mais vient un moment où il faut arrêter de protéger ses enfants et les laisser vivre, quelles que soient les difficultés qu'ils peuvent rencontrer.

– Ce n'est pas moi qui te dirai le contraire.

– Tu vis la même chose avec tes parents ?

Pour la première fois peut-être il ressentit le besoin de se montrer sincère avec elle.

– Oui, mais je n'y attache plus vraiment d'importance. Eux non plus ne comprendront jamais que je n'arrive à vivre totalement que lorsque je peux écrire. Je ne leur en veux pas, je crois que je penserais la même chose à leur place.

Le reste du repas se déroula pour Andy comme dans un songe. Il essayait d'être attentif à Abigaël, de l'écouter sans arrière-pensée lui parler de sa vie et du monde du théâtre, mais il était moins occupé à profiter de l'instant présent qu'à imaginer comment il retranscrirait ce dîner dans son roman. Une remarque amusante du serveur, un couple qui se disputait à la table d'à côté, ces petits gestes que faisait Abigaël sans même s'en rendre compte – mèche de cheveux derrière l'oreille, lèvre mordillée et battements de cils répétés quand elle cherchait ses mots : Andy collectait dans son calepin mental tous les détails qui permettraient de donner vie à la scène, de projeter le lecteur parmi les personnages, comme s'il était assis à cette table de restaurant au lieu d'être installé dans un fauteuil.

Abigaël, par moments, sentait que son attention se relâchait : le débit de sa voix s'accélérait, son regard se faisait plus perçant, presque réprobateur. Andy souriait alors pour se donner une contenance et chasser cette gêne ; mais, comme le flux des vagues, le flottement ne tardait pas à revenir, et les phrases se combinaient dans sa tête, malgré lui, sans aucun effort. Sa seule crainte était de ne pas se les rappeler lorsqu'il s'installerait devant sa machine à écrire. Sa vie était faite de mots : il aurait été prêt à signer pour une existence médiocre pourvu que celles de ses personnages soient réussies.

Alors qu'ils terminaient leur dessert – sans trop se presser, même si Andy risquait d'être en retard à son travail à l'hôtel –, il se confia sur son regret de ne pas avoir de frère ni de sœur. Comment en était-il arrivé à pareille confession, il n'en savait strictement rien tant le fil de la conversation avait fini par lui échapper. Un sujet comme un autre…

– Et toi, tu es fille unique ? demanda-t-il. Tu m'as seulement parlé de tes parents.

Le regard d'Abigaël se troubla, et il comprit en une fraction de seconde qu'il venait de commettre un impair.

– Si l'on veut...

Il essaya de se rattraper comme il le put :

– Pardon, Abigaël, tu n'as peut-être pas envie de parler de ça...

Elle baissa les yeux dans son assiette. Son visage s'était complètement obscurci. C'était elle désormais qui était absente, comme si son esprit se trouvait à mille lieues de cette table.

– Non, il n'y a pas de raison que je te mente, dit-elle après un silence qui lui parut interminable. J'avais... j'avais un frère, mais il est mort.

– Mon Dieu ! Je suis désolé...

– Tu ne pouvais pas savoir. Il s'appelait Steven et il avait deux ans de moins que moi. Il nous a quittés à l'âge de 17 ans...

Andy se maudit intérieurement d'avoir abordé ce sujet. En une question, il venait de bousiller une soirée qui s'était parfaitement déroulée jusque-là.

– Steven avait de sérieux problèmes, reprit-elle. Des problèmes de drogue...

– Tu n'es pas obligée de m'en parler. Je comprendrai.

– Si, je crois que j'en ai besoin, en fait. Je ne sais pas trop comment les choses ont commencé à dérailler pour lui. Il était scolarisé dans le meilleur établissement de la ville, celui qui forme les futures élites.

À cette dernière expression, le ton de sa voix était devenu dur et sarcastique. Andy se sentait déstabilisé par la facilité avec laquelle elle se confiait à lui.

– *A priori*, on aurait pu le croire à l'abri de ce genre de démons... Mais c'est là-bas, je crois, qu'il a rencontré des fils à papa qui lui ont fait fumer ses premiers joints. Ça aurait pu ne pas porter à conséquence mais, très vite, les joints n'ont plus suffi et il est passé à des substances plus dures comme l'héroïne. On ne peut même pas accuser les autres : Steven était un garçon très gentil, mais il était aussi malheureux. Vraiment très malheureux.

– Pour quelle raison ?

Elle soupira et affronta à nouveau son regard. Ses yeux semblaient avoir rapetissé dans leurs orbites.

– Je crois qu'il ne supportait pas la pression que mon père lui mettait sur les épaules. Steven avait un avenir tout tracé devant lui : intégrer Stanford ou Harvard, faire des études de droit et reprendre un jour le cabinet paternel. Il n'a jamais pu prendre une seule décision par lui-même et cela l'affectait beaucoup. Il avait l'impression que mes parents lui volaient sa vie. En comparaison, je n'ai guère eu à me plaindre. Si mon père s'est mis en rogne quand j'ai décidé de devenir comédienne, je crois qu'au fond il s'en fichait un peu : il n'avait aucune autre ambition pour moi que de me trouver un beau parti, de préférence le fils d'un de ses amis friqués. Mais Steven… c'était autre chose. Il était le garçon de la famille, celui qui perpétuerait notre nom, qui deviendrait un avocat aussi brillant que son père. La drogue n'était même pas pour lui une addiction : je suis persuadée qu'il cherchait avant tout à se détruire, à fuir cette vie qu'on voulait lui imposer coûte que coûte. Oui, c'était une forme de suicide…

Abigaël se tut. Machinalement, elle découpa de petits morceaux de son dessert du bout de sa cuillère. Andy n'osait pas poser de questions. Il sentait qu'elle avait besoin de prendre son temps. Sans réfléchir, il lui prit la main par-dessus la table. Elle ne montra aucun signe de surprise et ce geste la poussa à continuer :

– Mes parents ont essayé de l'aider – ce serait malhonnête de prétendre le contraire. Mon frère est parti trois mois dans une clinique privée pour être sevré. J'allais le voir deux fois par semaine. Il a remonté lentement la pente et j'étais persuadée qu'il allait mieux. Nous discutions pendant des heures, comme nous ne l'avions jamais fait auparavant. Il me parlait de projets qu'il avait – des projets tous plus fous les uns que les autres, mais qui au moins laissaient penser qu'il avait repris goût à la vie. Mes parents étaient terrifiés à l'idée qu'il sorte de cette clinique : je pense qu'ils avaient compris qu'ils n'arriveraient pas à le maintenir sous cloche et à continuer de le modeler à leur guise.

Elle marqua une pause.

– Mais Steven a fini par sortir, et les choses se sont à nouveau très vite dégradées. Il ne voulait pas retourner dans ce lycée qu'il haïssait. De cette période, je ne me rappelle que les crises de larmes et les supplications : la vie à la maison était devenue un véritable enfer. J'aurais voulu l'aider, mais je n'ai certainement pas su trouver les mots qu'il fallait. Mon père a finalement accepté de le changer d'établissement, mais le lycée qu'il a choisi était une prison dorée comme le précédent, alors...

Abigaël poursuivit son récit. Son débit était de plus en plus rapide, comme s'il lui fallait exorciser le mal qui la rongeait.

Ça s'était passé un samedi soir. Ses parents étaient de sortie – une réception guindée dans un club ultra-select dont son père était membre. Elle devait garder son frère ce soir-là. « Garder », c'était le mot, car on craignait tellement qu'il replonge qu'on ne pouvait pas le laisser sans surveillance et qu'elle jouait avec lui les baby-sitters. Ils avaient mangé une pizza en regardant *Raging Bull* à la télé – l'un des films préférés de Steven. Il semblait serein, plus calme que d'habitude. Sans ce qui s'était produit par la suite, on aurait même pu dire qu'ils avaient passé une chouette soirée.

Vers 23 heures, il s'était dit fatigué et était monté dans sa chambre. Abigaël avait décidé de rester sur le canapé pour finir un bouquin. Peu après, elle avait entendu un bruit sourd à l'étage, oh, trois fois rien, comme un objet qui serait tombé par terre. Mais voilà, elle n'avait rien fait. Elle était restée allongée, son bouquin entre les mains, dans le silence profond de la maison. Ce n'est que lorsqu'elle avait pris conscience qu'elle venait de relire trois fois la même page qu'elle s'était levée. Ce bruit qui lui trottait dans la tête… Elle ne comprenait toujours pas, même des années après, comment elle avait pu ne pas réagir. Quand elle était entrée dans la chambre de son frère quelques minutes plus tard, elle l'avait trouvé pendu à la mezzanine qui surplombait son lit, un drap blanc noué autour de son cou.

Accablé, sa main toujours dans la sienne, Andy regardait Abigaël pleurer. C'étaient des larmes discrètes qui coulaient sur ses joues, qu'elle essuyait rapidement du bout de l'index, comme si elle chassait un insecte gênant. Comment pouvait-on se remettre d'un drame pareil ? Comment pouvait-on continuer à vivre lorsque l'être qui vous était le plus cher s'était donné la mort juste après vous avoir adressé un banal « bonsoir » ? *A fortiori* quand on se sentait coupable de cette mort ? Car Andy n'en doutait pas : Abigaël portait toujours en elle le poids de cette affreuse culpabilité. Elle devait veiller sur son frère ce soir-là. Elle était la seule qui pouvait l'empêcher de commettre l'irréparable. À la voir aussi triste, Andy éprouva de la colère contre ses parents, qui avaient fait peser une responsabilité écrasante sur les épaules d'une jeune fille d'à peine 19 ans.

Abigaël renifla, puis elle sortit un mouchoir et se moucha discrètement.

– Voilà. Je crois bien que j'ai plombé l'ambiance…

– Ne dis pas de bêtises.

– Si ça ne te gêne pas, j'aimerais qu'on s'en aille, maintenant.

Andy se dépêcha d'aller régler l'addition au comptoir.

Devant le restaurant, il héla un taxi. Avant de monter à l'intérieur, elle lui déposa un simple baiser sur la joue.

– Tu es sûr que tu ne veux pas en profiter ?

– Non, je vais marcher un peu, je n'habite pas loin.

Elle eut l'air déçue – mais peut-être se faisait-il des idées.

– Comme tu voudras… Tu sais, Andy, ça m'a fait du bien de te raconter tout ça. Je n'en parle jamais d'habitude.

Il aurait pu lui répondre quelque chose comme « Merci pour ta confiance » ou « Je suis touché », mais les mots, pour une fois, lui paraissaient totalement vains.

*

La première chose qu'il fit, une fois chez lui, fut d'appeler son supérieur à l'hôtel. Il prétexta qu'il était malade comme un chien, une horreur, sans doute une intoxication alimentaire… L'homme s'emporta – il ne pouvait pas lui faire un coup aussi tordu à cette heure ! – mais Andy lui raccrocha au nez. C'en était de toute façon fini de ce job pourri. Ses économies étaient dérisoires, mais s'il se serrait la ceinture il pourrait bien tenir quelques semaines, le temps d'avancer vraiment dans son roman.

Il se prépara sur la gazinière un café ultra-corsé avant de s'attabler devant son Underwood. La tristesse qui l'avait envahi au restaurant resurgissait en lui, plus prégnante encore. Le récit d'Abigaël l'avait bouleversé. Il ne pouvait s'empêcher d'imaginer le corps de Steven pendu au bout du drap dans lequel il aurait dû dormir. Ses yeux clos, son teint livide, ses membres inertes… Il ne supportait pas l'idée qu'elle l'ait découvert dans cet état ; il aurait voulu que cette image s'efface à jamais de l'esprit de la jeune femme et que d'autres, belles, joyeuses, lumineuses, la recouvrent comme sur un palimpseste.

Andy inséra une feuille vierge dans le chariot. La scène du restaurant, qu'il avait écrite à grands traits dans sa tête au fur et à mesure qu'il la vivait, lui paraissait à présent insipide. Seul l'épisode du suicide de Steven le hantait. Il ferma les yeux, essaya de se remémorer les paroles précises d'Abigaël.

Lentement, il glissa : il n'était plus dans son minable appartement, mais dans le salon d'une grande maison bourgeoise ; il n'était plus Andy Marzano mais Abby, une jeune fille de 19 ans dont le jeune frère allait dans quelques minutes s'ôter la vie. Il posa au hasard ses doigts sur les touches, rouvrit les yeux et commença à écrire.

Allongée de tout son long sur le canapé, ses pieds dépassant de l'accoudoir, Abby feuilletait les pages de son roman, incapable de retrouver le passage où elle s'était arrêtée la veille. Le marque-page avait dû glisser… Elle reprit un début de chapitre au hasard, laissa ses yeux parcourir quelques phrases, sans parvenir à en saisir le sens. Son esprit était ailleurs. Quand elle y repensait, la soirée s'était déroulée sans accroc : Steevy avait l'air apaisé, enfin délivré de ses anciens tourments. Pourtant, derrière la sérénité apparente, il y avait cette ombre de tristesse qui semblait ne jamais devoir quitter le fond de son regard, un voile ténu qu'on finissait à force par ne même plus remarquer.

Soudain, au-dessus de sa tête, un bruit mat à peine perceptible. Elle leva les yeux au plafond, posa son livre sur sa poitrine. Relevant légèrement le buste, elle tendit l'oreille, mais elle ne perçut rien d'autre. Seulement le silence autour d'elle, scandé par le tic-tac lancinant de la pendule dorée sur le manteau de la cheminée. Elle retira ses pieds de l'accoudoir, se redressa davantage, puis demeura immobile, dans l'attente d'un autre bruit qui ne vint pas. L'espace d'une ou deux secondes, elle hésita à se lever pour aller voir si tout allait bien à l'étage. Pourtant, elle ne bougea pas. Une absence de réaction banale comme il en existe des milliers dans une vie, mais qu'elle allait regretter chaque jour de la sienne.

Andy s'arrêta et avala une gorgée de café qui lui brûla les lèvres. Tandis qu'il relisait lentement les deux paragraphes qu'il venait de taper, un sentiment de honte s'empara de lui. Il n'avait pas le droit. Non, il n'avait pas le droit d'utiliser ce qu'Abigaël lui avait révélé pour en faire la matière de son roman. Elle lui avait fait confiance ; elle lui avait ouvert son cœur, sans retenue, alors qu'ils ne se connaissaient que depuis quelques jours.

Le son de sa voix résonnait dans sa tête : « Je n'en parle jamais d'habitude… » Quel monstre était-il pour utiliser la mort de son frère à des fins romanesques ? Jusqu'où repousserait-il les limites pour voir enfin l'un de ses livres publié ?

– Bordel de merde ! hurla-t-il en abattant son poing sur le bureau, sur lequel se répandit la moitié de sa tasse de café.

Andy détourna les yeux de la feuille dactylographiée, mais ce fut pour mieux croiser son reflet dans la vitre de l'unique fenêtre de son studio. Il s'y trouva moche, pitoyable. Pourtant, renonçant à toute estime de lui-même, il se remit presque aussitôt à taper, de manière frénétique. Ses doigts couraient sur les touches avec une facilité qu'il n'avait jamais connue.

Il savait qu'il passerait une nuit blanche à écrire. Que rien ne pourrait l'empêcher de continuer. Il savait aussi que, en volant la vie d'Abigaël, il venait de signer un pacte avec le diable.

# DEUXIÈME PARTIE

# LES TRAHISONS

La trahison est une accusation accablante, tu ne crois pas ? Aucun contrat n'avait établi que, sur des sujets te concernant, je renoncerais à ma profession. Je suis un voleur et on ne doit pas faire confiance à un voleur.

Philip Roth, *Tromperie*

# 1

Randall était allongé sur une table d'examen dans l'infirmerie de l'hôtel, à l'extrémité du bâtiment. La pièce blanche, aux murs dénudés, éclairée par des soupiraux, était aussi austère et dépouillée que le reste de l'établissement était cossu. Mais la présence d'une infirmerie dans un hôtel, fût-il de luxe, était assez exceptionnelle pour qu'on ne se montre pas trop exigeant.

Le médecin qui se trouvait à ses côtés avait à peu près son âge. Le front dégarni, le visage émacié, l'œil vif, il l'auscultait depuis un long moment avec un soin méticuleux qui alarma Randall. Pourtant, après avoir retiré le tensiomètre de son bras, l'homme déclara :

– Vous paraissez en bonne santé, monsieur Hamilton. Il n'y a pas de quoi s'inquiéter. Bien sûr, nous pourrions procéder à des examens plus poussés, mais...

– J'ai tout de même fait un malaise sur la plage.

Le médecin afficha un air surpris.

– Vous avez porté dans vos bras cette jeune femme depuis la jetée. Si on ajoute à cela le choc que vous avez subi en la découvrant inanimée, votre malaise n'a rien d'étonnant. Je crois que peu de monde aurait eu le courage de faire ce que vous avez fait.

Randall fixa le mur vierge en face de lui et repensa à la journée qui s'était écoulée. S'il n'y avait eu que ce malaise, il n'aurait eu effectivement aucune raison de s'inquiéter. Mais l'état dans lequel il était plongé depuis son réveil dépassait l'entendement. « Parle-lui donc ! Raconte-lui le cauchemar que tu traverses. Si tu es atteint d'une maladie grave, on peut encore te sauver. Cet homme est médecin, il est lié par le secret professionnel : tes problèmes de santé ne se retrouveront pas étalés sur la place publique. De quoi as-tu peur ? » Mais Randall ne profita pas de l'occasion qui lui était donnée.

– Comment va-t-elle ?

– Mlle Azarova ? Nous n'avons pas encore eu de nouvelles de l'hôpital, mais je vous l'ai déjà dit : elle était tirée d'affaire quand l'ambulance l'a prise en charge. J'imagine que la vue de tout ce sang a dû être impressionnante…

Randall hocha la tête. Il revit le corps de Hedy affaissé sur les pierres. Les profondes entailles à ses poignets. La flaque rouge dans laquelle baignait le coupe-choux. Où s'était-elle procuré un tel objet ? Était-ce son compagnon qui l'avait oublié dans leur chambre avant de disparaître ? L'avait-elle choisi à dessein, parce que cet homme était à l'origine de son geste désespéré ? Il essaya de chasser ces images pénibles de son esprit.

– À vrai dire, poursuivit le médecin, je m'inquiète moins pour sa santé physique que pour sa santé mentale. Certaines personnes font des tentatives de suicide pour attirer l'attention et appeler à l'aide, sans pour autant rechercher réellement la mort. Mais là, avoir choisi un endroit aussi désert et isolé pour passer à l'acte… Il n'y avait pas une chance sur mille pour que quelqu'un la voie et décide de la rejoindre.

Randall sourit, mais il le fit avec une gêne que l'homme perçut aussitôt.

– Étiez-vous là complètement par hasard ? reprit-il. Ou connaissez-vous cette jeune femme personnellement ?

Ce dernier mot avait sonné de manière étrange dans la bouche du médecin, comme s'il signifiait en fait « intimement ».

– Disons que nous nous sommes croisés quelques fois à l'hôtel. Mais je lui ai parlé pour la première fois ce matin sur la plage. Je l'ai trouvée triste : c'est pour cela que je me suis inquiété tout à l'heure quand je l'ai aperçue seule au bout de la jetée.

– Un sacré coup de chance que vous ayez été là…

Randall aurait été incapable de dire si cet homme énonçait un simple constat ou s'il était ironique.

– On peut le dire, en effet.

– En tout cas, une chose est sûre : sans vous, cette femme serait morte. Vous avez sauvé une personne aujourd'hui. Et, croyez-moi, peu de gens peuvent éprouver ce genre de satisfaction dans une vie.

*

Randall somnolait sur un sofa dans un coin du hall quand il sentit une main lui agripper le bras. Il ouvrit brusquement les yeux.

– Oh, mon chéri, si tu savais comme j'ai eu peur ! On m'a raconté ce qui s'est passé…

Face à lui, une quinquagénaire ingambe, cheveux blond platine, dents étincelantes, peau de toute évidence botoxée. Elle portait un tailleur parme de luxe et tenait un sac à main en cuir si volumineux qu'il aurait pu passer pour un sac de voyage. Elizabeth Banfield, son attachée de presse… Ou plutôt Lyly, comme elle se faisait appeler. Randall ne l'avait bien évidemment pas reconnue, mais ce ne pouvait être qu'elle puisqu'elle l'avait prévenu sur son portable de son arrivée imminente. Tiens, où l'avait-il laissé, d'ailleurs ? Dans sa chambre ? Ou s'était-il débrouillé pour le perdre dans un de ses moments d'égarement ?

Alors qu'il essayait de sortir de sa torpeur, Lyly se pencha vers lui pour lui déposer un baiser appuyé à la commissure des lèvres.

Surpris, Randall recula. Quelle relation entretenaient-ils au juste ? Était-elle simplement son attachée de presse ou y avait-il quelque chose entre eux ?

– Comment vas-tu ? demanda-t-il prudemment.

Du bout de l'index, elle lui essuya ce qu'il imagina être une trace de rouge à lèvres.

– Oh, mon chéri, regarde un peu, je t'en ai mis partout... Comment je vais ? Mais on s'en fiche complètement ! C'est plutôt à toi qu'il faut poser la question. Quelle aventure ! Je n'arrive toujours pas à croire ce qu'on m'a raconté. Tu viens ici pour te mettre au vert et terminer tranquillement ton roman, et te voilà mêlé à un suicide.

– « Mêlé » ?

Elle s'installa à ses côtés sur le sofa en posant son énorme sac sur ses genoux.

– Enfin, je veux dire, tu en as été témoin, et surtout tu l'as empêché. Une très jeune femme, en plus, à ce qu'on m'a dit.

– Hum...

– Je te reconnais bien là. En tout cas, Randall, tu es un héros, je ne trouve pas d'autre mot.

– N'exagérons rien. Qu'aurais-tu voulu que je fasse ? Que je la laisse se vider de son sang ?

Lyly leva les yeux vers le lustre au-dessus de leurs têtes.

– Qu'est-ce qui t'arrive ? Tu as l'air tout bizarre. Tu n'as pourtant pas le triomphe modeste, d'habitude. Si je te dis que tu es un héros, c'est que tu en es un, il n'y a pas à discuter. Et c'est bien cette version qu'on va servir à la presse.

– Comment ça, la presse ?

– Tu ne crois quand même pas que je vais laisser filer une occasion pareille ! J'imagine déjà les gros titres : « Le célèbre Randall Hamilton sauve une lectrice des griffes de la mort. »

Elle se gratta délicatement la joue, l'air songeur.

– Non, c'est peut-être un peu trop pompeux.

– Qui t'a dit que c'était une de mes lectrices ?

– Tout le monde a lu tes romans, mon chéri, ou les a au moins feuilletés. De toute façon, ça ne sera pas la première fois qu'on s'arrangera un peu avec la réalité.

Quand allait-elle donc cesser de l'appeler « mon chéri » et de minauder ainsi ? Les manières et le cynisme de cette femme l'horripilaient. Pourtant, il avait bien dû s'en accommoder par le passé si elle était encore à son service et se montrait aussi familière avec lui. Ce qui signifiait que le véritable Randall Hamilton devait être un type sans scrupule, obsédé par la réussite, très différent de ce qu'il aurait rêvé.

– Hors de question ! s'insurgea-t-il. Je ne veux pas que les médias mettent leur nez dans cette histoire.

– Tu es une idole pour des millions de lecteurs ! Cet épisode ne fera que renforcer ta légende, et je suis certaine qu'il aura un gros impact sur tes ventes.

– Je ne vends déjà pas assez de livres comme ça ?

– Personne n'est épargné par la crise, pas même les auteurs de best-sellers... Randall, tu vois bien ce que le monde est devenu : les gens passent leur temps sur les réseaux sociaux, plus personne ne lit les critiques littéraires. Si on fait monter la mayonnaise, tu peux devenir en quelques heures la plus forte tendance sur Twitter. Ce serait une aubaine pour ton poche qui vient de sortir.

– Je ne suis pas une « idole », comme tu dis. Parfois, j'aimerais juste redevenir un individu lambda, avec une vie médiocre, sans être obligé de me livrer à tout ce cirque.

Elizabeth Banfield tressauta sur le sofa, comme un diable sur ressorts.

– Ah non ! Tu ne vas pas me faire le coup de la célébrité qui pleurniche sur son sort et se plaint de sa notoriété ! Ton duplex sur Central Park, ton manoir dans le Vermont et ton coupé Porsche, tu les dois uniquement à tes livres et à tes lecteurs ! Autrefois, tu aurais vendu père et mère pour réussir – c'est trop tard pour avoir des regrets. Et je ne veux pas que tu sombres dans la déprime aujourd'hui, avec tout ce qui nous attend…

Randall fronça les sourcils.

– C'est-à-dire, « tout ce qui nous attend » ?

Lyly sortit du fond de son sac un bâton de rouge à lèvres ainsi qu'un petit miroir de poche.

– Écoute, je comprendrais parfaitement que tu veuilles tout annuler après cette chose horrible qui s'est produite, mais ça risque d'être très compliqué. Les journalistes vont bientôt arriver, toute la soirée a été peaufinée dans les moindres détails… Tu dois être épuisé, mais je ne crois pas qu'on puisse faire marche arrière.

Randall se rappela son mail auquel il n'avait rien compris, celui qui évoquait un mystérieux discours qu'il était censé prononcer.

– Est-ce que tu pourrais… me briefer une dernière fois ? demanda-t-il timidement.

Après s'être tartiné les lèvres d'une couche écarlate, l'attachée de presse dodelina de la tête.

– Te briefer ? Tu as horreur de ça, d'habitude. Tu dis toujours que tu es plus à l'aise dans l'improvisation.

– Eh bien, il faut croire que je vieillis.

– Tss tss… Ne raconte pas n'importe quoi. Tu n'as pas perdu ton discours, au moins ?

– Je ne sais plus où je l'ai mis. J'ai la tête dans les nuages en ce moment.

– Tu es en pleine phase d'écriture, c'est normal. Je suis même encore étonnée que tu aies accepté de recevoir des journalistes dans cet hôtel alors que tu n'as pas terminé ton livre.

– Tu n'es pas la seule…

Lyly farfouilla à nouveau dans son sac et en extirpa un gros calepin d'où dépassaient tout un tas de Post-it colorés et de feuilles pliées en quatre.

– Heureusement que j'ai pensé à en prendre une copie... Le dîner débutera à 21 heures. Un invité surprise – mais n'essaie pas de me tirer les vers du nez, je ne te dirai pas qui c'est – retracera ta carrière avant que tu prononces ton discours. L'ambiance sera conviviale. N'hésite pas à faire quelques plaisanteries, mais en restant évidemment dans les clous. Rien de politiquement incorrect – tu as compris ? On ne peut pas exclure qu'un abruti filme la scène et la balance sur Internet. Je n'ai pas envie que tu te fasses « canceller » pour une parole malheureuse. Ensuite, on te remettra ton prix.

– Oui, bien sûr, mon prix, répéta-t-il en essayant d'adopter un air convaincu.

– Les interviews sont prévues entre 19 heures et 20 h 30. On commencera avec Tim Wilcock de CBS. Il y aura sans doute une petite séance de maquillage avant.

– Tu veux dire que... ce sera filmé ?

– Qu'est-ce qui t'arrive, Randall ? Tu es sûr que tout va bien ? Est-ce que tu ne serais pas tombé en transportant cette fille ? Tu ne t'es pas pris un coup sur la tête ?

– Non, le médecin a dit que tout allait bien.

– Je sais, je l'ai eu au téléphone. Mais tu as l'air tellement étrange aujourd'hui... Bien sûr que ce sera filmé ! CBS est une chaîne de télévision, aux dernières nouvelles. Et c'est du direct. Sept millions de téléspectateurs, sans compter les replays, alors essaie de faire un effort. *A priori*, il faut s'attendre à des questions bateau : tes sources d'inspiration, tes rituels d'écriture, ton avis sur les adaptations de tes livres, le sujet de ton prochain roman – les fadaises habituelles, quoi. J'ai exigé qu'on ne te pose aucune question sur l'élection : inutile de cliver ton lectorat. Ce serait bien si on pouvait faire quelques vues en extérieur, devant un coucher de soleil sur l'océan par exemple. Ça pourrait en jeter, non ? Ah ! et je t'ai apporté une chemise neuve et un charmant blazer bleu ciel que j'ai dégoté dans une boutique de Tribeca... Une coupe très moderne, qui te donnera un coup de jeune. Il devrait être parfait, même si je trouve que tu as pris du ventre ces derniers temps. Tu devrais sérieusement te remettre au sport... Mon chéri, est-ce que tu m'écoutes ?

Randall secoua la tête et tenta de renouer le fil de leur conversation. Il n'arrivait pas à se concentrer. Les informations que lui délivrait Lyly s'embouteillaient dans son cerveau. Il n'avait rien de commun avec cet auteur à succès qui collectionnait les conquêtes féminines, enchaînait les interviews et caracolait en tête des ventes du pays. Il n'était pas Randall Hamilton. Qu'avait-il à voir avec cet individu hormis le fait qu'il portait ses vêtements et occupait sa chambre d'hôtel ? Il aurait voulu en cet instant être auprès de Hedy, à l'hôpital, pour pouvoir veiller sur elle. S'il ne savait presque rien de cette femme, elle était en tout cas la seule personne auprès de qui il se sentait vraiment lui-même. Et elle était aussi la seule qu'il n'avait pas eu l'impression de voir pour la première fois. Comment une mystérieuse cliente croisée sur la plage avait-elle pu lui paraître aussi familière alors que sa propre attachée de presse lui demeurait une parfaite inconnue ?

– Lyly...

– Oui ?

– Je ne serai pas capable de faire tout ça.

– De quoi est-ce que tu parles ?

Randall se pencha en avant et se prit le visage entre les mains.

– La télé, les interviews, la réception... Je ne peux pas affronter ces épreuves en ce moment.

– Mais enfin, Randall, ce ne sont pas des « épreuves » : tu as fait ça toute ta vie. Tu es le meilleur professionnel que je connaisse. Patterson et Grisham pourraient passer pour des amateurs à côté de toi. Tu es tombé en dépression, ma parole !

Après un silence, Randall leva les yeux vers elle. Lyly paraissait atterrée par son attitude. Il se sentait fatigué de mentir et de tricher. Il aurait voulu effacer cette journée de sa mémoire et tout recommencer à zéro.

– Tu veux la vérité ? fit-il en haussant le ton. Je ne sais pas qui tu es, Lyly. C'est la première fois de ma vie que je te vois et même que je te parle. Et je ne sais pas ce que je fous dans cet hôtel de Cape Cod !

Lyly demeura bouche bée. Dans son regard se mêlaient l'incrédulité et l'espoir qu'il ne s'agisse que d'une mauvaise blague. Autour d'eux, quelques clients s'étaient retournés, leur attention attirée par ce qui avait tout l'air d'une dispute de couple.

– J'ignore complètement qui a écrit tous ces putains de bouquins avec mon nom sur la couverture, mais je suis en tout cas sûr et certain que ce n'est pas moi !

# 2

Deux spots puissants s'allumèrent, aveuglant Randall, qui dut plisser les yeux. Face à lui était installée une grosse caméra sur trépied dont l'objectif semblait le fixer telle une créature inquiétante. Sur sa droite, assis dans un large fauteuil, les mains pleines de fiches, le journaliste de CBS désigna les projecteurs de son index.

– La lumière ne vous gêne pas trop ?

– Non, je vais m'y habituer, répondit Randall dans une grimace.

– Je m'en doute. À force d'être sous les sunlights…

L'équipe de télévision avait investi un petit salon de l'hôtel qui jouxtait la salle de restaurant. La pièce aux lambris clairs, avec sa cheminée en pierres, ses meubles anciens et ses rideaux écrus, offrait une atmosphère intime et chaleureuse. Exactement ce que recherchait la chaîne, puisque l'interview, loin des standards habituels, devait permettre au spectateur d'entrer dans la sphère confidentielle d'un auteur de best-sellers et de découvrir un lieu propice à son inspiration.

– Direct dans cinq minutes… lança une voix à la cantonade.

Les techniciens s'affairaient derrière la caméra pour les derniers réglages. Sur les conseils du cameraman, la jeune maquilleuse vint remettre à Randall un peu de fond de teint sur le front. Alors qu'elle tamponnait l'éponge sur sa peau, son cœur se mit à battre à un rythme inquiétant. Il avait l'impression d'être un acteur contraint d'entrer sur scène sans connaître la moindre réplique de la pièce. Un grand saut dans le vide… sans filet. Il tourna la tête en direction de Lyly, qui s'était installée un peu à l'écart près de la cheminée. Elle lui adressa un sourire franchement inquiet, en tapotant néanmoins dans ses mains pour lui donner du courage.

Si le petit esclandre qu'il avait fait dans le hall de l'hôtel l'avait d'abord effarée, Elizabeth Banfield n'avait pas tardé à se ressaisir et à faire preuve d'optimisme. Elle paraissait être le genre de personne à avoir réponse à tout. Randall traversait sans doute une mauvaise passe, il était épuisé par toutes ces semaines d'écriture et d'isolement ; il ne savait plus ce qu'il racontait. Elle connaissait quelqu'un à New York qui pourrait lui venir en aide – un psychanalyste réputé qui avait pour patients de nombreuses personnalités du show-biz subissant trop de pression. Mais, dans l'immédiat, il devait absolument faire face et mettre sa crise existentielle de côté. Un petit effort qui ne durerait que quelques heures. Après cela, Lyly annulerait tous ses rendez-vous des prochains mois pour lui permettre de se reposer et de faire le point sur sa vie.

Devant l'urgence, elle lui avait fait avaler un anxiolytique, de quoi le détendre un peu avant son entrée en piste. Randall avait obtempéré, conscient que son attachée de presse était incapable de comprendre l'enfer qu'il traversait et qu'il était vain de croire qu'elle puisse le sortir du fond du trou. Dans un état second, il avait suivi ses directives, était remonté dans sa chambre pour enfiler son costume et, sans trop comprendre comment, s'était retrouvé assis dans ce fauteuil face à l'œil inquisiteur d'une caméra.

– Je vous demande le silence complet, déclara le cameraman en accompagnant ses paroles d'un mouvement démonstratif de la main. Antenne dans cinq, quatre, trois, deux, un…

À ce signal, Tim Wilcock arbora un sourire de jeune premier.

– Bonsoir à tous. Nous avons aujourd'hui l'immense privilège d'être en compagnie de l'un des maîtres de la littérature américaine. Depuis plus de trois décennies, il nous fait frissonner à travers des histoires diaboliques qui manipulent le lecteur jusqu'à la dernière page. D'habitude très discret en période d'écriture, il a accepté de nous recevoir dans un lieu qui lui est cher. Nous nous trouvons au Grand Hôtel, dans le comté de Barnstable, près de la charmante ville de Chatham. Un lieu magique, hors du temps, où il est en train de peaufiner son prochain opus. Cet invité exceptionnel s'appelle Randall Hamilton. Bonsoir Randall, et merci de nous consacrer un peu de votre temps en cette période chargée...

Randall fixa le journaliste d'un œil vitreux. Un bourdonnement désagréable emplissait ses oreilles. Il avala sa salive avec difficulté.

– Bonsoir, Tim.

– Comme je l'ai dit en préambule, ce lieu est très particulier pour vous. Pouvez-vous nous dire un mot sur cet hôtel et sur le rôle qu'il joue dans votre processus créatif ?

Le visage de Randall se figea dans un rictus. Sa gorge était totalement nouée. Toujours ébloui par les projecteurs, il ne distinguait même plus l'objectif de la caméra qui allait retransmettre en direct son naufrage à des millions de téléspectateurs. Il regarda discrètement Lyly sur sa droite, elle avait l'air complètement paniquée. Sans doute regrettait-elle amèrement de l'avoir poussé dans la fosse aux lions.

Randall inspira et dit d'une voix tremblante :

– Eh bien, cet hôtel... Les choses sont un peu compliquées...

Un nouveau silence, plus profond, s'installa dans le petit salon. Une ombre d'appréhension apparut sur le visage du journaliste – quel grain de sable pouvait donc venir gripper une mécanique censée être parfaitement huilée ? Toutes les personnes présentes retenaient leur souffle. Les yeux de Randall se couvraient peu à peu d'un voile. Tout comme lors de sa rencontre avec Hedy sur la plage, la scène lui paraissait irréelle. Sauf qu'il était réduit à n'en être que le spectateur.

– Il doit être effectivement compliqué pour vous d'exprimer ce qui vous lie à cet hôtel, enchaîna le journaliste, car vous y venez depuis des années pour terminer vos romans, n'est-ce pas ?

– J'y viens… j'y viens depuis une vingtaine d'années, répondit Randall, qui se souvint miraculeusement de ses recherches sur Internet. Je suis tombé amoureux de cet endroit dès que j'y ai mis les pieds…

À partir de là, il ne songea plus à rien. Son esprit se transforma en un marécage boueux. Le bourdonnement s'était tellement intensifié dans ses oreilles qu'il entendait à peine le son de sa propre voix. Ses lèvres se mouvaient pourtant, il parlait même avec davantage d'aisance, mais sans avoir la moindre idée de ce qu'il racontait. Son cerveau s'était mis en mode automatique – s'il avait répondu des centaines de fois à ce genre de questions, il n'y avait rien d'étonnant à ce qu'il soit capable d'y répondre sans même réfléchir. À son grand étonnement, Wilcock hochait la tête avec satisfaction, comme si la réponse qu'il fournissait était passionnante. Un rapide regard jeté en direction de Lyly lui permit de constater qu'elle était désormais aux anges.

Le journaliste reprit ensuite la parole. Randall répondit cette fois sans marquer la moindre hésitation. Il avait l'impression d'être devenu un pantin dans les mains d'un habile ventriloque. Mais que diable pouvait-il être en train de raconter à ce type pour lui arracher un tel sourire ? C'était à croire que sa mémoire était un disque dur dans lequel il pouvait puiser à loisir – cette même mémoire qui lui faisait pourtant défaut au point de l'avoir rendu étranger à lui-même.

Randall n'eut aucune idée du temps que dura l'interview. Tout se déroula comme dans un jeu d'enfant. Il comprit que tout était fini lorsque le journaliste, euphorique, se leva de son siège pour venir lui serrer chaleureusement la main en le complimentant. Deux ou trois techniciens applaudirent. Quelques secondes après, c'était à Lyly de se ruer vers lui pour l'étreindre. Elle lui murmura à l'oreille :

– Tu as été formidable, mon chéri ! Tu vois, tu n'avais pas à t'inquiéter… J'étais certaine que tu leur en mettrais plein la vue !

*

Un sourire de façade accroché aux lèvres, debout derrière un pupitre, Randall observait l'assistance réunie dans l'immense salle de restaurant. Pour une réception prétendument décontractée, on avait fait les choses en grand : nappes immaculées, candélabres, vaisselle fine, flots de champagne, mets raffinés…

Confortablement installés autour d'une dizaine de tables rondes, les femmes portaient d'élégantes robes de soirée, les hommes presque tous un smoking. Les serveurs allaient et venaient dans un ballet bien orchestré pour servir les convives et veiller à ce que leurs verres ne soient jamais vides. Randall avait du mal à croire que tout ce beau monde avait été rassemblé uniquement en son honneur. Il avait de plus en plus l'impression d'avoir été parachuté dans un univers parallèle.

Après avoir enchaîné les interviews et posé pour quelques photos devant l'hôtel, il s'était retrouvé face à une flopée de professionnels de l'édition et des médias, de *people*, de collègues romanciers, de soi-disant amis, qu'il avait dû faire semblant de reconnaître et gratifier de quelques mots complices. Aucun de ces visages n'avait déclenché dans sa tête le début d'un déclic. Pourtant, il côtoyait ces gens depuis des années. Comment cette assemblée de connaissances pouvait-elle se résumer pour lui à une masse nébuleuse ?

Dans cette marée humaine, il avait été néanmoins réconforté par la présence du médecin qui l'avait ausculté quelques heures plus tôt. S'ils n'avaient pu échanger que quelques paroles, celui-ci l'avait rassuré sur l'état de Hedy. Il avait pu joindre l'hôpital : la jeune femme était définitivement tirée d'affaire, même si elle allait rester plusieurs jours en observation et recevoir une aide psychologique. À cette nouvelle, Randall s'était senti allégé d'un poids terrible. Hedy était en sécurité. Cette journée, si horrible fût-elle, n'avait pas été vaine puisqu'il avait réussi à la sauver. Pour l'instant du moins, car rien n'assurait qu'elle n'essaierait pas de repasser à l'acte. S'il voulait l'aider, il devait découvrir ce qui l'avait poussée à ce geste désespéré.

Le fameux invité surprise dont avait parlé Lyly n'en provoqua guère chez lui, de surprise, puisqu'il ne connaissait ni d'Ève ni d'Adam le type blanchi sous le harnais qui apparut à ses côtés au pupitre et le serra dans ses bras. Sans les présentations faites à l'assistance par son attachée de presse, il n'aurait jamais pu deviner qu'il s'agissait de Bob Freeman, l'agent qui s'était toujours occupé de ses livres. Grand et fluet, élégant dans son costume bleu sombre, Freeman dégageait une énergie folle pour son âge. Il tenait en main un trophée assez hideux, en bronze ou dans un alliage approchant, qui représentait un livre ouvert, d'où émergeait une plume d'oie droite comme un I.

– Tu ne t'attendais pas à me voir, hein ? lui glissa Freeman tandis que les applaudissements reprenaient de plus belle dans la salle.

L'homme posa l'affreuse sculpture sur le pupitre et s'approcha du micro quand le silence fut à peu près revenu.

– Je préfère vous prévenir tout de suite : Randall a toujours eu horreur des prix et des récompenses. Vous vous en êtes d'ailleurs sans doute rendu compte en voyant la tête qu'il tirait en prononçant son discours. Oui, mon vieux, tu avais une vraie tête d'enterrement… (Rires dans la salle.) Quand il a appris que ce prix devait lui être remis, il m'a dit : « Tu sais, Bob, la satisfaction d'avoir écrit un bon roman et de voir qu'il plaît au lecteur est déjà la plus belle des récompenses. » Je peux vous assurer qu'en disant cela Randall ne faisait pas preuve de fausse modestie. Je connais cet homme depuis quarante ans. Malgré les années qui ont passé – et c'est vrai que nous avons tous pris un sacré coup de vieux –, sa passion de l'écriture est restée intacte. Je me souviens encore du jour où un jeune gamin timide et maladroit a franchi la porte de mon bureau à New York. J'avais du mal à croire qu'il puisse être l'auteur du roman que j'avais reçu une semaine plus tôt. Un pavé intitulé *À contre-courant*, que j'avais commencé à lire debout, penché au-dessus de ma table de travail, après l'avoir sorti de son enveloppe pour y jeter un simple coup d'œil. Une heure plus tard, j'étais encore dans la même position à enchaîner les pages avec avidité. J'ai terminé ce livre à 4 heures du matin, allongé sur un canapé en compagnie d'une bouteille de whisky. Je n'avais jamais rien lu de semblable et je me suis dit en tournant la dernière page : « Bob, si par malheur ce génie te file entre les doigts, tu fermes boutique et tu pars finir ta vie dans un monastère bouddhiste au fin fond du Bhoutan. » (Nouveaux rires.) Le croirez-vous ? Ce génie des lettres avait réussi l'exploit d'oublier de joindre à son manuscrit une adresse ou un numéro de téléphone où le contacter. Par peur qu'un de mes concurrents ne lui mette le grappin dessus, j'ai rameuté la terre entière pour retrouver sa trace – à l'époque, il n'y avait pas Internet et ce fut un vrai parcours du combattant. Eh oui, beaucoup de choses ont changé depuis, mais Randall ne s'est jamais enfermé dans la nostalgie : il a su rester en phase avec son époque, comme le prouve le succès grandissant qu'il obtient auprès des plus jeunes générations, qu'on accuse pourtant de ne plus lire…

Randall laissa son regard errer sur l'assistance. Les gens paraissaient heureux d'être là. Peut-être l'appréciait-on vraiment. Peut-être se réjouissait-on de son succès sans éprouver de jalousie mesquine.

Bob n'en finissait pas de parler. Avec une faconde qui semblait innée, il retraçait toute la carrière de Randall en ponctuant son discours de petites histoires amusantes, comme cette fois où un fan était entré par effraction dans son bureau dans l'espoir d'y voler un manuscrit et prétendre en être l'auteur. Depuis cet incident, Bob conservait toujours sur sa table, bien en évidence, un faux tapuscrit au nom de Randall Hamilton – huit cents pages qui n'étaient en réalité qu'un tirage de *Finnegans Wake* de James Joyce, de quoi dégoûter pour toujours le plus assidu de ses lecteurs d'ouvrir à nouveau un de ses romans.

Alors que des rires fusaient çà et là, Randall se figea. Le choc qu'il éprouva fut violent. Dans l'embrasure de la porte d'entrée de la salle se tenait Hedy. C'était elle, il en était certain malgré la distance non négligeable qui les séparait. Légèrement appuyée contre le chambranle, vêtue d'une longue robe noire, un collier scintillant autour du cou, les cheveux en chignon, elle le fixait, indifférente à tout ce qui se passait autour d'elle.

Randall cligna plusieurs fois des yeux. Elle était toujours là, immobile. C'était impossible ! Hedy se trouvait à ce moment même à l'hôpital, le médecin le lui avait confirmé. Après ce qu'elle avait vécu, il était inimaginable qu'elle soit revenue à l'hôtel en catimini et qu'elle ait trouvé l'énergie et le temps de se pomponner pour une soirée de ce genre. Ce ne pouvait être une hallucination pourtant. Si la mémoire l'avait abandonné, il n'avait jamais été en proie à de quelconques visions durant cette folle journée.

Randall était probablement devenu livide car, tout en poursuivant son speech, Bob le regardait désormais d'un air préoccupé. Sans doute la plupart des gens s'étaient-ils eux aussi aperçus de son trouble. Il était incapable de savoir ce qu'il devait faire. Allait-il quitter brutalement cette tribune sans explications pour courir à travers la salle et rejoindre Hedy ?

Alors qu'il s'apprêtait enfin à passer à l'action, un serveur s'interposa durant quelques secondes entre lui et la surprenante apparition. Dès que l'homme se fut déplacé, Randall constata qu'il n'y avait plus personne. Il regarda dans les environs, avec l'espoir que Hedy serait allée s'asseoir à une table, mais il ne la trouva pas.

Soudain, Bob, qui venait de récupérer le trophée sur le pupitre, le fit sortir de sa songerie :

– … et c'est avec une immense émotion que j'ai l'honneur de te remettre le prix de l'auteur le plus vendu aux États-Unis ces dix dernières années. Bravo, mon grand !

Un tonnerre d'applaudissements, ponctués de sifflets, retentit autour d'eux. Déboussolé, Randall s'empara de la sculpture qui, en plus d'être laide, pesait des tonnes. Hochant la tête tel un automate, il se tourna vers l'assistance, sans la moindre attention pour elle, les yeux fixés sur le terrible vide qu'avait laissé Hedy dans l'encadrement de la porte.

# 3

– Sans exagérer, je peux dire que ce rôle a changé ma vie et le cours de ma carrière. Je n'avais jamais eu un tel coup de foudre pour un personnage. J'avais dévoré *Un simple coup de chance*, mais je trouve que le scénario que vous en avez tiré explorait encore plus profondément les failles de l'inspecteur McKenna. Je rêverais d'endosser une nouvelle fois ses habits, mais pour cela il faudrait évidemment que vous nous offriez une suite à ses enquêtes…

Un verre de champagne à la main – il avait beaucoup trop bu, enchaînant les verres qu'on lui proposait comme du petit-lait –, Randall faisait mine de s'intéresser aux propos de cet acteur débordant d'enthousiasme, qui avait interprété l'un de ses personnages sur grand écran. Comment s'appelait ce type ? Pas la moindre idée, et l'alcool n'était pas seul en cause. Nom de Dieu ! C'était pourtant une star : des centaines de millions de dollars au box-office et une filmographie longue comme le bras…

– J'y réfléchis justement…

Cette phrase anodine suffit à relancer le moulin à paroles : l'acteur, qui avait lui aussi dépassé depuis longtemps un seuil d'alcoolémie acceptable, se mit à le presser de questions et à lui proposer des idées de scénarios toutes plus farfelues les unes que les autres. Ah ça, il s'y voyait déjà, dans la peau de l'inspecteur McMachin-Chose !

Randall secouait la tête en essayant de prendre un air inspiré, mais il ne cessait de jeter des coups d'œil à travers la salle de restaurant pour retrouver Hedy. Plus il y songeait, moins l'hypothèse de l'hallucination lui paraissait crédible. La jeune femme était bel et bien là, dans l'entrée, pendant que Freeman débitait son discours. Si elle était revenue à l'hôtel, c'était que quelque chose ne tournait pas rond. L'intuition qu'il avait eue s'était transformée en conviction : Hedy ne pouvait être une simple inconnue croisée par hasard. Mais pourquoi se montrer pour disparaître aussitôt ? À quel jeu se livrait-elle ? S'agissait-il d'ailleurs d'un jeu alors qu'elle avait tenté de mettre fin à ses jours en s'ouvrant les veines ?

Randall profita de l'intervention d'un producteur dans la conversation pour s'excuser et s'éclipser. Il avait vraiment besoin de se passer le visage sous l'eau pour se remettre du marathon qu'on lui avait fait subir.

Se frayant un chemin parmi l'assistance, il gagna un couloir à l'arrière de la salle et finit par tomber sur des toilettes. Un homme aux grosses lunettes en écaille qui lui mangeaient la moitié du visage était en train de se sécher les mains.

– Ah, Randall ! l'interpella-t-il. Vraiment formidable, cette soirée ! Tu l'avais bien méritée.

Délaissant le sèche-mains automatique, il s'approcha pour le gratifier d'une tape sur l'épaule affreusement familière.

– Je sais que tu dois être très occupé en ce moment, mais ce serait bien si tu pouvais réfléchir à ma proposition. C'est un vrai pont d'or, on ne trouvera pas mieux, surtout en ce moment…

Qu'était-ce donc encore que cet énergumène ? Un producteur ? Un éditeur ? Un parasite ? Il puait l'alcool à plein nez en tout cas, même si sa propre haleine ne devait sans doute rien avoir à envier à la sienne. Randall était épuisé de devoir composer avec cette horde d'inconnus.

– Je vais y réfléchir, répondit-il froidement en se tournant vers les lavabos.

L'homme lui adressa un clin d'œil appuyé.

– Oui, réfléchis-y à tête reposée. J'attends ton coup de fil en tout cas…

Dès qu'il fut enfin seul, Randall s'observa attentivement dans le miroir. Malgré sa tenue qui lui donnait une certaine allure, il se trouva les traits encore plus délités et marqués que le matin dans la salle de bains, comme si cette journée avait brutalement accéléré son vieillissement. L'esprit confus, il s'aspergea le visage au lavabo, mais ces ablutions n'eurent aucun effet sur son apparence.

Une fois dans le couloir, il hésita à regagner la réception, dont les murmures lui parvenaient en sourdine. Pendant combien d'heures encore allait-il devoir supporter les jacassements de ces invités, tous ces compliments et ces honneurs qu'il ne méritait pas ? Ne valait-il pas mieux qu'il se réfugie dans sa chambre ? Il imaginait mal qu'on vienne l'y chercher : comme les divas, les écrivains devaient bien avoir droit à quelques caprices. Il en profiterait pour inspecter à nouveau la suite de fond en comble, dans l'espoir d'y dénicher un indice qui lui aurait échappé la première fois.

Se croyant toujours seul, Randall sursauta en entendant une voix derrière lui :

– Monsieur Hamilton…

Il se retourna. C'était une très jeune femme, brune, en tenue de serveuse, qui tenait un plateau argenté vide entre les mains. D'où sortait-elle ? Sa tête lui disait vaguement quelque chose. Oui, il la connaissait, mais il était presque certain de ne pas l'avoir aperçue durant la réception.

– Vous me reconnaissez ? demanda-t-elle. Nous nous sommes croisés ce matin dans le couloir.

Il se remémora aussitôt la femme de chambre qui l'avait salué et à laquelle il avait à peine répondu avant de s'engouffrer dans l'ascenseur. Le changement d'uniforme l'avait empêché d'établir ce rapprochement.

– Oui, je vous reconnais…

À son air inquiet, presque apeuré, Randall comprit qu'elle ne s'apprêtait pas à lui demander de signer un bouquin ou de poser pour un selfie. Elle regarda derrière elle pour s'assurer qu'ils étaient toujours seuls. Peut-être avait-elle attendu qu'il s'absente de la réception pour venir l'aborder.

– Est-ce que je peux vous aider ? demanda-t-il avec toute l'amabilité dont il fut capable.

Elle tritura le plateau entre ses doigts. Randall remarqua que ses lèvres tremblaient.

– Je crois que c'est plutôt moi qui peux vous venir en aide…

– Que voulez-vous dire ?

Elle hésita, ouvrit la bouche mais ne répondit rien.

– Comment vous appelez-vous ?

– Je m'appelle Anna.

– Vous pouvez me parler sans crainte, Anna. Comment pourriez-vous m'aider ?

– Vous l'avez vue, n'est-ce pas ?

– De qui parlez-vous ?

– Mlle Azarova, dans la salle, tout à l'heure…

Randall eut l'impression que son cœur allait exploser dans sa poitrine. Il n'était donc pas fou. Il n'était pas le seul à avoir vu Hedy. Mais en quoi cela concernait-il cette jeune femme ?

– Que savez-vous exactement, Anna ?

Elle évitait désormais son regard, comme si elle regrettait de lui avoir parlé. Ce n'étaient plus seulement ses lèvres qui tremblaient, c'était tout son corps.

– J'en sais plus que je ne devrais.

– Parlez, je vous en prie ! Il se passe des choses anormales ici, n'est-ce pas ? Ce n'est pas simplement moi qui ai cette impression ?

Anna regarda soudain par-dessus l'épaule de Randall, qui pivota. Bob Freeman était apparu au bout du couloir, l'air un peu éméché, un verre à la main.

– Ah, mon grand ! Je te cherchais… Qu'est-ce que tu fabriques ? On t'attend !

Pestant intérieurement, Randall lui tourna rapidement le dos. Il fixa la jeune femme intensément. Il ne leur restait plus que quelques secondes avant que son agent les rejoigne.

– Dites-moi quelque chose, n'importe quoi qui puisse m'éclairer.

Il vit dans son regard qu'elle avait déjà battu en retraite. S'approchant d'un pas, elle se contenta de lui glisser à voix basse :

– Vous devriez vous poser une question, monsieur Hamilton : « Que fais-je réellement dans cet hôtel ? »

Puis elle s'éloigna rapidement dans le couloir, sans que Randall, interloqué, pût la retenir.

# 4

Premier baiser échangé en haut de la grande roue sur la promenade de mer. L'océan pour tout horizon. Le corps d'Abigaël serré contre le sien. Ses lèvres sucrées, au goût de barbe à papa. Et son parfum léger, mélange de rose et de jasmin, qui lui rappelait des senteurs printanières.

Il avait toujours eu le vertige, impossible de se contrôler. Même grimper en haut d'un escabeau lui donnait des sueurs froides, façon James Stewart dans *Vertigo*. Acrophobie : c'était comme ça qu'on disait, non ? « Pas la peine d'insister, je ne monterai pas » – et tant pis s'il passait à ses yeux pour un foutu pétochard. Il était monté pourtant, à force d'insistance : « Allez ! Rien qu'un tour ! » Cette sensation quand la nacelle avait commencé à s'élever dans les airs : cœur qui lâche, grand vide au creux du ventre. Il n'avait pu alors s'empêcher de détourner la tête et de fermer les yeux. Et voilà qu'en moins de temps qu'il n'en faut pour le dire ils s'étaient retrouvés à vingt mètres de hauteur, cheveux au vent, à cheval sur leurs genoux un énorme panda en peluche qu'elle avait gagné au tir à la carabine – sacrément douée d'ailleurs, en plein dans le mille au bout de seulement trois tirs, gros lot assuré ; après un tel succès, il s'était dégonflé en prétextant avoir soudain une fringale terrible.

Quand la nacelle s'était immobilisée à son point culminant, c'était elle qui avait approché ses lèvres des siennes, ou peut-être avait-il esquissé un mouvement lui aussi, dans le feu de l'action, difficile de savoir. Ils étaient restés scotchés l'un à l'autre jusqu'à la fin des tours de grande roue, seuls au monde tous les deux, ou plutôt tous les trois, car les poils synthétiques du panda géant leur collaient aux joues et s'immisçaient même entre leurs lèvres. Beurk ! Ils avaient ensuite continué de déambuler dans la fête foraine, main dans la main, s'embrassant tous les dix pas et s'échangeant comme des gamins leur encombrant nouveau compagnon.

Puis, le lendemain, balade et pique-nique improvisé dans le Public Garden. Le lac artificiel, le pont suspendu, les embarcations en forme de cygne glissant sur l'eau. « Oh, regarde ! Un écureuil ! Donnons-lui quelque chose… » Miettes de pain jetées au pied de l'arbre. Bien qu'ayant passé sa vie à Boston, Andy n'était presque jamais venu dans ce parc – Abigaël n'arrivait pas à le croire : « Tu me charries, pas vrai ? » Les espaces verts et lui, en général, ça faisait deux, mais là… Longs baisers sur l'herbe, leurs mains courant timidement sur leurs corps. Instants suspendus. Sa chambre minable, son poste de veilleur de nuit, les lettres de refus, ses problèmes d'argent : effacés. Ou si lointains dans son esprit qu'ils paraissaient appartenir à une période de sa vie qu'il préférait oublier. Métamorphose. Papillon éclos de sa chrysalide. Que lui arrivait-il ? Amoureux bien sûr, bien plus qu'il n'aurait imaginé pouvoir l'être un jour. Affreusement banal en somme, il s'en rendait compte, mais Dieu que c'était agréable.

Abigaël avait sorti son Leica, un superbe appareil, cadeau d'anniversaire de sa famille – il lui aurait bien fallu deux mois de salaire pour se payer un tel engin, ah non, c'est vrai, il n'avait plus de boulot. « *Niet !* Pas de photos, s'il te plaît, j'ai horreur de ça… » Mais ça ne l'avait pas découragée pour autant. Elle l'avait mitraillé, lui allongé dans l'herbe, appuyé sur son coude, avec les arbres et le lac en toile de fond.

Jolie frimousse qu'elle avait derrière son objectif, un œil fermé, le visage studieux et concentré de l'artiste au travail. À la regarder ainsi, ça lui remettait dans la tête ces autoportraits en noir et blanc de Diane Arbus, il avait un livre sur elle quelque part dans le capharnaüm qu'était devenu son studio. Il avait hâte de les voir, les photos d'Abigaël, car il était persuadé qu'une photo en dit plus long sur celui qui l'a prise que sur son modèle. Avant de partir, elle avait gravé ses initiales sur un tronc, une habitude dont elle n'arrivait pas à se débarrasser, elle faisait ça partout où elle allait, et pas seulement sur les arbres.

Ils étaient allés au cinéma. Le dernier Spielberg. Pas tellement son genre à elle, ces films grand public pleins d'effets spéciaux à la musique pompier, mais lui adorait. Il se rappelait la première fois qu'il avait vu *Les Dents de la mer*, à l'âge de 13 ans, une de ces claques ! Les mains crispées sur l'accoudoir du canapé, le trouillomètre à zéro. Inoubliable, ce moment où le requin parvenait à se hisser sur l'embarcation et commençait à dévorer Quint, le capitaine, qui se démenait comme un beau diable avec ses jambes. Mais revenons à nos moutons… Pour être honnête, le film, c'est à peine s'ils y avaient jeté un œil, tant ils étaient occupés à se bécoter, à en indisposer leurs voisins. Et leurs mains, cette fois, avaient eu le temps de se montrer beaucoup plus audacieuses.

D'autres soirées aussi. Au restaurant, italien cette fois. Nouvelle toile, une comédie pour changer, dégoulinante à souhait. Puis promenade dans Beacon Hill, au milieu des maisons en briques et des réverbères à gaz, comme deux touristes qui s'émerveillent de cette bulle hors du temps. Et aussi un dîner en compagnie de Logan et d'Emily, sa meilleure amie, qu'elle voulait absolument lui présenter. Celle-là même qui l'avait entraînée à son audition, déclenchant sa vocation pour le théâtre. Méfiante, cette fille, elle n'avait cessé de lui jeter des regards torves tout au long du repas, comme si elle arrivait à voir clair dans son jeu. Il était persuadé qu'elle baverait sur lui dès qu'il aurait le dos tourné. Logan, de son côté, avait su se tenir. Il s'était même montré sous son meilleur jour : fringant, à l'aise, drôle quand il le fallait, sans jamais un mot déplacé. Andy avait l'impression que son ami avait davantage mûri et évolué que lui les derniers temps : quand il était avec d'autres personnes, il ne se comportait plus du tout comme un ado attardé. Peut-être leur amitié exclusive avait-elle eu un effet délétère sur eux. Peut-être avaient-ils tendance à se tirer mutuellement vers le bas en s'enfermant dans leurs tête-à-tête.

Andy avait beau avoir honte de son appartement, il avait voulu très vite le montrer à Abigaël, soucieux de ne pas chercher à embellir la vie qui était la sienne et comme si cet élan de franchise pouvait effacer sa tromperie romanesque. Ils étaient restés des heures allongés côte à côte sur le matelas. Elle avait entrepris de passer en revue tous ses livres. Dis-moi ce que tu lis, je te dirai qui tu es. Si elle ne partageait pas vraiment ses goûts – elle était plutôt Shakespeare, Jane Austen, romanciers russes –, elle avait paru étonnée de son éclectisme. Et puis, et puis…

Les choses s'étaient faites avec un naturel désarmant, comme s'ils avaient tous deux répondu à un mystérieux signal au même moment. D'abord leurs doigts cherchant la peau de l'autre sous les vêtements, qui n'avaient pas tardé à tournoyer au-dessus du lit, puis leur étreinte passionnée, presque brutale, et le plaisir infini dans lequel ils s'étaient perdus – elle sur lui, car, sans qu'il puisse ou veuille lutter, elle avait pris rapidement le dessus. Il l'avait regardée comme il n'avait jamais regardé personne, avec émerveillement, tremblant devant cette nudité parfaite qui dansait sur son corps. En cet instant, Andy aurait pu mourir de bonheur. Les secours l'auraient trouvé étendu sur son matelas, foudroyé par une crise cardiaque, un sourire de béatitude aux lèvres. Pouvait-on rêver plus belle mort ?

Les premiers jours – les premières semaines même, car le temps passait vite avec elle –, Andy ne songeait presque plus à son roman. Ou s'il y songeait, c'était de façon confuse, comme à un projet qu'on peut bien remettre à plus tard. De toute façon, la culpabilité pointait le bout de son nez dès qu'il pensait à une nouvelle scène, à un nouveau chapitre. Sa séance d'écriture après leur première soirée au restaurant l'avait laissé poisseux, écœuré de lui-même. Le suicide de Steven – ou Steevy, comme il l'appelait dans son livre – ne le quittait plus vraiment. Le fantôme du frère d'Abigaël avait migré dans son esprit. Le lendemain, après avoir dormi quelques heures, il avait relu son texte à tête reposée. C'était le moment de vérité, celui qui vous fait en général reconsidérer les choses avec lucidité. Certes, c'était moins bon que ce qu'il avait cru dans l'exaltation de l'écriture, mais c'était tout de même cent fois meilleur que tout ce qu'il avait pondu jusque-là. Il en avait presque eu les larmes aux yeux. Le prix à payer était cependant terrible. Utiliser l'histoire d'Abigaël dans son roman était pire qu'une trahison : c'était une profanation. Il avait sali les confidences qu'elle lui avait faites, détruit la confiance qu'elle avait placée en lui.

Que faire ? Réduire à néant ces quelques pages et faire comme si elles n'avaient jamais existé ? Renoncer à son livre et chercher de nouvelles idées ailleurs ? Mais où ? En potassant les journaux dans l'espoir de tomber sur un fait divers qui retiendrait son attention ? En attendant que l'inspiration veuille bien venir frapper à la porte de son appartement ?

En tailleur sur son matelas, il était resté de longues minutes à observer son début de manuscrit, puis il l'avait soigneusement rangé dans un tiroir de son bureau. Rien à faire… Il ne pouvait pas laisser tomber, c'était plus fort que lui.

Un jour sur deux environ, Andy se rendait au théâtre pour assister aux répétitions d'Abigaël. Il se mettait au fond de la salle, dans l'ombre, et la contemplait à satiété – parfois sûre d'elle, habitant la scène avec une présence magique, parfois plus tâtonnante, maladroite même, et il se surprenait à la préférer dans ces moments de doute, quand ses faiblesses s'exposaient à lui, conscient qu'il avait un besoin vital d'accéder à ses failles, comme le premier soir au restaurant.

Ces visites n'étaient guère du goût d'Eric, le vieux beau, metteur en scène de son état. Même s'il ne lui faisait jamais de remarques et évitait de le croiser, il s'exclamait parfois de sa voix tonitruante : « Non, je n'arrive pas à me concentrer ! », en prenant bien soin de se tourner dans sa direction pour lui jeter un regard furibond. Andy se tassait alors dans son fauteuil jusqu'à disparaître de son champ de vision ou sortait fumer une cigarette dans la rue.

Peut-être n'était-ce qu'une impression, mais il lui semblait qu'Abigaël était désormais gênée de le voir si souvent au théâtre. Oh, elle ne le lui reprochait jamais, mais il comprenait sans mal qu'elle puisse trouver pesante sa présence silencieuse. La privait-il de moments de complicité avec les autres comédiens ? L'empêchait-il d'être vraiment libre et naturelle dans son milieu professionnel ?

À bien y réfléchir, il n'aurait guère aimé qu'on l'observe quand il était attablé à son bureau à trimer comme une bête. Il soupçonnait Abigaël de regretter de lui avoir proposé de venir la voir en répétition – enfin, pour être exact, il n'avait jamais été question qu'il reste à demeure dans cette salle, avec place attitrée ; il avait quand même bien mis le pied dans la porte.

À force de la voir radieuse et entourée de monde, alors que lui-même s'enfonçait dans l'isolement, Andy en devenait jaloux. Tout était propre à l'irriter. Il lui semblait par exemple qu'Abigaël était très proche, trop proche, du docteur Astrov. S'il ne s'était agi que du docteur, ça ne l'aurait pas chiffonné plus que ça, mais c'était plutôt du type qui l'incarnait, un gaillard qui devait tutoyer le mètre quatre-vingt-dix, bien bâti, blond, grand séducteur à coup sûr. Un dénommé Brian, comme il devait l'apprendre, beaucoup trop solaire et arrogant à son goût pour ce rôle.

Leurs petits apartés, les sourires ou les tapes dans les mains qu'ils s'échangeaient sans cesse, leurs fous rires quand l'un des deux se trompait dans son texte... ça le mettait dans une rage folle. Dans ses phases les plus sombres, il se voyait déjà perdre Abigaël. Si vite ? C'était impossible, et pourtant... Qu'avait-il à lui offrir d'extraordinaire ? Aucune situation, aucun logement acceptable, aucune perspective sérieuse. Le tableau était déprimant.

De son côté, avec qui aurait-il pu partager de tels moments de complicité au quotidien ? Sa bouilloire ? Sa vieille Underwood ? Il envisageait même à présent avec angoisse de se retrouver à son bureau devant sa page blanche. La solitude qu'il avait naguère tant chérie l'effrayait. Il aurait aimé pouvoir se mêler à cette troupe, goûter à l'effervescence du travail collectif, noyer ses appréhensions dans l'agitation du groupe. Sans être un intrus caché au dernier rang, comme un gosse envieux des jouets de ses copains.

Un après-midi, alors qu'il s'apprêtait à pousser la porte du théâtre, Andy perçut les rires des comédiens – une bonne humeur qui allait et refluait telle une vague. Il demeura cloué dans l'entrée. Son sentiment de solitude redoubla. Il lui semblait reconnaître çà et là, au milieu de la rumeur, le rire cristallin d'Abigaël. Ce rire qu'il aimait tant d'habitude, mais qu'en cet instant il détesta au plus haut point. Sans prolonger plus longtemps son calvaire, il fit demi-tour et rentra chez lui.

Décidé à ne plus retourner voir Abigaël durant ses répétitions, il replongea dans son roman.

*

– Tu es accro, n'est-ce pas ? Tu t'es fait prendre à ton propre piège...

Logan posa sa chope sur la table et essuya ses lèvres couvertes de mousse. Andy n'avait pas encore touché à la sienne. Il avait l'esprit ailleurs, sans trop savoir où.

Venir au Collins lui pesait désormais. Ce lieu lui rappelait trop le pari insensé dans lequel il s'était lancé. Pour couronner le tout, Carla n'arrêtait pas de leur tourner autour dans l'espoir de glaner des bribes de leurs conversations. Car elle savait bien sûr qu'Abigaël et lui étaient ensemble depuis des semaines, et à la froideur avec laquelle elle l'accueillait il n'était pas difficile de comprendre qu'elle en pinçait encore pour lui.

– Quel piège ?

– C'est ça, fais l'innocent ! Tu as séduit cette fille, tu croyais en faire ton rat de laboratoire, et voilà qu'elle t'a rendu dingue. Tu n'as que ce que tu mérites.

– Comment ça va, ton boulot ?

– N'essaie pas de changer de conversation : tu te fous éperdument de mon boulot.

Il secoua la tête avec agacement.

– Je ne l'ai pas vue souvent, mais j'aime beaucoup Abigaël, c'est une fille extra.

– Est-ce une manière de dire qu'elle est trop bien pour moi ?

– Bien sûr qu'elle est trop bien pour toi, qu'est-ce que tu t'imagines ?

– Rien justement, je n'imagine rien.

– N'attends pas que je te réconforte, je t'avais prévenu. C'est moche, ce que tu fais.

Andy se tassa sur sa banquette.

– Tu radotes. Ça n'est pas comme si mon bouquin était déjà en librairie. Personne, à part toi, n'est au courant…

– Je l'espère bien. Et qu'est-ce que tu feras quand tu l'auras terminé, ce fameux bouquin ? Tu le balanceras à la poubelle ? Tu en feras un feu de joie ?

– Non.

– Tu vois ! Tu ne fais que reculer pour mieux sauter. Tu en es à combien de pages ?

– Cent et des poussières…

– Quoi ! Quand est-ce que tu les as écrites ?

– J'écris douze heures par jour, Logan, ça n'a rien d'extraordinaire. C'est comme si tu demandais à Carla combien elle a servi de verres ces trois dernières semaines.

La serveuse avait-elle entendu son nom ? À l'autre bout de la salle, elle se retourna en tout cas pour le foudroyer du regard.

– Et qu'est-ce que tu lui as piqué – à part la mort de son frère, bien entendu ?

Andy entama sa chope de bière pour retarder le moment de lui répondre. Logan avait beau être la seule personne sur cette terre à qui il n'ait jamais rien caché, il ne se sentait pas fier de lui. Son ami avait lu la dizaine de pages qu'il avait produites lors de sa nuit d'insomnie. Verdict : s'il ne voyait pas encore où tout cela était censé mener, il avait bien été obligé de concéder qu'Andy n'avait rien écrit d'aussi bon jusqu'à ce jour.

– Tout, finit-il par dire. Les moments qu'on a passés ensemble, sa vie au théâtre, ce qu'elle m'a raconté sur son enfance, ses années de lycée et d'université…

Il hésita.

– Sa première fois.

– Tu rigoles ? Tu racontes dans ton livre comment elle s'est fait dépuceler ?

– Moins fort ! Tu as envie que toute la ville soit au courant ?

Logan recula sur sa chaise. Andy avait l'impression d'être soudain devenu un pestiféré.

– Je n'arrive pas à y croire… Tu es un vrai vampire, ma parole. Promets-moi de ne pas parler de moi dans ton livre. Je n'ai pas envie qu'on sache comment j'ai perdu ma virginité. Tu te souviens du fiasco ?

– Comment l'oublier ?

Andy songea à cette soirée où Jody Sullivan, une fille de leur classe au style gothique, avait entraîné Logan dans une chambre de l'étage pour lui vomir dessus au bout d'une minute d'ébats pitoyables.

– Ce que tu écris a intérêt à être sacrément bon, parce que tu es en train de tout gâcher, Andy.

– Je ne peux plus m'arrêter, maintenant.

– Tu en es sûr ? Mets ce bouquin de côté pour l'instant, essaie de te trouver un bon job et case-toi avec Abigaël. Elle le mérite. C'est peut-être la femme de ta vie. Ça n'a pas de prix.

– On croirait entendre mes parents… On ne peut pas mettre ses rêves de côté – en tout cas pas à notre âge. Et puis c'est gonflé de ta part de dire ça : tu as juré qu'aucune fille ne te mettrait la bague au doigt.

– Peut-être parce que je n'ai jamais rencontré quelqu'un comme Abigaël.

En sourdine, les enceintes du bar diffusaient une chanson de Madonna, *Like a Virgin*. Logan se mit à en fredonner les paroles. Mon Dieu ce qu'il chantait faux ! Une vraie casserole. « Je m'étais fait avoir, j'étais triste et déprimée », se plaignait la chanteuse. « Idem », pensa Andy.

– Est-ce que tu peux me dire pourquoi il faudrait toujours choisir, dans la vie ? Je suis bien avec Abigaël, j'ai envie que notre histoire continue. Mais j'ai aussi envie d'aller au bout de ce livre. J'ai trop longtemps attendu d'avoir quelque chose à raconter. Je ne vais pas tout foutre en l'air parce qu'on me met le couteau sous la gorge.

– Personne ne te met le couteau sous la gorge. C'est toi qui te l'es mis tout seul. Tu sais quoi, Andy ? Tu as toujours eu tendance à rendre les autres responsables de ce qui t'arrivait, à ne pas assumer tes actes. Chaque fois qu'on fait un choix, on renonce à une autre route possible. C'est ça, la vie : une succession de bifurcations qui nous font renoncer à d'autres destins, peut-être meilleurs, peut-être pires, on ne le saura jamais.

– Tu te fais philosophe, maintenant ?

Logan eut un rire amer.

– Et pourquoi pas ? Tu peux tourner ton problème dans tous les sens, il faudra bien que tu dises un jour ou l'autre la vérité à Abigaël. Et je n'aimerais pas être dans les parages quand ça arrivera…

# 5

– Qu'est-ce que tu écris ?

Bon, pas la peine de paniquer, il fallait bien qu'elle finisse par lui poser cette question à un moment ou à un autre. Mais, pour être honnête, il aurait préféré que ce soit le plus tard possible. Jusque-là, il avait toujours réussi à détourner la conversation quand il était question de ses romans, mais Andy sentit que, cette fois, il n'arriverait pas à se défiler.

En tenue d'Ève, Abigaël était allongée sur le ventre en travers du matelas. Lunettes rondes posées au bout du nez, elle feuilletait un bouquin qui traînait là – un Burroughs ou un Miller. Étonnamment, elle adorait son studio sous les toits et aimait de plus en plus flemmarder chez lui quand elle avait une matinée ou un après-midi de libre.

Ils venaient de faire l'amour, un moment vertigineux, comme chaque fois. Andy avait enfilé un caleçon, un T-shirt et de grosses chaussettes en laine pour s'attabler à son bureau. Quand Abigaël était présente, il se contentait en général de mettre au propre quelques passages descriptifs ou des considérations générales qui ne pouvaient rien trahir de son entreprise, au cas où elle aurait tenté de lire par-dessus son épaule. Le reste de son livre, l'essentiel de son livre en fait, reposait sous un tas de chemises cartonnées dans le tiroir du bas.

Quand elle avait posé la question, il s'était étouffé et avait recraché quelques gouttes du café qu'il avait en bouche. Il s'essuya les lèvres avec le mouchoir qu'il venait d'utiliser pour nettoyer son stylo plume fétiche, qui avait tendance à baver, et pivota légèrement sur sa chaise à roulettes. Abigaël avait abandonné son livre sur les draps chiffonnés.

– Tu sais bien que je n'aime pas parler d'un travail en cours, répondit-il d'un air ronchon.

– Ça faisait longtemps que je n'avais pas entendu ça... Et d'abord, pourquoi est-ce que tu n'écris que sur cette vieillerie ? Je pourrais t'offrir un ordinateur – ça me ferait plaisir.

– Un ordinateur ! Jamais je n'arriverais à pondre la moindre ligne. J'aime trop le cliquetis des barres, ça donne une dimension concrète à mon travail. Hemingway tapait tous ses livres sur une Underwood. Et je suis sûr qu'il continuerait à le faire s'il était encore en vie. Franchement, tu le vois écrire *Le Vieil Homme et la Mer* devant un écran ?

– Tu es bête ! Andy ?

– Oui ?

– Tu te rends compte qu'on est ensemble depuis plus d'un mois et que tu ne m'as jamais parlé de tes livres.

– C'est complètement faux.

– Je ne te parle pas des histoires de science-fiction que tu imaginais quand tu avais 14 ans. Je te parle de ce à quoi tu passes toutes tes journées. Tu sais tout de ce que je fais au théâtre...

– Pas depuis que je n'y viens plus.

– Tu ne vas pas recommencer avec ça ! Je te raconte toutes mes journées dans le moindre détail.

– Et je ne t'y oblige pas.

– Non, à part que tu me bombardes de questions ! « Comment allait ce bon vieil Eric aujourd'hui ? Et le docteur Astrov, toujours aussi séduisant ? »

– Qu'est-ce que tu veux me dire, au juste ? Que je suis jaloux ?

– Bien sûr que tu es jaloux ! Maladivement jaloux même. Mais ça n'est pas le sujet. J'aimerais bien que tu me racontes toi aussi comment se sont passées tes journées.

– Café, écriture, clope, écriture, raviolis en boîte, écriture... voilà le programme. C'est net et sans bavure.

– Je ne plaisante pas, Andy. Tu ne m'as jamais proposé de lire quoi que ce soit. Même pas tes anciens romans.

– Ils étaient affreux – on comprend pourquoi aucun agent n'en a voulu. Remarque, j'ai encore de la marge : Stephen King s'est fait refuser *Carrie* par trente éditeurs.

Le visage d'Abigaël s'assombrit.

– Ne fais pas ça, s'il te plaît.

– Quoi, « ça » ?

– Te dévaloriser sans cesse. Parfois, j'ai l'impression que tu prends un malin plaisir à me donner une mauvaise image de toi.

– Pourquoi est-ce que j'irais faire un truc aussi tordu ?

– C'est à toi de me le dire.

– On a tous des moments de doute...

– C'est vrai. Mais ce n'est pas une raison pour ne pas croire un peu en soi. Tu t'imagines que je suis tout le temps satisfaite de ce que je fais ? Non, mais j'essaie de passer outre, de me montrer optimiste, de partager ma passion avec les autres.

– On est seul quand on écrit...

– Je le sais bien, mais en quoi est-ce que ça t'empêche de partager avec moi le fruit de ton travail ?

– D'accord. Tu veux vraiment savoir ? J'écris une histoire d'amour.

– C'est un peu vague. Tu ne peux pas en dire plus ?

Après une brève hésitation, Andy se dit qu'une demi-vérité passerait mieux qu'un pur mensonge.

– L'histoire d'amour d'un jeune couple, un peu comme nous. Leur rencontre, leurs premiers mois de vie commune, leurs moments de bonheur, leurs difficultés et puis…

Il s'arrêta, détournant les yeux vers sa machine.

– Quoi ? Leur séparation ? compléta-t-elle d'un ton qui se voulait le plus neutre possible.

– Je n'en sais rien. Je verrai où me mèneront mes personnages.

– Tu dis d'habitude que c'est une escroquerie. Que les personnages n'ont aucune autonomie, que seul le romancier peut décider de leur sort.

– J'ai peut-être changé d'avis, et ça n'est pas plus mal.

Il estimait qu'il en avait déjà beaucoup trop dit, qu'Abigaël cherchait à l'entraîner sur une voie dangereuse, qui ne ferait aucun gagnant. Il l'observa du coin de l'œil, espérant qu'elle se replongerait rapidement dans son roman. Ce que, bien sûr, elle ne fit pas.

– Andy, j'aimerais te présenter à mes parents.

Cette fois, heureusement, il n'avait pas de café en bouche, car celui-ci aurait fini directement sur l'Underwood.

– Pardon ?

– Je voudrais que vous vous rencontriez, qu'on organise un repas ensemble.

Les rouages dans son cerveau s'activèrent. Il devait absolument trouver une réponse qui ne serait pas blessante mais traduirait suffisamment sa désapprobation.

– Abigaël, tu ne crois pas que c'est… un peu trop tôt ?

– « Un peu trop tôt » par rapport à quoi ? rétorqua-t-elle du tac au tac.

– Par rapport à ce qui se fait d'habitude.

– Tu te compares aux autres, maintenant ? Je croyais que tu détestais les convenances… Je ne suis pas en train de te demander en mariage, je te propose juste un dîner avec mes parents. Ça n'est pas la fin du monde !

La panique s'empara de lui. Il repensa à tout ce qu'Abigaël lui avait raconté au sujet de sa famille, et le fantôme de Steven resurgit dans sa tête.

– Écoute, Abigaël, j'ai peur que tu ne veuilles qu'on se rencontre pour de mauvaises raisons.

– « De mauvaises raisons » ?

– Est-ce que c'est une manière pour toi de les provoquer ? Tu m'as dit que tu ne t'entendais pas bien avec ton père, qu'il te reprochait la vie que tu avais choisie.

– Et… ?

– Tu veux vraiment que je te fasse un dessin ? Je n'ai pas un rond, pas de boulot, même pas un costume correct à me mettre sur le dos. Qu'est-ce que tu crois que tes parents vont penser de moi ?

– Je me fiche de ce qu'ils peuvent penser.

– Pas moi. Et si tu t'en fiches vraiment, pourquoi vouloir à tout prix me présenter à eux ?

Le visage de la jeune femme se rembrunit soudainement.

– Tu n'en as pas la moindre idée ?…

Gêné, Andy fit glisser ses doigts sur les touches de la machine à écrire. Il aurait aimé se réfugier dans son roman ; davantage même : passer dans le monde qu'il avait inventé pour devenir un simple personnage soumis à son créateur.

– Je ne sais pas quoi te dire, Abigaël.

– Pour un écrivain, c'est embêtant.

– Les écrivains n'ont pas réponse à tout.

Abigaël changea de position et ramena le drap défait sur sa poitrine, marquant par ce geste une barrière entre eux.

– J'aimerais comprendre, Andy. Je suis quoi au juste pour toi ?

– Qu'est-ce que tu veux dire ?

– Tu le sais très bien. Et arrête de répondre à mes questions par d'autres questions. Logan m'a dit que tu n'étais jamais resté plus de trois mois avec une fille. C'est vrai ?

– Quoi ! Logan t'a dit ça ?

– Tu vois, tu recommences. Est-ce que je suis une passade, moi aussi ?

– Bien sûr que non !

– Et qu'est-ce que tu en sais ? On n'a pas encore atteint les trois mois fatidiques.

– Tu as envie de me faire une scène, c'est ça ? Tu veux qu'on ait notre première dispute ? Eh bien voilà, on y est…

– T'est-il déjà arrivé de rencontrer les parents d'une des filles avec qui tu sortais ? Réponds-moi franchement.

– Non. Mais je ne vois pas quelles conclusions tu pourrais en tirer.

Elle laissa retomber le drap sous ses seins, comme si la lassitude la gagnait. Andy la trouva terriblement belle avec ce voile de tristesse qui recouvrait son visage. Il s'empara du Leica qui traînait sur un coin de son bureau et la chercha dans le viseur.

– Ne bouge pas.

Elle se laissa faire. Il prit deux clichés. Quoiqu'il n'eût aucun don pour la photo, il savait qu'ils seraient réussis.

– Tu es quelqu'un d'étrange, Andy. Par moments, tu sembles ouvert, gai, heureux de vivre, et l'instant d'après… tu te fermes comme une huître : on dirait que plus rien ne peut te toucher, que si le monde s'écroulait autour de toi, ça ne te ferait ni chaud ni froid.

Il reposa l'appareil. Carla avait utilisé à peu près les mêmes mots à son sujet.

– Tu sais bien que je tiens à toi, plus que je ne saurais le dire.

– Eh bien tu ne le dis pas beaucoup.

– Je n'ai jamais été doué pour exprimer mes sentiments.

– C'est aussi ce que m'a dit Logan.

– Si Logan le dit, alors…

Andy se mit à tourner sur son siège comme une toupie. La pièce défilait devant ses yeux comme les images d'un kaléidoscope.

– C'est d'accord pour le dîner.

– C'est vrai ?

Saisi par un haut-le-cœur, il s'arrêta. Abigaël tanguait devant ses yeux. Ses traits n'exprimaient pas la joie, tout au plus la satisfaction d'une victoire au goût amer.

– Oui, je viendrai.

– Oui-oui, ou oui-peut-être ?

– Oui-oui.

– Uniquement si tu ne te sens pas forcé.

– Je ne le suis pas.

Elle se leva en quatrième vitesse pour venir lui déposer un long baiser sur les lèvres. Il avait cédé, c'était écrit d'avance. Tandis qu'il serrait Abigaël dans ses bras, il se consola en se disant que cette épreuve serait l'occasion d'en apprendre plus sur ses parents. Et de faire d'eux des personnages à part entière de son roman.

*

S'il avait parfaitement compris que les Spencer étaient pleins aux as, Andy n'en resta pas moins médusé quand ils se retrouvèrent devant la façade de leur maison. « Maison », c'était un euphémisme, car il s'agissait en l'occurrence d'une somptueuse bâtisse proche de la taille d'un petit immeuble, située face à Corridor Park – qui, avec ses sentiers de jogging et de vélo, ses terrains de jeux et ses courts de tennis, formait un trait d'union entre les quartiers de South End et de Back Bay. Deux étages, briques rouges, porche en pierres, immenses fenêtres en ogive… Le cellier de cette baraque devait faire la taille de son appartement.

– Ne t'en fais pas, tout va bien se passer, lui murmura Abigaël en le prenant par la main.

Dans l'entrée, sur une console marquetée qui valait plus que sa Fiat, au milieu de nombreuses photos de famille, celles de Steven lui sautèrent au visage – de lui, Andy n'avait jusque-là que brièvement aperçu une photo dans le portefeuille d'Abigaël. Son frère était à peu près tel qu'il se l'était imaginé : brun, plutôt ténébreux, les yeux légèrement enfoncés dans les orbites, beau garçon. Sans le sort cruel qu'il avait connu, on aurait même pu le prendre pour un adolescent heureux. Difficile de lui trouver une vraie ressemblance avec Abigaël, pourtant il y avait quelque chose…

Malgré le sourire poli qui ne quittait jamais ses lèvres, Emma Spencer, superbe femme, transpirait la fébrilité. Andy remarqua que ses mains étaient en permanence agitées d'un tremblement, qu'il avait du mal à mettre sur le compte de sa présence. Là, en revanche, la ressemblance avec Abigaël était frappante, presque troublante. Andy avait sous les yeux l'incarnation vivante de ce qu'elle aurait pu être vingt ans plus tard si elle avait choisi la vie toute tracée qui aurait dû être la sienne.

Tempes grisonnantes, mâchoire carnassière, John Spencer était un homme solidement bâti, à la poignée de main ferme. En dépit de son apparence intimidante et contre toute attente, il fit bon accueil à Andy. Propos banals, certes, mais destinés à l'évidence à le mettre à l'aise et à lui faire comprendre qu'il était le bienvenu dans cette demeure.

Les Spencer n'avaient pas vraiment mis les petits plats dans les grands. Le repas servi fut des plus simples : une entrée à base de crudités, un rôti assez quelconque accompagné de divers légumes et de pommes de terre.

– Nous vous recevons « à la bonne franquette », crut bon de préciser Mme Spencer.

Comme elle avait employé l'expression en français dans le texte – langue qu'Andy ne connaissait pas plus que l'italien –, Abigaël se pencha vers lui pour la lui traduire. Andy se mit à rire comme si elle venait de sortir une blague désopilante.

Quoiqu'elle eût précisé « Pas de politique à table ! », son mari monopolisa la parole, sur la politique justement. Républicain, sans l'ombre d'un doute, sans être fanatique pour autant. Partisan d'un libéralisme économique mâtiné de conservatisme sociétal. Rien de bien original. Pour le peu qu'il savait de lui, Andy n'aurait pas pu de toute manière l'imaginer en progressiste acharné.

Il hocha mollement la tête durant la conversation, pour qu'on ne puisse pas deviner le fond de sa pensée – à supposer qu'il en eût une, car la politique et lui... Tandis qu'il commençait à baisser la garde, Spencer le prit par surprise :

– Alors, comme ça, vous êtes écrivain, Andy ?

Il avait posé la question sans aucune condescendance ni ironie, avec un sérieux qui fit redouter à Andy le début d'une vraie conversation.

– C'est exact.

– Écrivain, mais vous n'avez encore jamais été édité.

Tiens ! Les pères étaient bien tous les mêmes. N'était-ce pas ce que Frank Marzano lui avait fait remarquer il n'y avait pas si longtemps ?

– Pas encore, non. Mais j'ai commencé un roman assez ambitieux.

– Andy avance à un très bon rythme en ce moment, ajouta Abigaël en posant sa main sur la sienne.

– J'aime l'ambition, répondit Spencer – mais on devinait facilement qu'une ambition qui ne pouvait pas se traduire en dollars lui passait au-dessus de la tête. De quoi vivez-vous, alors, si vous n'avez pas encore publié ?

Andy avait anticipé la question – et même préparé avec application la rencontre.

– J'accomplis quelques tâches pour des éditeurs : lecture de manuscrits ou correction d'épreuves, des choses dans ce genre...

Purs mensonges évidemment, mais il se serait mal vu lui avouer qu'il n'avait plus un sou vaillant en poche.

– Et ça paie bien ?

– Papa, je t'en prie ! s'insurgea Abigaël.

– N'imaginez aucune arrière-pensée dans ma question, Andy, c'est juste de la curiosité. Ma fille voit le mal partout.

– Il n'y a pas de problème. Je vous mentirais en disant que je fais fortune, mais ce que je gagne me permet pour le moment de couvrir toutes mes dépenses.

– C'est bien. Je suis moi-même parti de rien. Un vrai *self-made man*. Au temps de mes études, c'est à peine si j'arrivais à me payer un repas décent par jour. Les jeunes ne pleurnichaient pas sans cesse à mon époque : ils n'attendaient pas que leur avenir leur tombe tout cuit dans le bec et savaient se retrousser les manches. Et aujourd'hui, voilà où j'en suis arrivé.

Il promena son regard sur la luxueuse salle à manger autour de lui, comme s'il la voyait pour la première fois.

– Il faut s'accrocher dans la vie, ne jamais renoncer. Je suis sûr que vous réussirez…

Le repas se déroula sans anicroche. Andy ne commit pas de faux pas. Il en était presque déçu. Après tout, il n'était pas seulement venu là pour faire plaisir à Abigaël mais aussi pour son roman : une altercation avec son père aurait pu donner lieu à une scène savoureuse, quand bien même elle aurait été pénible à vivre.

Après le dessert, sans trop savoir comment, il se retrouva seul avec lui sur la terrasse protégée par une jolie pergola. L'homme alluma un petit cigare, debout devant le jardin.

– Vous fumez, Andy ?

Il n'aurait su dire s'il s'agissait d'un piège. M. Spencer voulait-il s'enquérir des addictions d'un potentiel futur gendre ? Andy jugea que chercher à passer pour un parangon de vertu pouvait être contre-productif, sans compter qu'il sentait encore l'odeur de sa dernière cigarette, fumée juste avant de partir pour le déjeuner.

– Ça m'arrive, dit-il prudemment, même si j'essaie de réduire ma consommation autant que possible.

Les yeux de John Spencer se mirent à briller. Il venait peut-être de marquer un point.

– Accompagnez-moi, alors.

Sans lui laisser le temps d'accepter ou de refuser, il sortit de sa poche un autre cigare, qu'Andy eut du mal à allumer. Il faillit s'étouffer avec la première bouffée, ce qui arracha un sourire à son hôte.

Andy se mit à observer les façades à bow-windows de l'autre côté de la rue. Le quartier était charmant, d'un calme absolu bien qu'à quelques minutes seulement du centre-ville. Il se serait bien vu habiter un tel endroit. Un bureau à l'étage donnant sur les arbres où il aurait pu passer ses journées à écrire. Il ressentit une pointe d'amertume, jaloux de ceux qui avaient réussi.

– Vous savez, Andy, j'ai croisé énormément de gens au cours de ma carrière. De toutes situations sociales, de toutes origines, de tous milieux professionnels. En général, j'arrive à les radiographier au premier coup d'œil.

– Les « radiographier » ?

– Les juger, les jauger, savoir ce qu'ils ont dans le ventre et dans la tête… C'est très utile dans mon métier. C'est une sorte de sixième sens chez moi. Je ne sais pas si c'est inné ou si je l'ai développé avec l'expérience – sans doute un peu des deux… Si j'ai appris une chose, c'est que les gens ne sont pas mauvais en général. Ils veulent même bien faire : s'appliquer dans leurs fonctions, fonder une famille, être capables de se regarder le matin dans la glace sans avoir l'impression d'être de parfaits salauds.

Andy émit un petit rire d'approbation, vaguement inquiet.

– Mais la vie est ce qu'elle est, continua M. Spencer, et on a tôt fait de se laisser glisser sur la mauvaise pente, de céder à ses tendances naturelles, de commettre de mauvaises actions sans même vraiment s'en apercevoir. Par ambition, par ennui, par cupidité… N'imaginez pas que je fasse exception à la règle : nous sommes tous pareils.

Andy se donna une contenance en tirant sur son cigare, mais l'anxiété ne faisait que croître en lui. Il ne désirait plus qu'une chose désormais : retourner dans la maison, abréger cette visite et repartir comme il était venu.

– Oui, j'imagine que nous sommes tous pareils, répéta-t-il pour ne pas rester silencieux.

John Spencer se tourna vers lui.

– Je sais donc radiographier les gens. Je repère en particulier à cent lieues à la ronde les trouble-fêtes, les importuns, les fâcheux, les parasites, les fout-la-merde… appelons-les comme vous voudrez.

Andy sentit son cœur s'emballer. Il regrettait soudain de l'avoir souhaitée, cette fameuse altercation.

– Pourquoi me dites-vous cela, monsieur ?

– Je suis sûr que vous êtes un garçon intelligent, Andy. Très intelligent, même. Et ambitieux. Comme je vous l'ai dit, l'ambition des autres ne me gêne pas, du moins tant qu'elle n'interfère pas dans ma vie et celle de ma famille. Elle ne vous le dira sans doute pas, mais Abigaël n'avait jamais amené personne à la maison. Je veux dire… un soupirant. Je l'ai regardée tout à l'heure à table : elle tient à vous, plus que je ne l'aurais imaginé.

– Je tiens aussi beaucoup à elle.

M. Spencer ricana, comme si Andy venait de proférer une parfaite ineptie.

– Je ne sais pas ce que vous cherchez au juste, mais si vous avez l'intention de vous servir d'Abigaël pour nourrir votre ambition…

– Je vous assure, monsieur, que…

Il l'arrêta d'un geste de la main.

– Laissez-moi parler. Vous voulez que nous jouions cartes sur table ? Je n'aime pas les faux-semblants, surtout lorsque j'en suis victime. Je n'ai pas cru un mot de votre histoire de lecture et de correction de manuscrits. Aucun éditeur ne vous a jamais employé. Je suis persuadé que vous n'avez ni travail ni revenu. Vous devez vous rêver en artiste maudit, incompris, persuadé que les autres sont trop stupides pour reconnaître votre génie. Peut-être voyez-vous en Abigaël une planche de salut : une famille extrêmement aisée, un père influent... Je ne sais pas précisément ce qui se passe dans votre caboche ni ce que vous manigancez, mais je ne laisserai personne faire du mal à ma fille.

Andy demeurait paralysé, le cigare coincé entre ses lèvres. À quoi bon protester ? Cela n'aurait fait qu'aggraver son cas.

– Vous n'ignorez pas que j'ai perdu mon fils il y a quelques années, dans des circonstances tragiques. Nous n'avons pas fait ce qu'il fallait pour Steven, et je le regrette chaque jour de mon existence. Je donnerais tout pour qu'il soit encore parmi nous. Ma femme est devenue un fantôme dans cette maison depuis son suicide. Il ne me reste aujourd'hui qu'Abigaël.

Andy ne put soutenir le regard de M. Spencer. Il se sentait aussi moche que le soir où il avait couché sur le papier la mort du petit frère.

– Écoutez bien ce que je vais vous dire, Andy, et enregistrez-le au fond de votre cerveau : si vous faites souffrir ma fille, je vous détruirai. Soyez certain qu'il ne s'agit pas d'une façon de parler ou d'une foutue hyperbole d'écrivain. Je réduirai votre vie à néant. Et lorsque j'ai décidé de mettre quelqu'un à terre, je peux vous assurer qu'il ne s'en relève jamais.

# 6

Après les menaces proférées par John Spencer, n'importe quel être normalement constitué aurait fait machine arrière et se serait empressé de se débarrasser de l'objet du crime – en l'occurrence, un manuscrit. Mais il faut croire qu'Andy Marzano n'était pas comme les autres, car dans les jours qui suivirent le déjeuner il plongea à corps perdu dans son roman, avec une frénésie nouvelle, sans avoir bien sûr nullement l'intention de renoncer à Abigaël. Il lui semblait même que les intimidations de son père avaient aiguisé son désir. Si la culpabilité le rongeait depuis des semaines, un interdit avait été cette fois clairement posé par une personne extérieure, et ce danger le grisait tout autant qu'il l'effrayait.

Les circonstances l'aidèrent aussi un peu. La première de la pièce approchant, Abigaël était accaparée par les répétitions et disposait de moins de temps libre. Ils sortaient plus rarement, en général tard le soir pour manger un morceau dans le quartier.

Andy ne passait plus seulement ses journées à écrire, il y consacrait également une grande partie de ses nuits. Combien d'heures restait-il à sa table de travail ? Il aurait été incapable de le dire tant l'acte d'écrire était devenu aussi naturel pour lui que de respirer. Même durant les quelques heures où il prenait du repos sur son matelas, les personnages allaient et venaient dans sa tête, les dialogues surgissaient comme des bulles de bande dessinée. Son roman, qu'il avait intitulé *Des vies*, ne lui laissait aucun répit.

Il se réveillait parfois en sursaut au beau milieu de la nuit, le front trempé de sueur, se levait comme un somnambule pour s'installer à son bureau, sans comprendre tout à fait ce qu'il y faisait. Sa consommation de cigarettes et de café avait triplé. Il avait lu un jour qu'un écrivain français, Honoré de Balzac, était mort à cause des cinquante tasses qu'il absorbait quotidiennement pour tenir son rythme d'écriture – au meilleur de sa forme, il était capable de pondre seize pages imprimées par jour.

Andy avait enfin trouvé le cœur de son intrigue : la jalousie de son double narrateur. L'idée lui était venue quand il avait lui-même éprouvé ce sentiment en assistant aux numéros de drague minable auxquels Brian, *alias* le docteur Astrov, se livrait auprès d'Abigaël. Oui, son personnage, amoureux de l'actrice qui incarnait Sonia, sombrerait peu à peu dans une jalousie dévorante, qui détruirait son couple et le conduirait au pire – même s'il n'avait encore aucune idée de ce que serait ce pire.

Bien qu'il sût intimement qu'Abigaël lui était fidèle, son roman déteignit peu à peu sur lui. Abby ayant évidemment dans sa tête les traits d'Abigaël, il ne pouvait s'empêcher durant ses séances d'écriture d'imaginer cette dernière dans les bras d'un autre homme. Il en ressentait de la peine, qui virait parfois au désespoir lorsque la lucidité l'abandonnait sous l'effet de la fatigue. Tous les moments heureux ou voluptueux passés avec Abigaël se transformaient en épines dans son cœur, car il les projetait dans le couple qu'elle formait avec son rival imaginaire. Il en arrivait à regretter leurs baisers et leurs étreintes puisque, le plaisir passé, ceux-ci finiraient par alimenter sa jalousie en donnant de la matière à ses délires.

Insensiblement, l'humeur d'Andy changea. Il se montrait plus taciturne, plus renfermé, parfois irrité pour des broutilles. Quand il était en compagnie d'Abigaël, il avait de plus en plus de mal à suivre leurs conversations. Tout était entouré d'un voile : la fiction avait désormais pour lui plus de chair que le réel. Elle lui parlait du théâtre, encore et toujours, mais la curiosité qu'il avait éprouvée pour cet univers étranger s'émoussait, car il estimait que rien de ce qu'elle lui racontait ne pouvait être utile à son roman.

Par ailleurs, même si c'était toujours par le biais d'allusions, Abigaël commençait à se projeter dans l'avenir, à envisager qu'ils passent tous les deux « à la vitesse supérieure » – il n'avait pas rêvé, c'était bien l'expression qu'elle avait employée, comme ça, au détour d'une phrase. Qu'est-ce que ça signifiait, au juste ? Si Andy faisait l'effort de mettre bout à bout tous ses sous-entendus, il pouvait en conclure qu'elle voulait qu'ils s'installent ensemble.

Dans le mille ! Peu de temps après, elle avait ajouté de manière explicite : « Vu nos problèmes d'argent, économiser le prix d'un loyer pourrait être une bonne idée, tu ne crois pas ? » Elle avait dit « nos problèmes », mais pensait « tes problèmes » – sans céder à la paranoïa, Andy en avait la conviction. L'appartement d'Abigaël, dans le quartier chic de Bay Village, était deux fois plus grand que le sien et beaucoup plus coquet. Il possédait une chambre spacieuse, avec une jolie vue, et une vraie cuisine séparée. Il la soupçonnait à présent d'utiliser une partie de l'argent que lui donnait son père pour se le payer.

Qu'avait-il répondu à sa proposition ? Il s'était en fait contenté de hocher la tête en sortant une formule passe-partout qui ne l'engageait à rien. Manque d'enthousiasme évident, proche de l'affront, qu'elle avait fait semblant de ne pas relever. Elle était ainsi, Abigaël… Incapable de lui faire des reproches, qu'il aurait bien mérités pourtant ; toujours désireuse de voir le bon côté des choses. Il la décevait, il le savait. L'innocence des débuts s'était déjà flétrie. Et les choses ne faisaient que commencer.

Au fond, peut-être qu'Andy ne supportait pas qu'on vienne bousculer ses habitudes. Il se rendait par exemple de moins en moins souvent au Collins, et uniquement pour y voir Logan. Carla ne lui adressait quasiment plus la parole, ce qui le chagrinait. Il continuait de s'installer à sa place, sur la banquette en skaï, mais cet endroit familier – le lieu de leur rencontre, de leur première conversation – avait perdu de sa magie et ne faisait qu'attiser sa culpabilité.

Un jour qu'il attendait Logan, il se mit à feuilleter un journal qu'avait dû oublier un client. Par désœuvrement, car l'actualité, sans mentir, il s'en foutait comme de sa première chemise. Un des titres à la une attira néanmoins son attention :

NOUVELLE VICTIME DU « TUEUR À LA CEINTURE »

Helen S., 26 ans, a été retrouvée morte avant-hier à son domicile sur West Broadway, dans le South Boston. La police a la conviction qu'elle est la victime du tueur en série déjà responsable de la mort de quatre femmes.

Comme tout le monde en ville, Andy avait entendu parler de cette affaire qui mettait la police sur les dents. Il tourna les pages pour chercher l'article à l'intérieur. S'il n'avait eu l'intention au départ que de le survoler, il se surprit à le lire jusqu'au bout, attentivement qui plus est.

Le premier meurtre remontait à deux ans. Susan Badina, 22 ans, étudiante à l'université de Boston, avait été étranglée dans son appartement durant le week-end précédant Noël. Elle avait été découverte par son petit ami à son retour d'un voyage à l'étranger. Pas de trace d'effraction, aucun vol d'objets de valeur, aucune agression de nature sexuelle constatée sur le corps.

Les victimes avaient un profil à peu près identique : entre 20 et 26 ans, étudiantes ou entrant tout juste dans la vie professionnelle, vivant seules bien qu'ayant le plus souvent une relation amoureuse, fût-elle à distance. Les meurtres étaient séparés par un intervalle d'environ six mois.

Andy apprit que le grand public n'aurait jamais pu établir de lien entre les victimes ni soupçonné l'existence d'un tueur en série si un tabloïd n'avait révélé, grâce à une fuite, que chaque jeune femme avait été étranglée à l'aide d'une ceinture, que le tueur abandonnait à leur cou. Une information capitale que la criminelle et le procureur n'avaient pas voulu révéler au départ, car elle constituait un des rares éléments de l'enquête susceptibles de les aider à identifier le psychopathe. D'après le quotidien, l'utilisation de cette arme, laissée volontairement sur le lieu des crimes, relevait plus de la signature que du mode opératoire : la ceinture devait recéler une signification intime pour cet homme et pouvait révéler des fantasmes ou des « processus émotionnels complexes ».

La dernière victime, à qui était consacré l'essentiel de l'article, correspondait en tout point au profil type des cibles du tueur. Helen S. travaillait comme archiviste à la Boston Public Library, elle était célibataire, vivait une vie tranquille et bien réglée. Comme chaque fois, la police n'avait relevé aucune trace d'effraction, aucune empreinte ni trace exploitable laissée par l'étrangleur. L'homme devait être méticuleux, extrêmement bien organisé et averti des techniques utilisées pour traquer des individus dans son genre.

Comment s'introduisait-il dans les domiciles ? Se faisait-il passer pour un employé en intervention dans l'immeuble ? Rencontrait-il ses victimes à l'extérieur et était-il invité à monter chez elles, peut-être après plusieurs rendez-vous amoureux ? La question était cruciale, car personne – dans les bâtiments ou dans l'entourage des jeunes femmes – ne l'avait ne serait-ce qu'entraperçu. C'était un véritable caméléon, une ombre insaisissable.

Bien sûr, ces meurtres n'étaient pas sans rappeler ceux de l'Étrangleur de Boston, qui entre 1962 et 1964 avait assassiné plus d'une dizaine de femmes, créant une véritable psychose dans la ville et conduisant à la création d'un bureau spécialement dédié à l'affaire. Albert DeSalvo, un ancien militaire, avait finalement été arrêté par une patrouille grâce à un portrait-robot établi par sa dernière victime, qu'il avait attachée à son lit mais épargnée. Il avait avoué les meurtres et s'était même vanté d'avoir violé deux mille femmes en l'espace de cinq ans. Condamné à la prison à perpétuité, il était mort au début des années 1970, poignardé par un codétenu à la suite d'une bagarre. Andy avait vu au moins deux fois le film de Richard Fleischer avec Tony Curtis, qui s'inspirait de cette histoire. Il n'avait jamais oublié l'atmosphère terrifiante du long métrage, créée par l'utilisation incroyable du *split screen*, qui fragmentait l'écran et vous plongeait dans l'esprit torturé du tueur.

En raison de quelques ressemblances avec les autres affaires et malgré l'ancienneté des faits, la police n'excluait pas la piste d'un imitateur. Il était en tout cas évident que l'assassin connaissait très bien le parcours et le *modus operandi* de l'Étrangleur de Boston, qui avait pu l'inspirer ou lui donner la détermination nécessaire pour passer à l'acte.

Andy fut fortement troublé par la lecture de l'article. Il n'était pourtant guère passionné par les faits divers, même tragiques et hors du commun. Était-ce son âme de romancier qui se manifestait ? Son goût pour la noirceur et le mystère de l'âme humaine ? Il n'avait jamais songé à écrire un roman policier, mais ce genre pouvait offrir des perspectives intéressantes et inattendues. Il faudrait bien sûr qu'il se documente, qu'il cherche à entrer en contact avec des flics qui voudraient bien partager leur expérience, mais c'était une porte qui méritait de rester ouverte.

Sans trop réfléchir, il découpa la page de journal pour la relire chez lui. Il était en train de plier l'article lorsque Logan arriva. Alors que lui-même s'anémiait de jour en jour sous l'effet du trio manque de sommeil-caféine-nicotine, il trouvait que son ami avait de plus en plus la forme, malgré les journées interminables qu'il passait à l'hôpital.

– Qu'est-ce que tu lisais ? demanda Logan en désignant le journal déchiré.

– Le Tueur à la ceinture a trucidé une nouvelle fille. Tu étais au courant ?

Andy lui tendit le morceau de papier.

– Les infirmières ne parlaient que de ça ce matin. Elles ont la trouille, au point qu'elles n'ouvrent plus à personne quand elles sont seules chez elles. Ce type est en train de créer la panique. C'est incroyable qu'ils n'arrivent pas à l'attraper. On n'est quand même plus à l'époque de Jack l'Éventreur… Il paraît que les meurtres se sont rapprochés.

– Oui. Les psychiatres disent que c'est fréquent : plus les psychopathes tuent, plus ils ressentent le besoin de tuer. C'est le serpent qui se mord la queue. Ils pensent qu'il va prendre davantage de risques et être de plus en plus actif. Ils disent aussi qu'il ne s'arrêtera pas avant d'avoir été capturé.

– Charmant.

– Je comprends pourquoi je ne suis jamais l'actualité. On vit dans un monde vraiment déprimant…

Logan lut l'article en diagonale avant de fixer Andy en silence.

– Pourquoi est-ce que tu me regardes comme ça ?

– Tu as une sale tête, Andy.

– Je sais. Il m'arrive encore de croiser mon reflet dans une glace.

– Tu travailles trop.

– C'est toi qui dis ça ?

– Je ne passe pas le cul sur une chaise toute la journée, moi. Tu as une sale hygiène de vie, et tu pues la clope par-dessus le marché.

– Merci, ça fait plaisir à entendre.

– Je suis sérieux. On s'inquiète pour toi.

– « On » ?

Logan prit tout son temps pour répondre.

– Abigaël est venue me voir à l'hôpital…

– Quand ça ?

– Hier.

– Et tu ne pouvais pas me le dire plus tôt ?

– Je te le dis maintenant, alors qu'elle m'a fait promettre de ne pas t'en parler. Elle ne comprend pas ce qui t'arrive, Andy. Elle te trouve absent quand tu es avec elle, elle dit que tu ne fais plus rien d'autre que de bosser à ton livre.

– Elle exagère toujours…

– Tu es complètement aveugle, ma parole ! Elle a chialé, Andy, comme ça, devant moi. Cette fille est désespérée. Il paraît qu'elle t'a proposé d'emménager avec elle et que tu l'as rembarrée.

– Je ne l'ai pas rembarrée, je lui ai simplement dit que j'allais y réfléchir.

– Comment est-ce que tu peux écrire des bouquins et être aussi peu psychologue ? Dire à une fille qu'on va réfléchir, c'est pire que de lui dire non. À quoi est-ce que tu as besoin de réfléchir ? Abigaël est une fille géniale, tu n'as pas un rond, tu crèches dans un taudis, et tu hésites à déménager deux valises de fringues dans son appartement ?

À voir les choses sous cet angle, son comportement était en effet irrationnel. Tellement irrationnel qu'Andy ne sut quoi répondre.

– Je culpabilise, poursuivit Logan.

– Pourquoi ?

– C'est moi qui t'ai incité à t'inspirer de ton vécu, à ne parler dans tes livres que de ce que tu connaissais.

– Sans toi, je n'aurais jamais rencontré Abigaël.

– Et ça aurait peut-être mieux valu.

– Comment est-ce que tu peux dire une chose pareille ?

– Je le dis parce que je le pense, même si c'est cruel.

– Tu sais que tu es un vrai connard, Logan ?

– À connard, connard et demi…

Andy ne put s'empêcher de rire.

– Je ne sais pas depuis combien de temps je n'avais plus réussi à te dérider. Tu te rends compte qu'on rigole de moins en moins souvent ensemble ? On devrait faire gaffe, Andy, on est en train de devenir tout ce qu'on déteste.

– C'est-à-dire ?

– Des types tristes, trop préoccupés par leur avenir pour profiter de quoi que ce soit.

Andy se sentit soudain totalement déprimé. Il regretta presque de ne pas être resté chez lui pour écrire. Sa mauvaise conscience lui suffisait, il n'avait pas besoin que son seul ami en remette une couche.

– Quand est-ce que tu vas te décider à lui parler ?

– Tu crois vraiment qu'elle a besoin que je l'embête avec ça en ce moment ? La générale de sa pièce a lieu dans une semaine.

– Une semaine ? Très bien. Promets-moi que tu lui avoueras tout juste après.

– Je n'aime pas faire de promesses...

– Parce que tu sais que tu ne les tiendras pas ?

– Tu me fatigues, Logan.

– Tu le regretteras un jour... Quand tu auras perdu Abigaël et que tu te retrouveras seul comme un con avec tes romans, tu le regretteras. Je t'en fais le pari.

*

Les jours qui suivirent se déroulèrent pour Andy dans un brouillard. Il travaillait, mais son rythme faiblissait, et il ignorait si ce qu'il écrivait était bon, médiocre ou terriblement mauvais. Après tout, à part les premières pages qu'il avait passées à Logan, personne n'avait encore lu son manuscrit.

S'il passait l'essentiel de ses journées dans son appartement, c'était pour traîner, fumer et rester des heures avachi sur son matelas à relire ses livres préférés, dans l'espoir que le génie de leurs auteurs rejaillisse un peu sur lui. L'abattement finissait en général par le gagner. À quoi bon se comparer à ces écrivains qu'il n'égalerait jamais ? C'était comme vouloir se mettre un beau matin au cent mètres en rêvant de passer sous la barre des dix secondes. Tout avait déjà été dit, et beaucoup mieux que par lui.

Son histoire tournait en rond, il le savait. Plus il avançait, plus il retombait dans ses anciens travers. Sa relation avec Abigaël ne lui suffisait plus à nourrir son roman. Le thème de la jalousie était efficace, mais il l'avait développé sur un nombre incalculable de pages, au risque de lasser son lecteur. Il lui fallait autre chose. Un rebondissement.

De guerre lasse, il provoqua une rupture entre Abby et son narrateur, après une dispute terrible où ils s'envoyaient des horreurs à la figure. Andy sortit épuisé de l'écriture de cette scène, comme si son héroïne venait vraiment de claquer la porte de son appartement, comme si cette scène n'était que l'ébauche d'une future altercation avec Abigaël dans la vie réelle.

Quand il y repenserait plus tard, il serait incapable de dire comment une telle chose avait pu se produire.

Il était devant sa machine. Le soir était tombé, sans même qu'il s'en rende compte. Sa lampe de bureau flexible, qu'il utilisait depuis qu'il était lycéen, projetait une lumière à peine suffisante pour pouvoir travailler. Que faisait-il depuis des heures ? Rien, ou pas grand-chose. La feuille coincée dans l'Underwood était vierge. Début de chapitre. Toujours aussi difficile. Par quoi commencer ? Un dialogue ? Une description ? Une maxime bien sentie ? Le cendrier était plein, il n'avait plus de cigarettes. Dans sa tasse, un reste de café refroidi. Malgré les gargouillis dans son ventre, il n'avait pas faim. Avait-il seulement déjeuné ce midi ? Il n'arrivait pas à s'en souvenir.

Il jeta un coup d'œil à sa montre : 22 h 30. Puis, à moitié somnolent, il fixa le mur au-dessus de son bureau. Entre deux étagères de livres, il avait accroché l'affiche de la pièce d'Abigaël. Elle représentait un couple enlacé, presque en ombres chinoises, devant une immense forêt dont les arbres se découpaient sur un ciel bleu nuit. Jolie mais un peu trop romantique à son goût : il y avait tromperie sur la marchandise. Au bas de l'illustration, ses yeux tombèrent sur la date de la générale, qu'il avait inscrite au feutre rouge.

– Putain ! hurla-t-il, faisant trembler son bureau.

Il la connaissait par cœur, cette fichue date, impossible de l'oublier, impossible de passer à côté, et pourtant… Aussitôt, il bondit de sa chaise. Sans prendre le temps de se changer, sans même fermer la porte à clé, attrapant simplement son portefeuille, il quitta l'appartement, dans son jogging avachi, son sweat et sa paire de Stan Smith.

Essoufflé par les cinq étages qu'il avait dévalés en trombe, il se mit à courir sur le trottoir, sans trop savoir où il allait, attrapa par miracle un taxi deux rues plus loin – il n'en prenait jamais, trop cher pour lui. Le ciel était couvert, quelques gouttes de pluie s'écrasaient au sol. Il donna au chauffeur l'adresse du théâtre en bégayant. L'homme le regarda d'un air bizarre dans le rétroviseur. Il devait avoir une de ces têtes…

Après un rapide calcul, Andy conclut qu'il n'était peut-être pas trop tard. Il pouvait arriver à la fin de la représentation, quelques minutes après même. Il aurait ainsi le temps de passer voir Abigaël dans les loges et, ni vu ni connu, de lui faire croire que… Dans cette tenue cradingue ? Il n'aurait même pas osé la mettre pour aller acheter un Coca au coin de la rue.

Lorsque le taxi s'arrêta devant le théâtre, pas de chance, il pleuvait des cordes. Andy avait tout juste de quoi payer la course.

– À mon avis, vous arrivez trop tard, fit le chauffeur d'un ton compatissant.

Andy lui avait raconté ses malheurs durant le trajet – une manière sans doute de profiter d'un inconnu pour se confesser à moindres frais.

En sortant du véhicule, il rabattit sa capuche sur sa tête, mais à peine avait-il fait dix pas qu'il était trempé comme une soupe. Intérieurement, il bouillait de rage. Quand il se fut réfugié sous la marquise du Majestic, il prit conscience qu'il n'avait même pas pris son billet avec lui. « Qu'est-ce qui ne va pas chez toi ? Comment est-ce que tu as pu lui faire un coup pareil ? » se demanda-t-il à voix haute.

Dégoulinant et résigné, il s'apprêtait à pénétrer dans le théâtre quand il vit s'ouvrir une dizaine de mètres plus loin la petite porte réservée au personnel, l'entrée des artistes. Un groupe surgit sur le trottoir. Des parapluies s'ouvrirent, aussitôt battus par la pluie. Quelques rires et cris de surprise retentirent. Entre les toiles et les manches, des visages familiers apparurent. Eric, Astrov, Éléna... Andy pria pour qu'Abigaël ne soit pas là. Peut-être était-elle restée dans la loge à l'attendre. Peut-être que tout allait s'arranger, en fin de compte.

Dès que le metteur en scène l'aperçut, une grimace hostile se forma sur son visage. Il tapota l'épaule d'une personne dissimulée derrière un parapluie. Abigaël, puisque c'était elle, se retourna et l'aperçut à son tour. Après avoir échangé quelques mots avec Eric, elle se dirigea vers lui.

Même sous l'auvent, elle garda son parapluie vissé sur la tête. Elle ne prononça aucune parole. Ç'aurait été trop facile, c'était à lui d'assumer ses erreurs.

– Je suis... je suis tellement désolé, Abigaël. Je suis impardonnable. Je ne sais pas ce qui a pu se passer. J'étais plongé dans mon livre, et je n'ai pas vu l'heure tourner...

C'était la vérité, mais elle lui paraissait minable et ridicule à présent qu'il l'exprimait à voix haute.

– Tu es toujours plongé dans ton livre, Andy. Tu prends plus de plaisir à être avec tes personnages qu'avec de vraies gens. Il n'y a de place pour rien d'autre dans ta vie.

– Si, il y a de la place pour toi.

– Pour moi ? Je répète cette pièce depuis des semaines, je t'ai bassiné toute la journée, hier, tellement j'étais angoissée… Ne me dis pas que tu as pu oublier que je jouais ce soir, je ne te croirai pas.

– Je ne l'ai pas oublié, mais je n'avais plus toute ma tête aujourd'hui.

– C'est un peu facile, non ? Il suffit donc de se mettre à écrire pour ne plus avoir à faire attention aux autres, pour ne plus faire le moindre effort.

– Venir te voir sur scène n'était pas un effort. J'attendais ça depuis tellement longtemps…

– Tu joues faux, Andy. Affreusement faux. À moins que ce ne soit ton dialogue qui est mauvais.

– Je ne joue pas. Je suis là, devant toi, mortifié. Je donnerais tout pour revenir trois heures en arrière et assister à cette pièce.

– Rassure-toi, il y aura d'autres représentations. La pièce a été un succès, au-delà de ce qu'on pouvait espérer. Je pense qu'on aura de bonnes critiques.

– J'en suis heureux.

Abigaël regarda en direction de la troupe, qui commençait visiblement à s'impatienter.

– Je dois y aller, maintenant. On va manger un morceau tous ensemble, c'est une tradition.

– Bien sûr, je comprends. Je vais rentrer… À quelle heure est-ce qu'on peut se voir demain ? Je crois qu'on a besoin de parler, tous les deux.

Elle soutint son regard, un masque froid sur le visage.

– On ne se verra pas demain, Andy.

– Qu'est-ce que tu veux dire, au juste ?

– Tu sais très bien ce que je veux dire. On ne se verra ni demain ni un autre jour. C'est fini. Je crois que tu le savais en arrivant ici. Tu te sentiras peut-être triste ce soir, très triste même, mais au fond ça ne changera rien à ta vie. Tu n'as pas besoin de moi.

Andy serra les poings. Il sentait une rage sourde monter en lui.

– Non, ça ne peut pas se terminer comme ça. Là, devant ce théâtre, sous cette pluie, avec ta petite bande qui t'attend en ricanant… Je veux qu'on puisse se parler au calme, prendre le temps de bien considérer les choses.

Abigaël s'approcha de lui pour déposer un baiser sur sa joue mouillée de pluie.

– Je n'ai plus envie de parler – nous avons eu mille occasions de le faire. C'est ma soirée et j'ai envie d'en profiter, tu peux le comprendre ? Je te souhaite bonne chance, Andy. J'espère que les choses marcheront pour toi. Je te le souhaite du fond du cœur. Je repasserai chez toi pour prendre les quelques affaires que j'y ai laissées. Tu vois comme les choses changent… Finalement, c'est moi qui n'ai plus envie qu'on habite ensemble.

Il ne fit pas le moindre mouvement, n'ajouta aucune parole. Pas moyen de supprimer cette scène comme dans son manuscrit, d'en réécrire les dialogues, d'en modifier la fin. Il était dans la vraie vie, et il ne s'y sentait pas à sa place.

Le cœur vide, il regarda Abigaël s'éloigner sous la pluie, jusqu'à ce que tout le groupe ait disparu au coin de la rue.

# 7

– Je suis désolé, monsieur Hamilton, mais aucune jeune femme du nom d'Anna ne travaille dans notre établissement.

Maurice, le concierge, hochait la tête d'un air catégorique, qui désespéra Randall.

La nuit était passée sans presque qu'il s'en aperçoive. Il ne se souvenait même pas d'avoir regagné sa chambre après la réception ni de s'être déshabillé pour se glisser dans les draps. Il s'était pourtant réveillé dans son lit, comme la veille, dans la suite aux rideaux bleus à fleurs.

– Je suis pourtant certain de lui avoir parlé hier. Une jeune femme aux cheveux bruns, qui travaille comme femme de chambre et servait à table à la réception...

Maurice écarquilla les yeux.

– C'est absolument impossible, monsieur.

– Pourquoi donc ?

– Le Grand Hôtel est un palace, chacun y a un rôle bien défini. Aucune femme de chambre n'a jamais aidé au restaurant. Lorsque nous organisons des réceptions exceptionnelles et qu'il nous manque du personnel, nous faisons appel à des extras.

Debout devant le comptoir, dans le hall presque vide, Randall repensa au visage apeuré d'Anna, à sa crainte d'être surprise par quelqu'un, aux paroles étranges qu'elle avait prononcées : « J'en sais plus que je ne devrais. » Était-elle sortie de son rôle en l'avertissant ? De quoi exactement, il n'en savait fichtre rien. Avait-elle enfreint le règlement de l'hôtel ? Se pouvait-il qu'à présent le concierge veuille lui cacher quelque chose ?

– Peut-être avez-vous mal compris son nom, avança Maurice.

– Non, je suis sûr de moi.

Et si elle lui avait donné un faux nom ?

– Je ne vois pas bien comment je pourrais vous aider. À moins que…

– Oui ?

– Je crois avoir une idée. Voulez-vous bien venir avec moi un moment ?

Sans attendre, Maurice entraîna Randall à l'arrière du comptoir, dans une pièce d'assez grande dimension réservée au personnel. Elle contenait un ensemble de casiers nominatifs, des bureaux équipés d'ordinateurs, des étagères remplies de dossiers, et un grand chariot dans les caisses duquel étaient stockés les objets trouvés. Par chance, ils étaient seuls et n'eurent pas à justifier la présence de Randall en ce lieu.

Le concierge ouvrit un tiroir et récupéra à l'intérieur un gros classeur vert, qu'il déposa sur le coin d'un bureau.

– Qu'est-ce que c'est ?

– Le trombinoscope, monsieur.

– Le trombinoscope ?

– Oui, de tous les employés du Grand Hôtel. Je ne l'ai jamais montré à aucun client, mais je vous sens embarrassé et vous êtes après tout l'un de nos plus fidèles et prestigieux habitués. Nous pouvons bien faire une petite exception, n'est-ce pas ?

– J'en suis flatté.

– Si cette jeune femme travaille ici, vous la trouverez forcément…

Après avoir poliment remercié le concierge, Randall s'installa sur une chaise et se mit à feuilleter le classeur. Les photos étaient en couleurs et de bonne qualité. Il fut surpris par le nombre incroyable de personnes qu'employait l'hôtel. Il reconnut quelques serveurs, le voiturier, un bagagiste, le chasseur, le jeune homme qui l'avait aidé sur la terrasse, mais nulle part il n'y avait trace d'Anna. Il tourna les pages en sens inverse, vérifia à nouveau, sans plus de succès.

– Vous aviez raison, elle n'y est pas.

– Je suis l'un des plus anciens employés de l'hôtel, monsieur, et je peux vous assurer que je n'ai aucun souvenir de la jeune femme dont vous m'avez parlé. Elle ne travaille pas et n'a jamais travaillé ici. Mais si quelqu'un s'est fait passer pour un membre du personnel, je crois bien que je devrais en informer la direction. C'est une chose grave, je ne voudrais pas que cet incident crée un précédent.

Randall s'alarma. Qui que fût cette Anna, il n'avait pas envie de lui causer du tort, pas plus que d'attirer l'attention sur lui plus que nécessaire. Il ne voulait pas que le directeur enclenche une enquête interne pour retrouver cette fille. Mieux valait faire profil bas.

– Je ne crois pas que ce soit nécessaire, Maurice. C'est sans doute moi qui aurai mal compris. Je crois que j'ai un peu trop forcé sur la bouteille hier soir.

Il accompagna sa réponse d'un clin d'œil ostensible, qui, à son grand dam, n'eut pas l'air d'impressionner le concierge.

*

De retour dans le hall, Randall tomba nez à nez avec Bob Freeman – de fait, l'esprit ailleurs, il faillit bien lui rentrer dedans en sortant de la salle du personnel.

– Ah ! je te cherchais justement ! s'exclama son agent, qui avait des poches marquées sous les yeux et le teint cireux. Je viens d'aller frapper à ta porte, je sais que tu es un lève-tôt… J'ai voulu te joindre sur ton portable, mais c'est peine perdue avec toi. Tu n'as pas déjà pris ton petit déjeuner, tout de même ?

– Je n'ai pas très faim.

– Comment ça, tu n'as pas faim ? On ne peut pas écrire le ventre vide – encore que tu mériterais bien une journée de relâche, non ? Allez viens, on va se poser un peu. Ah, quelle soirée ! Mais quelle soirée…

Incapable de trouver une excuse qui tienne la route, Randall suivit Freeman dans la salle de restaurant. Il lui proposa de s'installer sur la véranda, car il avait besoin de prendre l'air. C'est avec avidité qu'il se jeta sur sa première tasse de café.

– Tu as assuré hier soir, tout était parfait : les interviews, ton speech, tes échanges avec les invités…

Ils n'avaient décidément pas vécu la même soirée. Randall ne se souvenait pas de grand-chose, si ce n'est de l'horrible angoisse qui l'avait accompagné tout au long de ce calvaire.

– Je croyais que je tirais une tête d'enterrement…

– Je te charriais, mon grand. C'était pour mettre un peu d'ambiance. Tu sais comment sont les gens : si on ne les fait pas rire un peu…

Freeman piocha allègrement dans la corbeille de viennoiseries.

– Si tu n'as pas faim, je vais manger pour deux. Vraiment pas mal, cet hôtel, je comprends que tu viennes t'enfermer ici tous les ans pour écrire. Je suis sûr que, si j'étais auteur, je trouverais le cadre très inspirant.

Randall repensa à l'ordinateur posé sur le bureau de sa suite. À son réveil, il avait constaté, effaré, que le fichier du roman contenait un nouveau chapitre. Il l'avait lu, en diagonale, et il devait avouer que ça tenait la route. Quand avait-il pu l'écrire ? Durant la nuit, quand il était rentré à moitié soûl ? Ou dans l'après-midi, avant qu'il ne se réveille sur la terrasse d'où il avait aperçu Hedy ?

Comment, surtout, pouvait-il ne pas se souvenir d'une séance de travail qui avait dû durer plusieurs heures ?

– Pourquoi n'as-tu jamais écrit, Bob ?

– Moi, écrire ? Tu te moques de moi, j'espère.

– Non, je suis sérieux. Tu as passé ta vie à juger les romans des autres, à sélectionner des manuscrits. Alors pourquoi ne pas t'y être mis toi aussi ?

– Mais ça n'a rien à voir ! Tu peux être un excellent entraîneur de cricket et ne pas savoir tenir une batte. Je ne te dis pas que je n'y ai pas pensé quelquefois… Mais je sais très bien que je n'aurais écrit au mieux que des choses passables. Je préfère de loin être le numéro un des agents plutôt qu'un énième scribouillard que personne ne lira.

– On me lit bien, moi.

– On te lit parce que tu es l'un des meilleurs auteurs de ce pays.

Le visage de Freeman se fit soudain soucieux.

– Qu'est-ce que tu as, Randall ? Tu traverses une sale période ? Lyly m'a dit que tu ne te sentais pas bien hier, que tu ne voulais même plus accorder ces interviews. Pour être honnête, elle m'a même confié que tu lui avais tenu des propos délirants : que tu n'étais pas l'auteur de tes livres, que c'était la première fois que tu la voyais… Elle ne savait pas si tu te moquais d'elle.

Randall demeura silencieux, le nez plongé dans sa tasse de café.

– Est-ce que tu te moquais d'elle ? reprit Freeman. Ou est-ce que je dois m'inquiéter ? Rassure-moi : tu ne fais pas appel à un *ghost writer* ?

Pas question de lui avouer la vérité : il avait bien vu que son accès de franchise avec Lyly n'avait pas eu l'effet escompté. Qui aurait bien pu le prendre au sérieux, de toute façon ?

– Disons que je l'ai fait un peu marcher, oui. Mais c'est vrai aussi que je ne suis pas en forme en ce moment.

– Écoute, s'il y a un problème, on peut tout à fait décaler la date de sortie de ton prochain roman. Après tout, tu as connu une décennie exceptionnelle, je trouverais normal que tu veuilles souffler un peu.

Il leva les yeux en l'air en croquant dans un croissant.

– Je n'arrive même pas à croire ce que je suis en train de dire. Un agent qui conseille à son auteur de prendre son temps… Je me demande si ce n'est pas moi qui suis en train de perdre les pédales. C'est sûr que Lyly nous fera une scène, mais il faudra bien qu'elle se fasse une raison.

– Où est-elle passée ? Est-ce qu'elle va nous rejoindre ?

– Oh ! j'ai oublié de t'en parler. Lyly a dû partir ce matin dès potron-minet. Sa mère a encore fait un malaise cette nuit, elle est à l'hôpital.

– Ah, navré de l'apprendre. C'est grave ?

– C'est la vieillesse qui est grave, Randall. Lyly n'a même pas eu le temps de te laisser un mot, elle en était désolée. Elle m'a dit qu'elle t'appellerait dans la journée.

Randall regarda les autres clients attablés. Sally, sa groupie, n'était pas dans les parages. Il en fut presque déçu. Peut-être commençait-il à prendre goût à la célébrité.

– Bob, je peux te poser une question ?

– Je t'écoute.

– Est-ce que tu te souviens de m'avoir vu avec une jeune femme hier soir ?

– Une jeune femme ? Est-ce que tu veux dire que… ? demanda Freeman en papillonnant des yeux. De quoi tu as peur, de toute façon ? Tu n'es plus marié. Tu crains la presse à scandale ?

– Mais non, je ne parle pas de ça… Quand je suis sorti des toilettes et qu'on s'est croisés dans le couloir, est-ce que tu m'as vu parler à une serveuse, 25 ans environ, les cheveux bruns ?

– Franchement non, mais hier soir j'étais un brin pompette, comme tu as dû t'en apercevoir. Une fois que j'ai fait le job, tu sais que j'aime bien prendre du bon temps.

– Essaie de te concentrer, s'il te plaît. On était dans le couloir, j'étais avec cette fille quand tu m'as interpellé.

Bob Freeman secoua la tête. Des miettes de croissant tombèrent sur sa chemise.

– Non, je crois bien que tu étais tout seul. Pourquoi ? C'est important ? Qui c'était, cette fille ?

Randall capitula :

– Ça n'est pas grave. Juste une fan qui voulait un autographe…

*

Qui était Anna, si elle n'était pas une employée ? Et qu'avait-elle voulu dire en lui conseillant de se poser cette question : « Que fais-je réellement dans cet hôtel ? »

Randall avait beau la retourner dans sa tête, il ne lui trouvait aucun sens. Il était dans cet établissement pour finir son roman, évidemment, comme il l'avait toujours fait. L'ordinateur dans sa chambre en était une preuve suffisante. À moins que, comme il le croyait depuis le début, il ne fût pas l'auteur de ses propres livres. Si l'on mettait de côté la question de savoir qui les avait écrits, une autre, bien plus angoissante, se posait à lui : qui était-il, dans ce cas ? Un imposteur amnésique ? Un frère jumeau caché de Randall Hamilton ? Un dingue qui prenait son hôpital psychiatrique pour un hôtel ? Tiens ! toutes ces idées n'avaient-elles pas déjà dû faire l'objet de romans, justement ?

De quoi Anna avait-elle voulu l'avertir ? Courait-il un risque en restant au Grand Hôtel ? La jeune femme lui avait confirmé que Hedy était bien présente à la réception et que cette présence constituait une anomalie. Anna était-elle une hallucination qui l'avait persuadé que l'apparition de Hedy n'en était pas une ? Qui était réel ? Qui ne l'était pas ? Qui était sincère ? Qui mentait ?

Il n'y avait que deux explications à ce qui lui arrivait. Soit il était malade, fou, dérangé – peu importait les mots qu'on utilisait ; soit c'étaient les autres qui devaient être mis en cause. Mais quels « autres » ? Tout le monde, pardi ! Les employés de l'hôtel, Maurice au premier plan, Lyly, Bob, le médecin… Hedy ? Non, il ne pouvait pas croire qu'elle n'ait pas été honnête avec lui et qu'elle se soit livrée à une manœuvre, dont il n'arrivait même pas à envisager la finalité. S'il y avait bien une personne en qui il pouvait avoir confiance, c'était Hedy.

Soudain, les raisons de sa tentative de suicide lui parurent moins claires. Il avait supposé qu'elle avait cherché à mettre fin à ses jours par désespoir amoureux, parce que son mystérieux compagnon l'avait abandonnée. Mais les mises en garde d'Anna changeaient la donne… Et si tout ce qui se produisait dans cet hôtel était en lien direct avec lui ? Et si tous les événements qui s'y déroulaient, loin d'être déconnectés les uns des autres et engendrés par le hasard, n'étaient que les conséquences de sa présence dans ce lieu ?

« Qui que tu sois, demande-toi une chose : qu'est-ce qui est le plus probable ? Que tu sois un fou dans un monde rempli de personnes saines d'esprit, ou un homme lucide qui ne serait entouré que de fous ? »

# 8

Assis à un bureau de la bibliothèque – il était seul cette fois et s'en réjouit –, Randall était bien décidé à répondre à cette question. Toujours aussi maladroit avec l'ordinateur, il ouvrit le moteur de recherche. Il avait plus que jamais besoin de concret. Pour prouver qu'il n'était pas dérangé, il ne devait plus s'attacher qu'à des faits parfaitement objectifs.

Il commença par taper son propre nom, comme il l'avait fait la veille à peu près à la même heure. Dans les pages d'actualités, plusieurs articles relataient déjà la soirée. Décidément, la presse n'avait pas chômé… « Randall Hamilton reçoit le prix de l'Écrivain le plus lu de la décennie », « Grand Hôtel de Cape Cod : les personnalités se pressent pour assister à la soirée organisée en hommage à Randall Hamilton », « CBS : interview exclusive de l'homme aux 150 millions de livres vendus ». Des photos le montraient derrière le pupitre en train de recevoir des mains de Bob son hideux trophée, ou installé dans le petit salon où s'étaient déroulés les entretiens avec les journalistes. Il n'eut pas le courage de regarder la séquence diffusée sur CBS mais survola deux ou trois articles. S'ils ne lui apprirent rien, ils avaient au moins le mérite de lui prouver que cette réception avait bel et bien eu lieu, qu'elle n'était pas une fantaisie de son esprit.

Il entra ensuite dans la zone de recherche le nom de Hedy Azarova, se demandant pourquoi il n'avait pas eu l'idée de le faire plus tôt. À sa grande déception, il ne trouva rien. Pas de profil sur les réseaux sociaux, pas la moindre occurrence de son nom, pas la moindre photo.

Comment était-ce possible ? Non seulement il paraissait improbable d'échapper de nos jours à tout référencement sur Internet, mais Hedy était en plus une femme fortunée, qui appartenait à un milieu social plus que privilégié. N'avait-elle aucun travail susceptible de la mettre en relation avec le public ? N'avait-elle jamais assisté à aucun événement – soirées caritatives, fêtes de la jet-set ou autres réjouissances de ce genre – qui aurait pu figurer sur la Toile ? N'avait-elle aucun ami, aucune relation professionnelle ? Cette femme n'était donc pas un mystère que pour lui. Et s'il ne la retrouvait pas, il n'avait aucune chance d'obtenir des informations sur l'homme qui l'avait accompagnée – et qui était à ses yeux responsable de son geste désespéré.

Randall réfléchit quelques instants en fixant l'écran. S'il avait fait chou blanc avec Hedy, il pouvait tenter sa chance avec Anna, même si la chose était encore plus compliquée, puisqu'il ne connaissait pas son nom de famille et ignorait même si elle lui avait donné son vrai prénom. Il tapa donc naïvement « Anna Grand Hôtel Cape Cod », et n'obtint que des photos générales de l'établissement. Évidemment…

Sans se décourager, il commença alors à éplucher tout ce qui renvoyait à l'hôtel. Il examina une après l'autre les photos sur lesquelles des membres du personnel étaient susceptibles de figurer. Puisqu'il ne pouvait pas partir d'Anna, il devait partir du lieu où elle était censée travailler. C'était comme vouloir trouver une aiguille dans une botte de foin, mais au point où il en était…

Contre toute attente, c'est assez facilement qu'il dénicha ce qu'il recherchait. Sur le site de l'hôtel, dans la catégorie « galerie », au milieu d'images du bâtiment et des suites, il tomba sur l'équipe rassemblée devant le perron pour une photo de groupe. Au centre et au premier plan, on pouvait voir le directeur du Grand Hôtel, puis, juste à ses côtés, Maurice, dont l'ancienneté dans l'établissement avait dû lui valoir cette place de choix. Le cliché était heureusement de très bonne qualité et Randall put zoomer à loisir sur les visages.

Il balaya l'image lentement, s'attardant sur chaque employé, autant par peur de passer à côté d'Anna que pour retarder l'instant fatidique. Comme sur le trombinoscope, il reconnut certains membres du personnel, mais toujours pas de trace de la jeune femme… À quoi bon s'obstiner ? Maurice lui avait certifié qu'elle n'avait jamais travaillé là.

Alors que le découragement commençait à le gagner, soudain, elle apparut : à l'arrière-plan, tout en haut des marches, une partie du visage dissimulée par l'abondante chevelure de sa voisine. Le cœur battant, Randall agrandit la portion de l'image autant qu'il le put. Elle était en tenue de ville et coiffée un peu différemment, mais il n'y avait aucun doute : c'était elle.

Anna existait bel et bien. Il lui avait parlé la veille au soir dans le couloir. Et si elle existait, c'était que le concierge lui avait sciemment menti. Il n'était pas fou, non, mais les autres cherchaient à tout prix à le lui faire croire.

*

Bob Freeman inséra une clé USB dans l'ordinateur portable et commença à faire une copie du fichier intitulé « Talion ».

– Tu es certain que ça ne te gêne pas que je lise ce que tu as écrit ces derniers jours ? Je sais qu'en général tu préfères retravailler tes premiers jets…

Assis sur le bord de son lit, encore sous le choc de sa découverte, Randall tenait en main la feuille de papier à l'en-tête de l'hôtel qu'il avait trouvée la veille au matin. Peut-être aurait-il dû dès le début davantage s'intéresser au contenu du coffre, et en particulier à cette étrange feuille.

*Comment avons-nous pu en arriver là ?... Je ne pouvais plus vivre dans l'attente de quelque chose qui ne viendrait jamais. Si douloureuse qu'elle soit pour toi, je te dois la vérité : j'ai rencontré quelqu'un...*

Il avait beau relire ces phrases, elles ne lui évoquaient toujours rien. Qui avait pu écrire ce mot ? En était-il le destinataire ? Et pourquoi un bout de papier aussi anodin était-il entreposé dans un coffre comme s'il s'agissait d'un lingot d'or ?

Randall l'ignorait tout autant que les raisons pour lesquelles il détenait une arme. Avait-il un permis, d'ailleurs, ou se l'était-il procurée clandestinement, comme le personnage de son roman qui ne rêvait que de vengeance ? Pourquoi un type comme lui aurait-il besoin d'un pistolet ? Était-il menacé ? Si cette hypothèse lui avait paru improbable au départ, les mises en garde d'Anna pouvaient désormais le laisser croire.

– Est-ce que tu m'écoutes, Randall ?

Il leva les yeux vers son agent et rangea aussitôt la lettre dans son portefeuille. Bob l'empêchait de réfléchir, d'y voir clair. Après ses recherches dans la bibliothèque, son agent ne l'avait pas lâché d'une semelle et, de fil en aiguille, il s'était incrusté dans sa chambre pour jeter un coup d'œil à l'avancement de son manuscrit. Indifférent, Randall l'avait laissé faire.

– Hum...

– Tu es certain que je peux prendre ce que tu as écrit ?

– Tu peux même embarquer cet ordinateur avec toi si ça te chante, répondit-il d'un ton blasé. Je n'en ai rien à faire de ce livre.

Freeman arrêta net sa manipulation.

– Qu'est-ce qui se passe ? Je ne t'ai jamais entendu parler comme ça d'un de tes romans.

Randall garda le silence.

– C'est sérieux, alors…

– Qu'est-ce qui est sérieux ?

– Ce que m'a raconté Lyly hier. Je n'avais pas mesuré la gravité de la situation. Tu ne vas vraiment pas bien. Tu ne sais plus où tu en es.

Après s'être levé brusquement, Randall commença à arpenter la pièce avec agitation.

– Non, c'est le moins qu'on puisse dire. Comment est-ce que je pourrais aller bien avec tout ce qui arrive ?

– Il ne t'arrive que des choses merveilleuses. Tu as eu droit à une véritable ovation hier soir. Je comprends que la pression puisse parfois être dure à supporter, mais essaie d'être optimiste. Et puis il y a cet hôtel… Tu m'as toujours dit que c'était l'endroit où tu te sentais le mieux.

Randall continuait de faire les cent pas. Bien que la pièce fût plus que spacieuse, il avait soudain l'impression d'être un lion en cage.

– Rien ne tourne rond dans cet hôtel. Cet endroit est néfaste pour moi. Oui, il est en train de me tuer à petit feu. Ils veulent… ils veulent me faire croire que je suis dingue. Mais je ne les laisserai pas faire, ça tu peux me croire !

– Qui ça, « ils » ?

– Maurice, les employés… ils sont tous ligués contre moi, Bob.

Freeman le regardait avec des yeux effarés : il affichait la même expression que son attachée de presse quand il lui avait déballé toute la vérité dans le hall.

Face à son silence interloqué, Randall poursuivit :

– Tu me prends pour un dingue, toi aussi ? Tu penses que j'ai complètement perdu la raison ?

– Absolument pas ! Quoi qu'il puisse se passer, je ne te prendrai jamais pour un dingue.

Freeman fit un geste d'apaisement de la main, le genre de geste qu'on aurait justement face à un type qui perd les pédales.

– Ne te mets pas dans un état pareil et essaie de m'expliquer les choses calmement. Est-ce que tout ça a un rapport avec cette femme que tu as sauvée sur la jetée ? Avec le malaise que tu as fait sur la plage ?

– Je n'en sais foutre rien.

– Je ne veux pas me montrer indiscret mais… tu connaissais cette femme, n'est-ce pas ?

– C'est possible.

– Comment ça, « c'est possible » ?

– Peut-être que je l'ai rencontrée dans une autre existence.

– Là, tu m'inquiètes, Randall.

– On a voulu me faire croire qu'Anna n'existait pas.

– Anna ? La femme qui a voulu se suicider ?

– Non, Anna est la fille dont je t'ai parlé ce matin. La femme de chambre… ou la serveuse, avec qui j'ai discuté à la réception mais que personne d'autre que moi n'a vue.

– Ce n'était pas juste une fan, alors ? Et elle ne voulait pas un autographe ?

Randall secoua la tête avec nervosité.

– Elle travaille dans cet hôtel, même si Maurice, à qui on donnerait le bon Dieu sans confession, s'obstine à prétendre le contraire. Elle voulait me dire quelque chose d'important, mais elle n'en a pas eu le temps.

« À cause de toi, Bob. Si seulement tu n'avais pas débarqué comme un chien dans un jeu de quilles… »

– Je ne te cache pas que j'ai un peu de mal à te suivre.

– Bien sûr que tu as du mal à me suivre : tout ce que je te raconte est tellement dément ! Anna a simplement pu m'avertir. Je crois que je suis en danger dans cet hôtel.

– En danger ? Dans ce palace ? Et de quoi as-tu peur, au juste ? D'une Annie Wilkes qui t'attacherait sur ce plumard pour t'obliger à finir ton bouquin ?

– Je ne sais pas qui est Annie Wilkes.

– Arrête de me faire marcher, Randall. Je sais bien que Stephen et toi, ça n'a jamais été le grand amour, mais avoue que *Misery* était un sacré bon livre. Sans vouloir te vexer, j'aurais bien aimé être aussi son agent.

Randall s'approcha du bureau. Il était fatigué de ce dialogue de sourds. À quoi bon discutailler avec Bob alors qu'il possédait à présent un élément prouvant de manière incontestable la machination ?

– Tu veux une preuve ?

– Une preuve de quoi ?

– Que tout ce que je raconte est la stricte vérité, qu'ils ont fait disparaître Anna pour ne pas que je la retrouve. Par crainte qu'elle ne me dise toute la vérité.

– Qu'est-ce qu'une vérité quand on ignore tout d'elle ? Du vent !

– Je ne plaisante pas.

– Très bien. Donne-la-moi, ta preuve.

Randall désigna l'ordinateur avec son index.

– Est-ce qu'on peut avoir Internet dans les chambres ?

– Vu la somme que tu débourses, il ne manquerait plus qu'il n'y ait pas le Wi-Fi ! Comment est-ce que tu fais pour travailler depuis tout ce temps sans l'utiliser ?

– Va sur le site de l'hôtel.

Dubitatif, Freeman s'exécuta. Il était à l'évidence plus doué que lui avec cette machine. Randall lui expliqua rapidement comment retrouver la photo de groupe des employés. Quand celle-ci apparut, un sourire de satisfaction se dessina sur ses lèvres.

– On y est. Agrandis la partie supérieure de l'image. Là, en haut des marches…

– Comme ça ?

– Oui, un peu sur la droite. Encore… encore… Arrête-toi.

– Où est-elle alors, ta fameuse Anna ?

Randall demeura pantois devant l'écran. Un frisson lui traversa le corps.

À l'endroit précis où aurait dû se trouver Anna, à côté de la jeune femme à la chevelure foisonnante, il n'y avait qu'un vide, qui laissait deviner l'entrée de l'hôtel. Un vide qui le désespéra.

# 9

Durant deux semaines Andy ne mit pas le nez hors de son appartement, si ce n'est pour acheter ses cigarettes, dont il n'arrivait pas à se passer. Le temps fut continuellement maussade : nuages lourds, pluie presque ininterrompue – inhabituel à Boston même pour la saison. Il passait ses journées dans un vieux jogging élimé qu'il ne retirait même plus pour dormir.

Comme on se fait du mal à revoir un vieux film à la fin déchirante, il ne cessait de ressasser sa séparation d'avec Abigaël. D'imaginer une alternative à ce dénouement pitoyable. Quels mots aurait-il dû trouver, quels gestes aurait-il dû faire pour qu'elle ne le quitte pas ? Il se lamentait de ne pas s'être montré plus combatif, plus déterminé à sauver son couple.

Plus encore qu'auparavant, Andy noyait son mal-être dans son roman. Il réécrivit entièrement la scène de rupture entre ses deux personnages, en retranscrivant celle qu'il avait vécue. Il raconta tout, sans rien enjoliver : l'accès de panique qui l'avait saisi devant l'affiche de la pièce, le trajet en taxi, la pluie qui s'abattait sur la rue, le petit groupe sortant du théâtre sous les parapluies multicolores… Il se contenta de noter leur dialogue tel qu'il s'en souvenait. Chaque phrase inscrite sur le papier blanc, dans le bruit de frappe si particulier des vieilles machines à écrire, lui déchirait le cœur. Il prit conscience que les répliques d'Abigaël – ou d'Abby – étaient bien meilleures que les siennes. Elle lui avait dit ses quatre vérités, l'avait percé à jour avec une cruelle acuité, quand lui n'avait été capable que de sortir de piteuses banalités. Peut-être partageait-elle avec son père le pouvoir de radiographier les gens.

Les mots lui venaient sans difficulté : il ressentait cette même ivresse, mâtinée de dégoût de soi, que lorsqu'il avait écrit les pages sur le suicide de Steven. Voilà donc le prix à payer pour que l'inspiration s'invite à son bureau. Il devait souffrir dans la vie réelle, gâcher son bonheur naissant, expérimenter les sentiments qu'éprouveraient ses personnages. En somme, il avait obtenu ce qu'il voulait. Que faisait-il en ce moment même si ce n'est illustrer ce qu'Abigaël avait dénoncé ? Il était seul avec son roman, et il n'y avait de place pour rien d'autre dans sa vie.

Entre deux pages d'écriture, Andy relisait l'article sur le Tueur à la ceinture qu'il avait découpé dans le journal. Sans qu'il sache pourquoi, cette histoire le fascinait de plus en plus. Il prenait quelques notes dans son cahier, des idées d'intrigue policière qui pourraient lui servir pour un prochain roman.

Un soir, alors qu'il était allé se ravitailler en clopes, il croisa dans le hall de l'immeuble Mme Bilott, sa voisine du dessous. Bizarrement, alors qu'elle le houspillait sans cesse, elle parut cette fois avoir pitié de lui. Peut-être à cause de son teint maladif, des kilos qu'il avait perdus les dernières semaines ou de sa tenue affreusement négligée.

– Et où est la jeune fille charmante qui venait chez vous ? Abigaël, c'est ça ?

Il n'avait fallu à Abigaël que quelques visites chez lui pour lier connaissance avec la vieille femme et réussir à l'amadouer. Une nouvelle différence entre eux… Elle était si avenante avec autrui.

– Elle ne viendra plus, madame Bilott, répondit-il avec la franchise du désespéré. Elle m'a quitté.

– Oh non ! Ça n'est pas possible… Qu'avez-vous donc fait ?

– Je crois que le problème, c'est plutôt ce que je n'ai pas fait…

À partir de là, l'acariâtre voisine se transforma en mère poule. Chaque jour, elle déposait devant la porte d'Andy un gros Tupperware rempli de plats faits maison ou d'énormes parts de gâteaux, qu'il mangeait seul sur son lit en regardant tomber la pluie. Il retrouva un peu d'appétit et délaissa ses boîtes de conserve.

Quand le soleil refit son apparition sur la ville, Andy estima avoir atteint la moitié de son roman. La rupture du couple devant le théâtre était le pivot central de son histoire, un retournement qui forcerait son narrateur à agir. Une fausse défaite qui le conduirait à ne plus subir les événements mais à les provoquer. Le moment où le héros n'avait d'autre choix que de prendre son destin en main pour arriver à son but.

Ce qui signifiait qu'il devait faire de même dans la vraie vie. Il allait se relever, dépasser ses échecs et reconquérir Abigaël.

*

– Tu n'aurais pas dû venir, Andy. Je sais ce que tu essaies de faire mais… c'est trop tard.

Installée devant son miroir, Abigaël passait coton et lotion sur son visage. Un moment étrange que celui du démaquillage, lorsque le personnage que vous avez été deux heures durant sur les planches se défait lentement de vous, s'accrochant comme il peut à son éphémère enveloppe charnelle. Un entre-deux qui devait être aussi troublant que celui qu'il vivait quand il quittait à contrecœur ses êtres de papier. Il repensa au premier jour où il était venu dans cette loge, à l'époque où leur histoire appartenait encore à l'avenir, où le meilleur était censé être devant eux.

Quand on l'avait enfin laissé entrer, après l'avoir fait poireauter dix bonnes minutes, les autres comédiennes avaient déjà fini de se changer, mais Abigaël était encore en tenue de scène – une robe gris-bleu recouverte d'un long chandail.

Andy, lui, était allé chez le coiffeur et s'était mis sur son trente et un. Il portait un beau costume à rayures bleues qu'il avait emprunté à Logan – légèrement trop grand pour lui, mais grâce à quelques ourlets improvisés par Mme Bilott, qui aurait désormais fait n'importe quoi pour l'aider, on n'y voyait que du feu.

– Je mentirais en te disant que je n'essaie pas de me rattraper… (Il désigna sa coupe de cheveux et sa tenue.) Mais ne va pas t'imaginer que je cherche à t'en mettre plein la vue.

– Ça m'en a tout l'air, pourtant.

– Non, je fais simplement ce que j'aurais dû faire l'autre soir.

– Je ne t'avais jamais vu en costume. Ça te va bien. Et tu as meilleure mine, je trouve.

– J'ai pris du recul.

– Vraiment ?

Abigaël soutint son regard dans le miroir. Elle semblait avoir maigri elle aussi. Son visage était plus émacié, habité par une dureté qui lui déplut. À moins que cette dureté ne fût celle de Sonia, qui n'avait pas encore rejoint pour la nuit son monde imaginaire.

– Tu as aimé la pièce ?

Il n'avait pas envie de se perdre dans des termes dithyrambiques qui pourraient paraître faux.

– Beaucoup. Même si j'ai eu un peu de mal à me concentrer.

– Pourquoi ça ?

– Je crois que personne n'aime regarder trop longtemps ce qu'il a perdu.

– Est-ce que c'est Andy Marzano qui parle ou l'écrivain qui essaie de faire une belle phrase ?

– C'est Andy qui parle.

Soudain, on toqua à la porte. Brian, plus athlétique et plus séduisant que jamais, apparut dans l'embrasure.

– On va tous boire un verre, les filles. Vous venez ?

Kate, qui interprétait Éléna dans la pièce, s'empara de son sac à main pendu à un portemanteau et se tourna vers Abigaël.

– On t'attend ?

– Merci, mais pas ce soir. Je suis fatiguée, je préfère rentrer.

– Tu es sûre que ça va aller ? demanda Kate avec un coup d'œil vers Andy plein d'animosité.

– Ça va aller.

Abigaël attendit que tout le monde soit sorti pour reprendre leur conversation.

– Je ne crois pas qu'on puisse changer du jour au lendemain, Andy.

– Non, mais on peut faire des efforts, essayer de s'améliorer.

– Peut-être...

– Écoute-moi juste cinq minutes, Abigaël. Après, je m'en irai, et tu n'entendras plus jamais parler de moi si c'est ce que tu veux. J'ai beaucoup réfléchi ces derniers jours. Je me suis rendu compte de toutes les erreurs que j'ai commises. Tu avais raison sur toute la ligne. Je ne peux pas m'enfermer dans ma bulle, me réfugier tout le temps dans mes livres pour ne pas avoir à affronter le réel. Je crois qu'au fond de moi j'ai envie de vivre, d'être heureux et de partager mon bonheur avec les autres, avec toi surtout... Tu as changé ma vie, Abigaël, mais j'étais trop égoïste et aveugle pour m'en apercevoir.

– Ce sont des mots, tout ça...

– Oui, ce sont des mots, mais ils me permettent de t'exprimer ce que je ressens. Je ne veux plus les utiliser seulement pour des histoires qui n'existent que dans ma tête. J'en ai besoin pour te dire ce que j'ai sur le cœur. Je t'aime, Abigaël.

– Tais-toi, Andy.

– Non, je ne me tairai pas. Je t'aime... Ce sont des mots galvaudés, que les gens emploient à tort et à travers, qui peuvent être pathétiques ou ridicules lorsqu'ils ne sont pas partagés, mais je sais ce qu'ils signifient. Ils ont de la valeur dans ma bouche parce que je ne les avais jamais dits à personne avant. À personne, tu entends ? Alors, bien sûr, je sais que j'aurais dû les prononcer plus tôt, que tout aurait été plus simple si j'avais osé le faire. Je n'attends pas que tu me dises la même chose. Je n'aime pas les « je t'aime » qui ont l'air d'une question.

Abigaël demeurait immobile. Étaient-ce des larmes qui brillaient dans ses yeux ? Oui, c'étaient bien des larmes, dont Andy n'aurait pu dire si elles traduisaient du bonheur ou du regret, un espoir ou le constat attristé de leur échec.

– En amour, Andy, il n'y a que les actes qui comptent.

– Franchement, tu y crois vraiment, à tous ces proverbes ridicules ? dit-il, reprenant les paroles qu'elle avait prononcées le jour de leur rencontre.

Abigaël se mit à rire, et le mariage du rire et des larmes qui coulaient à présent sur ses joues la rendit merveilleuse. Andy aurait aimé en cet instant accomplir quelque chose de fou. Quoi, il n'en savait rien. Se mettre à genoux au milieu de cette loge et la demander en mariage. La prendre par la main et quitter immédiatement cette ville pour l'emmener à l'autre bout du pays. Lui promettre que jamais il ne la quitterait, qu'il serait toujours là pour elle ; que jamais il ne cesserait de lui faire l'amour, même lorsqu'ils seraient vieux et décrépits, avec appareil auditif et prothèse aux hanches. Que leur histoire durerait jusqu'à leur mort, et même après, pour l'éternité…

Mais Abigaël prit la parole avant qu'il ne puisse rien entreprendre :

– Demain…

– Quoi, « demain » ?

– Je te donne un rendez-vous pour demain. Tu ne t'imaginais tout de même pas que j'allais me laisser embobiner par ta tirade ? J'attends du sonnant et du trébuchant… Imaginons qu'il s'agit d'un premier rencard, comme si on n'était que des inconnus l'un pour l'autre.

– Tu es sérieuse ?

– Oui. Mais je te préviens : tu as intérêt à sortir le grand jeu. Abigaël Spencer n'est pas le genre de fille à sortir avec n'importe qui…

*

Le grand jeu, il le sortit, même s'il dut pour cela emprunter de l'argent à Logan et vider la dernière enveloppe que lui avait donnée sa mère. Il l'emmena, au pied du Massachusetts State House, sur Park Street, à l'une des meilleures tables de la ville. Ambiance feutrée et raffinée, baie vitrée avec vue sur Boston Common, repas divin. Carpaccio de Saint-Jacques, gnocchis farcis aux pruneaux, soufflé au chocolat. Andy n'était jamais venu dans un tel endroit : il s'y sentit aussi maladroit qu'un éléphant dans un magasin de porcelaine, alors qu'Abigaël était comme un poisson dans l'eau, s'il filait jusqu'au bout l'analogie animale.

Ils jouèrent tous les deux la comédie à merveille – « premier rencard », « des inconnus », avait-elle dit, autant la prendre au mot –, mais le cœur n'y était pas. Andy savait que quelques gamineries ne suffiraient pas à faire oublier son comportement. Il s'appliqua pourtant, se livra à un brillant numéro de séduction tout au long du repas. Abigaël, indulgente comme elle savait si bien l'être, fit semblant de s'y laisser prendre.

Au moment de l'addition, ils abandonnèrent leurs masques. Abigaël paniqua soudain à l'idée de lui laisser la note faramineuse et de le mettre dans le pétrin. Blessé dans son amour-propre, il se défendit avec véhémence avant de choisir la voie de la franchise et de l'humour :

– Ne t'en fais pas pour ça, c'est Logan qui régale. Avec tout le fric qu'il m'a avancé ces dernières années, tous mes droits d'auteur n'y suffiraient pas même si je décrochais le Nobel.

Ils se promenèrent ensuite dans Boston Common. Ils marchèrent pendant une heure, presque en silence – ils avaient trop parlé au restaurant, beaucoup trop parlé. Peu d'écureuils ce jour-là et pas de Leica. Pas non plus d'initiales gravées sur un tronc d'arbre.

Andy rêvassa. Où seraient-ils dans dix ou vingt ans ? Se baladeraient-ils encore dans ce parc, avec deux ou trois gosses qui les suivraient en tricycle et en patins à roulettes ? Ou chacun suivrait-il depuis longtemps son bonhomme de chemin de son côté ? Pourquoi ne pouvait-on pas voir l'avenir aussi distinctement que son passé ? Et qu'était-ce donc que l'avenir ? Une succession d'événements hasardeux, une loterie, ou les conséquences directes de choix délibérés ?

Quand ils atteignirent les grilles du parc, ils s'embrassèrent. Peut-être une route venait-elle de s'ouvrir devant eux. Peut-être leur histoire avait-elle vraiment commencé à se dessiner.

*

Rien ne redevint vraiment comme avant – mais, de toute façon, auraient-ils souhaité que ce fût le cas ? Andy fit tous les efforts dont il était capable : il s'interdit de travailler à son roman et même d'y penser lorsque Abigaël était présente, venait la chercher un soir sur deux au théâtre, accepta de se joindre à son groupe de copains le temps d'un verre ou d'un repas, supportant même la présence d'Emily Ferguson, sa meilleure amie, qui affichait de plus en plus ouvertement son hostilité et le rabaissait insidieusement dès qu'elle en avait l'occasion.

Il entreprit d'arranger son studio du mieux qu'il le put : repeignit ses quatre murs, répara le robinet qui fuyait, vida des cartons de livres qui avaient pris l'humidité, acheta une vraie étagère, un pouf, et changea son matelas grâce à une nouvelle rallonge de

Logan. Abigaël l'aida un lundi, car elle ne jouait pas ce jour-là. Ils ne gardèrent pas longtemps leur salopette de travail et firent l'amour sur les bâches qui recouvraient le sol.

Il retourna plusieurs fois assister aux représentations d'*Oncle Vania*. Voir Abigaël changer d'identité attisait le désir qu'il avait d'elle. Il tomba amoureux du personnage de Sonia, de son apparence ingrate, de son goût du sacrifice, de sa tristesse ; il détestait de plus en plus le docteur Astrov, les humiliations qu'il lui faisait subir, ses promesses non tenues, ses insupportables jérémiades. Andy se prit tellement au jeu qu'il n'arrivait presque plus à retenir ses larmes quand Abigaël se lançait dans sa tirade finale : « Nous nous reposerons ! Nous verrons tout le mal terrestre, toutes nos souffrances noyées dans la miséricorde qui va emplir l'univers tout entier, et la vie deviendra douce, tendre, bonne, comme une caresse... Nous nous reposerons... » Il avait le sentiment qu'elle ne s'adressait qu'à lui, installé au fond de la salle, que les autres spectateurs n'étaient que les témoins de cette déclaration qu'elle lui faisait avec espoir et amour. Quand le rideau retombait, Andy demeurait transi dans son fauteuil, incapable de bouger ou d'applaudir.

Les choses, en somme, étaient devenues simples et Andy s'étonnait chaque jour qu'Abigaël eût accepté de renouer avec lui aussi facilement, sans se livrer à un quelconque chantage. Au contraire, elle l'encourageait sans cesse à persévérer dans l'écriture, ne doutant pas qu'il finisse par réussir un jour à être publié et à se faire un nom.

S'il continuait naturellement de dissimuler son manuscrit en cours, il lui fit lire son précédent roman ainsi que trois nouvelles dont il n'était pas trop mécontent. Abigaël les jugea avec honnêteté, lucidité et justesse. Elle voyait dans ces tentatives la promesse d'œuvres plus ambitieuses, les germes d'un talent qui ne demandait qu'à s'épanouir.

– Lâche prise, lui dit-elle. N'essaie pas de suivre une mode ou de faire ce qu'on attend de toi. Écris uniquement ce que tu as envie d'écrire, ce qui te semble vital et nécessaire.

D'un point de vue purement créatif, le bonheur relatif qu'il vivait fut aussi dévastateur pour son roman que son désespoir avait été fécond. Son intrigue était au point mort. Dans une impasse totale. Les gens heureux n'ont pas d'histoire. Un mois après leur réconciliation, il renonça à tout planning d'écriture pour éviter de déprimer. Les bons jours, il écrivait bien quelques pages nouvelles, mais il passait l'essentiel de son temps à retravailler son texte.

Une fois son compte épargne vidé, Andy fut contraint d'accepter l'argent que lui proposait Abigaël – les sommes que lui avait versées son père au fil des ans représentaient un véritable pactole. Son orgueil en prit un coup mais il jura que la situation ne durerait pas.

*

Un week-end à la fin du mois d'octobre, ils partirent pour Cape Ann, à une heure de route de Boston, et prirent pour deux jours une location près de Rockport. Quoique modeste, la maisonnette en bois blanc et aux volets bleus offrait une magnifique vue sur Sandy Bay.

Le premier jour, ils flânèrent dans Bearskin Neck, l'ancien village de pêcheurs où se côtoyaient coquettes maisons et boutiques joliment décorées. Sur le port, Abigaël le prit en photo devant le Motif n° 1, la cabane en bois rouge célèbre pour avoir été le bâtiment le plus représenté de la peinture américaine. Même si Andy n'en avait aucune envie, Abigaël insista pour qu'ils visitent la Paper House, une maison dont les murs et le mobilier étaient uniquement fabriqués en journaux.

Le soir, sur leur petite terrasse donnant sur l'océan, ils mangèrent des crustacés et burent une bouteille de vin blanc qu'ils avaient emportée avec eux – Rockport étant depuis le XIXe siècle une « ville sèche », où la vente d'alcool était prohibée.

Avec le canif d'Andy, Abigaël ne put s'empêcher de graver ses initiales sur la table en bois.

– Pourquoi est-ce que tu fais tout le temps ça ?

– Je ne sais pas... C'est une manie que j'ai. J'aime bien laisser une trace dans les lieux où je passe. Je me dis que ceux qui tomberont sur ces initiales se demanderont ce qu'elles signifient. Ces deux lettres resteront, même quand je serai morte.

– Ne parle pas de choses tristes, s'il te plaît.

Son regard se perdit à l'horizon.

– J'aimerais rester là toute ma vie...

– Et tes pièces, alors ? Le théâtre ? Tu y renoncerais pour venir t'enterrer ici ?

– Qui sait ?

– Je n'y crois pas un instant. Tu deviendrais folle au bout d'une semaine.

– Toi, par contre, je t'imagine très bien vivre dans cette bicoque. Tu pourrais écrire tranquillement. Je suis sûr que la ville ne te manquerait pas une seconde.

Peut-être disait-elle vrai. Et si tous les jours de son existence future ressemblaient à celui qu'il venait de vivre ?... Si c'était cela le bonheur : être avec la personne que l'on aime, sans avoir à se soucier de rien, ni de gloire ni de réussite ?

Le lendemain matin, alors qu'Abigaël dormait encore, Andy partit faire un jogging sur la plage. Il avait besoin de se défouler, de réveiller son corps amolli par trop de journées passées à son bureau. Faire fonctionner ses muscles lui fit un bien fou. Les foulées rapides, la transpiration, la sensation d'asphyxie vite dépassée par le second souffle… Il avait l'impression de revivre. Promis, il ne toucherait plus à une cigarette de sa vie.

Le lever de soleil sur l'océan était magnifique. L'air, rempli d'embruns, rassérénant. Après une heure de course, il marcha jusqu'au village pour acheter de quoi préparer le petit déjeuner. Sac à dos sur les épaules, il flâna et ne se pressa par pour rentrer, car Abigaël dormait en général tard lorsqu'elle était en vacances.

À son retour, la maison était silencieuse. Les volets étaient encore fermés. Andy déposa ses achats sur le comptoir de la cuisine. Fourbu, il s'allongea sur le canapé du petit salon pour lire quelques pages de *L'Écrivain des ombres* de Philip Roth. Mais à peine avait-il ouvert son livre qu'il entendit des bruits en provenance de la chambre. Quelque chose comme des gémissements plutôt étranges. Il se leva et posa une oreille contre le battant en bois. C'étaient des pleurs, entrecoupés de petits hoquets. Soudain inquiet, il toqua pour la forme et entrebâilla la porte.

– Abigaël, est-ce que ça va ?

Les volets, qui donnaient sur l'arrière de la maison, étaient grands ouverts. La chambre baignait dans une douce lumière. Andy ne devait jamais oublier la scène qui se matérialisa sous ses yeux.

Abigaël était assise sur le bord de lit en chemise de nuit. Elle tenait en main un paquet de feuilles. Andy les identifia aussitôt, car il vit l'autre partie du manuscrit posée à côté d'elle. Son manuscrit. *Des vies*.

Juste avant de quitter Boston, il l'avait retiré du tiroir de son bureau et enfoui au fond de son sac de voyage, en se disant qu'il aurait le temps d'en corriger quelques pages, le soir, quand Abigaël serait couchée. Pourquoi avait-il pris un tel risque ? Pourquoi avait-il tenté le diable une nouvelle fois ?

Sortant de ses pensées – ou de son cauchemar –, Abigaël tourna la tête dans sa direction. Son visage était ravagé, ses joues couvertes de larmes. Elle laissa retomber ses mains sur ses genoux. Les feuilles s'éparpillèrent au sol.

– Comment as-tu pu faire une chose pareille, Andy ?

# 10

Il entra en panique dans la chambre.

– Laisse-moi t'expliquer, Abigaël !

– M'expliquer ? répéta-t-elle en hurlant.

Elle saisit la liasse sur le lit et la jeta dans sa direction. Andy fit écran de ses mains comme si elle venait de lui lancer de la vaisselle au visage.

– Ça n'est pas ce que tu imagines !

– Non... Qu'est-ce que je pourrais bien imaginer ?... Tu es pitoyable. On croirait entendre un type qui vient de se faire surprendre en train d'en baiser une autre.

– Je sais, c'est impardonnable.

– Encore ce mot ! Tu l'as déjà utilisé quand tu as raté la générale de la pièce.

Il s'approcha d'elle, en gardant malgré tout une distance raisonnable. Abigaël ne pleurait plus, mais elle tremblait de tout son corps.

– Je... je ne sais pas quoi dire. Je voulais tout t'avouer, oui, j'allais te dire la vérité.

Elle regarda les feuilles répandues par terre puis les désigna d'un geste vague. À son accès de colère succédait l'abattement.

– Tu as violé ma vie, Andy.

– Je n'ai jamais voulu faire une telle chose.

– Emily m'avait pourtant prévenue : elle était certaine que les choses seraient pires qu'avant.

– Cette vipère me déteste depuis le début. Elle t'a monté la tête contre moi.

– Et moi qui n'arrêtais pas de te défendre… Je croyais que tu avais changé, j'y ai vraiment cru…

– J'ai changé ! Toutes ces pages, je les ai écrites avant qu'on se remette ensemble. J'étais désespéré, au fond du trou, quand tu m'as quitté… J'avais décidé d'abandonner ce roman, et même de le détruire.

– Toujours tes excuses bidon ! C'est pour ça que tu as cru bon de l'emporter en voyage ? Tu voulais peut-être le balancer dans l'océan…

– J'ignore pourquoi j'ai emporté ce manuscrit avec moi. C'était complètement irrationnel.

– La mort de Steven. Tu as osé utiliser la mort de mon petit frère dans ta saloperie de bouquin ! Tu as décrit son cadavre pendu au bout d'un drap. Tu es un monstre !

– Je regrette tellement, Abigaël.

– Et tout le reste : notre rencontre, ce qu'on a vécu ensemble, jusqu'à cette scène minable sous la pluie, devant le théâtre. Tout y est. Mes paroles, à la virgule près, les confidences que je t'ai faites… Tu m'as salie. Tu *nous* as salis.

Andy s'agenouilla pour se mettre à sa hauteur. Et dire qu'il s'était imaginé prendre un jour cette pose pour la demander en mariage…

– Je sais que ça peut sembler fou, je sais que je dois t'apparaître comme un psychopathe ou un pervers, mais écoute-moi. Tous les écrivains ont besoin de s'inspirer de leur vie, de celle de leurs proches, de ce qui les entoure…

– « S'inspirer » ? Cette fille s'appelle Abby et son frère Steevy ! Est-ce que tu te rends compte ? Tu n'as même pas fait l'effort de trouver des noms à tes personnages !

– C'était temporaire, une manière pour moi de me lancer dans l'écriture.

– Et dire que je me demandais pourquoi tu ne voulais jamais me montrer ce manuscrit... J'essayais de me persuader que tu avais peur de ma réaction, qu'une sorte de pudeur te retenait.

– Ce n'est qu'un livre, Abigaël, rien d'autre qu'un livre. Un monde imaginaire qui n'a aucune importance... Ça ne change absolument rien à ce que j'éprouve pour toi.

– Tu m'as manipulée, n'est-ce pas ?

– Comment ça ?

– Depuis le premier jour tu te sers de moi. Tu n'as pas cherché à me séduire parce que je te plaisais, tu l'as fait uniquement parce que tu voulais faire de moi un personnage de roman.

– Non, pas du tout...

– Pourquoi est-ce que tu mens ? C'est écrit noir sur blanc. Cet écrivain raté qui te sert de narrateur n'est pas foutu d'écrire la moindre ligne par lui-même. Il choisit une fille au hasard, la première qui passe la porte du bar...

Sur le lit, elle chercha parmi les feuilles qu'elle n'avait pas envoyées valdinguer dans la pièce.

– Écoute ça : « Il ne devait plus écrire une ligne tant qu'il ne serait pas capable d'analyser l'essence d'un couple avec la précision d'un entomologiste. Mais, pour cela, il ne pouvait se contenter d'un modèle extérieur. Il lui fallait vivre une relation authentique, qui deviendrait le combustible de son écriture. De préférence avec une personne qu'il ne connaissait pas encore. » Voilà ce que je suis pour toi : un insecte qu'on examine à travers la vitre d'un vivarium !

– C'est vrai qu'au début j'ai cru que ce serait un simple jeu. Mais tout a changé quand j'ai découvert quelle fille merveilleuse tu étais. Ça aussi, je l'ai écrit dans le livre. Tu ne peux pas sélectionner les passages qui t'arrangent !

Un éclair de colère passa dans son regard.

– La générale… C'est volontairement que tu l'as ratée.

– Pourquoi dis-tu ça ?

– Tu avais besoin d'une dispute et d'une rupture pour pimenter ton histoire. Et comme tu n'as pas une once d'imagination, tu les as provoquées pour pouvoir les décrire.

– Je te jure que…

– Je n'arrivais pas à comprendre comment tu avais pu oublier que je jouais ce soir-là. Tu n'avais rien oublié du tout. Tout était savamment calculé, prémédité. Tu voulais me blesser, parce que tu n'arrives à écrire qu'en te nourrissant du malheur des autres, en les suçant jusqu'à la moelle. Quelle était la prochaine étape ?

– Quelle « prochaine étape » ?

– Pour pouvoir achever ton livre. Qu'est-ce que tu avais l'intention de faire ? Me tromper pour me faire encore souffrir ?… Non, ça aurait été trop banal. Me pousser dans les bras d'un autre, peut-être, pour exacerber la jalousie de ton personnage ? Ou pire encore ? Mais quoi ? Les horreurs que tu as en tête, je ne suis même pas capable de les imaginer.

Andy tenta de lui prendre les mains mais elle le repoussa violemment.

– Ne me touche pas !

– Je t'en prie, Abigaël. Tout est tellement fort entre nous. Je n'ai jamais été aussi heureux que ces dernières semaines. Tu m'as complètement transformé, tu en es consciente ? Je veux qu'on passe notre vie ensemble, qu'on se marie, qu'on ait des enfants, une ribambelle d'enfants si tu le souhaites…

Abigaël fut secouée par une sorte de dégoût. Elle se leva et s'écarta de lui pour se réfugier près de la fenêtre. Une belle journée s'annonçait. Ils avaient prévu d'aller faire une randonnée sur les falaises de granit, d'où l'on avait le plus beau panorama de la région. Mais Andy savait déjà que cette balade n'aurait jamais lieu.

– Et moi, je ne veux qu'une seule chose, dit-elle en regardant au-dehors. Tu vas quitter cette maison pendant une heure, le temps que je fasse mes bagages et que je me prépare. Tu peux garder la voiture, je me débrouillerai. Quand tu reviendras, je ne serai plus là, et je ne veux plus jamais te revoir. Tu m'entends ? Plus jamais... J'enverrai quelqu'un pour récupérer mes affaires chez toi.

Andy sentit quelque chose de froid et d'humide sur ses joues. Il ne s'était même pas rendu compte qu'il pleurait. Abigaël se retourna. Rien ne semblait plus capable de l'émouvoir.

– Cette fois, tu as tout perdu pour de bon, Andy. Et inutile de noter dans ta tête les paroles que je suis en train de prononcer : elles ne te serviront à rien... N'imagine pas une seconde que tu publieras ce livre. Parce que même si un éditeur est assez fou pour faire paraître ce ramassis de conneries, mon père te traînera devant les tribunaux en moins de temps qu'il n'en faut pour le dire.

*

Dans Downtown, sur School Street, énormes bagels au pastrami. Les préférés d'Andy. En temps normal, car il n'avait pas faim, pas plus ce jour-là que les trois précédents. Trois jours déjà qu'avait eu lieu le week-end catastrophique à Cape Ann, trois jours qu'il n'avait pas vu Abigaël. La bouche pleine, Logan le regardait d'un air affligé.

– Mange, Andy. À quoi ça sert de rester le ventre vide ? Ça n'est pas ça qui la fera revenir.

– Et qu'est-ce que tu vas me sortir après ? « Dix de perdues, une de retrouvée » ?

– Pourquoi pas ?

Andy saisit son bagel et croqua dedans une minuscule bouchée.

– Tu es content maintenant ?

– Tu savais que ça finirait par arriver, de toute façon.

– Tes paroles me réconfortent beaucoup, je te remercie. Et pas la peine de me rappeler que tu m'avais prévenu…

– Écoute, Andy, je ne veux pas remuer le couteau dans la plaie, mais je ne crois pas qu'Abigaël et toi étiez faits pour être ensemble.

– Tu m'avais pourtant dit qu'elle était peut-être la femme de ma vie.

– J'ai dit ça pour te faire réagir, mais au fond de moi…

– Quoi, au fond de toi ?

– Tu veux savoir ? Vous aviez des caractères trop différents. Tu es trop renfermé, lunatique. Et puis, elle a beau jouer les artistes bohèmes, Abigaël est une rupine. On n'a même pas idée, toi et moi, du monde dans lequel elle a grandi. Ces filles-là ont d'énormes attentes. Elles te disent que l'argent ne compte pas pour elles, mais après quelques années de galère elles ne rêvent que d'une vie facile et confortable.

– Est-ce que c'est une manière de me dire que je suis un raté ?

– Tu n'es pas un raté, Andy. Ou alors j'en suis un tout autant que toi. Avec des filles comme Abigaël, on a tous l'air de ratés.

Andy aurait aimé remonter le temps. Pouvoir laisser son foutu manuscrit croupir dans son tiroir. Il avait rêvé de voir son avenir ? Eh bien il savait à quoi il ressemblait, à présent, et il n'était pas beau à voir.

– Cette fois, elle ne reviendra pas, Logan. Si tu avais entendu les mots qu'elle m'a dits…

– J'ai quand même l'impression de les avoir entendus, vu le nombre de fois où tu me les as répétés.

– Elle me déteste comme jamais elle n'a détesté personne.

– Non, elle ne te déteste pas. Elle est en colère, c'est complètement différent. Mais la colère nous pousse parfois à dire des choses terribles.

– Je ne sais pas quoi faire pour arranger les choses.

– Il n'y a rien à faire pour l'instant. Laisse-lui du temps, Andy. Laisse-la digérer ce qui s'est passé. Si tu cherchais à la revoir trop tôt, tu ne ferais qu'envenimer les choses.

Logan termina son bagel, mais même lui ne semblait plus avoir d'appétit.

– Qu'est-ce que tu vas faire en attendant ? reprit-il. Je veux dire, de quoi est-ce que tu comptes vivre ?

Andy ricana.

– Aussi incroyable que ça puisse paraître, l'hôtel est prêt à me reprendre.

– Tu rigoles ? Après le coup que tu leur as fait ?

– Ils n'ont personne. Il n'y a que les types comme moi, au bout du rouleau, qui peuvent accepter un job aussi minable.

– Et après ?

– Après, rien… Je n'ai plus envie de penser à l'avenir. Je n'ai aucun projet, aucun rêve, et c'est peut-être mieux comme ça.

– Tu comptes faire quoi de ton roman ?

– Qu'est-ce que tu veux que j'en fasse ? Tu ne crois quand même pas que je vais le continuer après ce qui s'est passé ?

– Ça pourrait être une catharsis pour toi.

– Une « catharsis » ?

– Oui, un moyen de te libérer affectivement.

– Merci, je sais ce que signifie ce mot. Parce que tu crois que j'ai envie d'oublier Abigaël et de tirer un trait sur notre histoire ?

– Je ne te dis pas de l'oublier. Je te demande d'avancer, Andy, de ne pas te laisser couler sans faire quelque chose pour remonter à la surface.

– Et si j'avais envie de me laisser couler ?

– Non, on a toujours un instinct de survie… Tu sais, à l'hôpital, je croise tout le temps des malades qui répètent qu'ils ne veulent qu'une chose : quitter ce monde pour ne plus souffrir. Et pourtant, neuf fois sur dix, ils s'accrochent avec une volonté et une énergie que tu ne peux même pas imaginer. Parfois pour gagner quelques semaines ou quelques jours. C'est le propre de l'être humain. Alors, Andy Marzano, je suis sûr que tu vas t'accrocher et que tu vas réussir à te trouver de nouveaux objectifs. Peut-être que ce sera de reconquérir Abigaël, peut-être que ce sera autre chose. Et je suis certain qu'un jour tu te rendras compte que toutes ces épreuves avaient un sens, même si tu es incapable de voir lequel aujourd'hui...

*

Les jours s'écoulèrent, tristes et monotones. Andy survivait, essayant de se maintenir à la surface. Étrangement, les nuits qu'il passait à l'hôtel constituaient les moments les moins pénibles de sa nouvelle vie. Il attendait même impatiemment de se réfugier derrière son comptoir, près du téléphone et du registre, avec sa pile de livres qu'il ne lisait même plus jusqu'à la fin.

Il appréciait les longues heures de solitude, entrecoupées par les arrivées tardives ou les clients éméchés qui avaient oublié jusqu'au numéro de leur chambre. Le silence de la nuit, jamais complet. La lumière de la veilleuse, compagne fidèle. La succession de petites tâches futiles et routinières, qu'il accomplissait en prenant son temps, sans personne sur son dos. Certaines nuits, il avait l'impression d'être le personnage d'un roman de Richard Matheson – le dernier être vivant sur terre ou un voyageur prisonnier d'un hôtel hanté. Il perdait pied avec le réel, glissait dans un monde étrange, tantôt inquiétant, tantôt lénifiant.

Comme le lui avait conseillé Logan, il continua son roman, sans passion ni motivation. Revivre la scène de la maison sur la plage lui déchira le cœur. Chaque parole d'Abigaël était inscrite en lui. L'image de son visage baigné de larmes le bouleversait, tout en ranimant la détestation qu'il avait de lui-même. Aucune libération affective, bien au contraire, mais le sentiment, comme Sisyphe ou Tantale, de devoir revivre éternellement son supplice. Il sortit de l'écriture de ce chapitre vide et épuisé, si bien qu'il délaissa complètement son manuscrit les jours suivants.

Ses parents s'inquiétaient de plus en plus à son sujet. Quand il venait les voir dans le North End, il restait pratiquement silencieux, se contentant d'écouter son père vitupérer contre la terre entière et s'inquiéter de la prochaine élection de novembre. Sa mère passait des heures à lui concocter des plats auxquels il touchait à peine. Sans doute s'imaginaient-ils que les refus successifs qu'avait essuyés son dernier roman étaient la cause de son état. Dans la mesure où ils ignoraient jusqu'à l'existence d'Abigaël, comment auraient-ils pu comprendre ce qui lui arrivait ?

– Est-ce que ça te ferait plaisir de revoir la petite Sofia Bianchi ? lui demanda sa mère un samedi.

À la tête qu'il fit, elle comprit qu'il ne voyait pas de qui elle parlait.

– Notre ancienne petite voisine ! Elle est venue ici il y a quelque temps. Et tu ne l'as pas rappelée – je crois que ça lui a fait beaucoup de peine, d'ailleurs. J'avais l'impression qu'elle te plaisait pourtant.

– Je n'avais rien promis. Vous m'aviez tendu un guet-apens...

– Si tu aimes les garçons, intervint Frank Marzano, ça n'est pas un problème. Débrouille-toi simplement pour me faire un jour un petit-fils...

– Papa, je ne suis pas gay ! Où est-ce que tu es allé chercher une idée pareille ?

– Nous sommes bien un peu machos, nous les Italiens, mais aussi beaucoup plus ouverts d'esprit qu'on ne le croit. Après tout, les temps ont changé. Ça ne serait pas un drame.

– Arrête, s'il te plaît ! fit Andy en faisant semblant de se boucher les oreilles.

– Tu n'es pas avec Logan, tout de même ? hasarda sa mère.

– Maman ! Tu ne vas pas t'y mettre, toi aussi !

– Avec la belle situation qu'il aura bientôt, ce serait plutôt un beau parti.

– Un très beau parti même, renchérit son père.

*

S'il abandonna pratiquement son roman, Andy se lança en revanche dans l'écriture d'une longue lettre destinée à Abigaël. Il s'agissait d'une sorte de confession. Il avait conscience d'avoir été horriblement maladroit à Rockport en cherchant à trouver des justifications à son entreprise et en voulant minimiser les faits.

Il avoua tout, sans rien cacher de ses motivations, de son ambition, de ses bassesses. Non qu'il crût que cet élan de franchise viendrait l'absoudre aux yeux d'Abigaël, mais il ressentait le besoin de s'ouvrir à elle, de lui dire enfin toute la vérité. Le mensonge et la dissimulation permettent de gagner du temps, mais le jour où ils sont mis au jour ils vous font perdre bien plus que tout ce que vous aviez imaginé.

Il y passa des heures, raturant beaucoup, supprimant tous les effets de pathos qui pouvaient laisser croire qu'il cherchait à se racheter ou à se faire pardonner. Il se montra tel qu'il était, peignit ses qualités et ses défauts avec la même franchise. Quand il eut recopié sa lettre au propre et l'eut glissée dans une enveloppe, il la laissa plusieurs jours sur son bureau, sans plus oser y toucher.

Chaque matin il se persuadait qu'il allait la poster, mais quelque chose le retenait. De quoi avait-il peur, en somme ? Qu'Abigaël la jette à la poubelle sans même la lire ? Que son honnêteté le rende encore plus méprisable à ses yeux ? Qu'elle marque un point de non-retour et entérine définitivement la fin de leur relation ?

Un mardi, en début de matinée, après sa nuit de travail, il se résolut à aller la déposer directement dans la boîte d'Abigaël. Qu'espérait-il ? La croiser dans le hall ? L'apercevoir fugacement à sa fenêtre ? Se faire du mal en accomplissant une dernière fois ce trajet jusqu'à chez elle ?

Comme il connaissait le code de la porte d'entrée de l'immeuble, il put facilement avoir accès aux boîtes aux lettres intérieures. Alors qu'il avait à moitié introduit l'enveloppe dans la fente, il hésita une dernière fois, par peur de regretter son geste. Ou peut-être voulait-il s'assurer au contraire qu'Abigaël lirait bien cette lettre, même si elle ne voulait plus jamais le voir. Il ne pouvait pas s'en remettre au hasard.

Après avoir trépigné cinq bonnes minutes dans le hall, il se décida à monter. Si elle n'avait rien changé à ses habitudes, Abigaël serait chez elle. Peut-être lui refermerait-elle la porte au nez en l'agonissant d'injures. Peut-être un type en caleçon à peine réveillé viendrait-il ouvrir à sa place. Peu importait... C'était un risque à prendre, il ne devait pas se dégonfler.

Quand il fut devant sa porte, il ne toqua pas immédiatement, car elle était légèrement entrouverte. Oh, presque rien, un petit centimètre tout au plus, si bien qu'il ne l'avait même pas remarqué en arrivant sur son palier. Après une brève hésitation, il frappa, suffisamment fort pour être sûr d'être entendu, même de la chambre. Pas de réponse.

– Abigaël ? lança-t-il en poussant la porte.

L'appartement était totalement silencieux.

Il entra, lentement, s'attendant à se retrouver face à elle d'une seconde à l'autre. Il répéta son nom, un peu plus fort.

Dans le salon, son regard passa de la chaise renversée aux tiroirs de la commode grands ouverts, puis aux affaires répandues sur le sol et au vase brisé, dont les tessons brillaient au milieu des fleurs éparpillées.

Pris de panique, il cria une nouvelle fois son nom et se rua vers la chambre, dont la porte n'était pas fermée. Abigaël était allongée sur son lit, en sous-vêtements, les cheveux en désordre. Les yeux clos mais la bouche béante. Une ceinture serrée autour du cou.

Même si son cerveau refusait de l'admettre, Andy sut qu'elle était morte à la seconde où il la vit. Il poussa un hurlement en se précipitant sur son corps. Et son cœur se brisa à tout jamais.

# TROISIÈME PARTIE

# CHAMBRE 328

Si seulement la douleur humaine
pouvait se mesurer en chiffres clairs
plutôt qu'avec des mots incertains.

Manuel Vilas, *Ordesa*

# 1

Quand il eut découvert qu'Anna avait disparu de la photo, Randall commença à se méfier de tout et de tout le monde. Y compris de lui-même.

Il avait essayé de faire bonne figure face à Bob Freeman, pour ne pas apparaître encore plus dérangé à ses yeux, et lui avait piteusement avoué qu'il s'était sans doute trompé, que cette soirée trop alcoolisée ne lui avait vraiment pas réussi. Puis, après avoir quitté son agent, il était retourné scruter la photo de groupe sur l'ordinateur de la bibliothèque, par acquit de conscience. Évidemment, la photo était strictement la même que celle qu'il avait vue dans la chambre. Aucune trace d'Anna. La jeune femme n'était pas une employée de l'hôtel, peut-être même n'avait-elle jamais existé. Comment alors avait-il pu la voir au dernier rang, sur les marches du perron, aussi sûrement qu'il voyait à présent qu'elle n'y était pas ? Les sens lui faisaient-ils défaut ? Voyait-il des choses qui n'existaient pas ?

Il devait rester lucide et objectif. Il est vrai que les faits ne jouaient pas en sa faveur. Il s'était quasiment évanoui dans sa chambre, pour se retrouver deux heures plus tard sur la terrasse de l'hôtel, sans se rappeler s'être déplacé. Puis il y avait eu ce malaise sur la plage. Et cette fin de soirée et cette nuit dont il ne gardait aucun souvenir. Sans compter le chapitre qu'il avait écrit sur son ordinateur, Dieu sait quand et comment. Il était donc sujet à des moments d'absence, durant lesquels son esprit semblait se déconnecter. Pourtant, au fond de lui, il avait la certitude qu'Anna existait bien et que ses mises en garde étaient réelles et fondées.

En revenant d'une promenade sur la plage – guère reposante vu le désordre qui régnait dans ses pensées –, Randall aperçut devant l'hôtel un groom en train de charger le coffre d'une superbe Aston Martin, un vieux modèle jaune des années 1960. Aussitôt après, Bob apparut derrière le véhicule.

– Ah, Randall ! Où est-ce que tu te cachais ? Et toujours impossible de te joindre sur ton portable…

Randall s'approcha de lui, décontenancé.

– Qu'est-ce que tu fais ?

– Je rentre à New York, mon grand.

– Mais… tu n'avais pas dit que tu restais quelques jours ?

– J'ai changé d'avis. Tu sais, à mon âge, les vacances font plus de mal que de bien. J'ai peur de me ramollir.

Il se sentit pris au dépourvu.

– Je croyais vraiment que tu resterais encore un peu. Pour tout à l'heure, dans la chambre, je voulais te dire…

– Ne t'inquiète pas pour ça, pas plus que pour ton roman. Je vais tâter le terrain avec ton éditeur pour repousser la date de sortie de quelques mois… d'un an même s'il le faut.

– Tu es sérieux ?

– Parfaitement. La Terre ne s'arrêtera pas de tourner. Il me reste quelques nouvelles inédites de toi, tu te souviens ? En les retravaillant un peu, on pourra en faire un recueil. Ça les fera patienter…

Bob récupéra ses clés de la main du voiturier. Il chaussa une paire de lunettes de soleil, qui lui donnait l'air d'un vieux séducteur encore certain de son charme.

– Profite un peu de la vie, Randall. Tu t'es imposé tellement de discipline et de rigueur durant toutes ces années… Je comprends que tu finisses par péter les plombs.

Il désigna l'hôtel d'un petit coup de menton.

– Ce prix et tout ce tralala n'étaient peut-être pas une si bonne idée. On aurait mieux fait de te laisser tranquille dans ton havre de paix…

– Mon « havre de paix »… répéta Randall en souriant nerveusement. Tu sais que c'est l'expression qu'ils emploient dans la brochure de l'hôtel ?

– Ça fait cliché, mais ça n'est pas faux. Voilà bien le genre d'endroit qu'on n'a pas envie de quitter… C'est pour ça que je préfère m'en aller maintenant.

Randall fut soudain terrifié à l'idée de devoir rester seul au Grand Hôtel. Il commençait à s'habituer à la compagnie de Bob, à ses marques d'amitié qui semblaient sincères. Ils avaient passé une vie côte à côte après tout, à travailler ensemble sur quarante romans. S'il lui avait confié toute sa carrière, c'était que Bob devait être un type bien.

– Est-ce que tu ne veux pas qu'on prenne un verre avant, ou qu'on déjeune ensemble ?

– Ce serait avec plaisir, mais j'ai déjà pris des rendez-vous pour cet après-midi et je ne peux pas être en retard. *Minimum credula postero.*

– Qu'est-ce que ça veut dire ?

– Je croyais que tu avais fait du latin à l'université ?

– Tout ça est si loin, répondit Randall avec une ironie que lui seul pouvait comprendre.

– « Ne te soucie pas du lendemain. » Repose-toi un peu et ne pense plus à ton roman, je m'occupe de tout. Ça ira ?

– Je crois.

– N'hésite pas à m'appeler au moindre problème, d'accord ? Tu sais que je serai toujours là pour toi.

*

Dès que Bob fut parti, Randall regretta de ne pas l'avoir retenu plus énergiquement ou de ne pas être monté dans son bolide avec lui pour rentrer à New York. Aucune journée qu'il passerait dans ce lieu ne pourrait s'apparenter à des vacances. Il vivait dans une cage dorée et subissait une torture psychologique qui devait prendre fin. Le problème ne venait peut-être pas de lui mais bien de ce lieu. Et s'il était parfaitement sain d'esprit ? Et si c'était le personnel tout entier qui s'était ligué contre lui depuis le début ?

Randall se prit à observer les employés les uns après les autres, avec une attention nouvelle. De prime abord, personne ne paraissait trop se préoccuper de lui, mais la surveillance froide à laquelle il se livra provoqua en lui une impression gênante. Il lui semblait que derrière le ballet bien réglé de la vie de l'hôtel tout le monde était aux aguets, le regardait à la dérobée, maintenant avec lui une distance calculée pour ne pas créer d'interférences dans ce qui avait toutes les apparences d'une machination. Et ces paroles discrètes que les membres du personnel échangeaient entre eux chaque fois qu'il entrait dans une pièce, et dont il avait désormais la certitude d'être l'objet… Comment n'avait-il pas remarqué ces détails dès le premier matin ? Comment avait-il pu être aveugle à ces signes pourtant manifestes ? « Croire que le monde entier est contre soi et en faire une théorie cohérente, n'est-ce pas la définition la plus simple de la paranoïa ? » pensa-t-il. Quant à Maurice, le concierge, c'était sans doute celui dont Randall se méfiait le plus. Vissé en permanence à son comptoir – c'était à croire qu'il ne quittait jamais son poste, ma parole –, il avait tout l'air d'un chef d'orchestre qui coordonnait le jeu des employés.

Peu avant l'heure du déjeuner, Randall se décida à le prendre en faute pour le démasquer.

– J'aimerais que vous me commandiez un taxi, Maurice.

– Un taxi ?

Surprise totale sur son visage, proche de l'inquiétude – à moins que Randall ne se fasse des idées.

– Oui. Cela pose-t-il problème ?

– Pas du tout, monsieur… J'espère seulement que vous ne désirez pas nous quitter plus tôt que prévu.

– Non, je voudrais simplement sortir un peu de l'hôtel, changer d'air. Ça semble vous surprendre…

Maurice pianota sur le comptoir, comme s'il ne savait plus quoi faire de ses mains.

– Vous avez tellement peu l'habitude de quitter la propriété lorsque vous séjournez à l'hôtel… Vous dites toujours que vous pourriez vivre ici en autarcie pendant des mois.

Randall tourna discrètement la tête. Rêvait-il ou le réceptionniste à l'autre bout du comptoir avait décroché brusquement son téléphone en entendant le début de leur conversation ? « Il est dans le coup, ils sont tous dans le coup… Ils ne veulent pas que je m'éloigne d'ici parce qu'ils perdraient alors tout contrôle sur moi. J'aurais dû décamper avec Bob, monter dans sa voiture sans même faire mes bagages. »

– Combien de temps ?

– Pardon, monsieur ?

– Pour le taxi ?

– Oh, un quart d'heure tout au plus… Je m'en occupe tout de suite. Est-ce que vous désirez l'attendre dans votre chambre, le temps de vous préparer ?

Randall écarta les bras et baissa les yeux sur sa tenue en souriant.

– Je suis parfaitement prêt. Je vais plutôt rester dans le hall.

– Bien entendu. Nous vous apportons de quoi patienter…

Dans un premier temps, Randall ne s'éloigna pas trop du comptoir pour être certain que Maurice allait bien commander ce fichu taxi. Ce que le concierge fit, sauf à imaginer qu'il faisait juste semblant de passer un coup de fil. Il s'installa ensuite sur le canapé du petit coin salon où il s'était assis en compagnie de Lyly. On lui apporta très vite des journaux ainsi qu'une boisson aux strates colorées ornée d'un citron vert en forme d'étoile.

– Je n'ai rien commandé, fit-il remarquer au serveur avec agacement.

– Le cocktail est offert par la maison, monsieur. Il est sans alcool. C'est une nouveauté de notre carte, nous serions ravis d'avoir votre avis.

Randall n'insista pas. Il déplia un journal et se contenta d'en lire les principaux titres. « Première mission pour le prochain président : panser les blessures d'une nation divisée », « La Cour suprême pourrait décider de l'élection, mais seulement si un scénario improbable se produisait ».

Pas plus que la veille il n'aurait été capable de dire en quoi les enjeux de cette élection étaient aussi cruciaux. On allait élire un président, mais ça n'allait pas plus loin pour lui. La photo à la une représentait un homme massif à la chevelure gris-blond, de dos, qui faisait face à une foule enthousiaste agitant des drapeaux. « KEEP AMERICA GREAT ! » indiquait une grande pancarte blanc et bleu en haut des gradins.

Randall ouvrit le journal au hasard puis fit mine d'être absorbé par sa lecture, alors qu'il observait en réalité discrètement le personnel. Personne ne le regardait, chacun accomplissait ses tâches avec naturel. Soit sa méfiance était à mettre sur le compte de la paranoïa, soit les employés jouaient très bien la comédie.

Pour se donner une contenance, il but quelques gorgées du cocktail qu'on avait déposé devant lui. Un vrai délice, il aurait été bête de s'en priver. Orange, pêche, et d'autres saveurs qu'il n'arrivait pas à identifier... Il replongea dans son journal et poursuivit son simulacre de lecture. De temps en temps, il jetait un coup d'œil à sa montre.

« Et que feras-tu une fois hors de cet hôtel ? Tu te sentiras perdu comme un gosse qui a lâché la main de ses parents dans la cohue d'une fête foraine... Où iras-tu ? Comptes-tu faire une excursion touristique dans les villages du coin et rapporter quelques souvenirs ? Qu'est-ce que tu t'imagines ? Que la mémoire te reviendra dès que tu auras franchi le portail de cette propriété ? »

Randall consulta à nouveau sa montre. Le quart d'heure était à présent dépassé. Maurice n'avait pas appelé de taxi. Il l'avait embobiné une nouvelle fois, comme lorsqu'il avait prétendu ne pas connaître Anna. Cinq minutes, il se donnait encore cinq petites minutes avant d'aller faire un esclandre au comptoir et exiger qu'on lui trouve une voiture sur-le-champ.

Toujours aux aguets, il tourna quelques pages du quotidien et posa son regard au hasard sur un article : « Des chansons pour vous aider à passer le jour... et la nuit du scrutin. » Soudain, il se sentit la gorge sèche et dut reprendre deux gorgées de son cocktail.

Quand il redéplia le journal, les lettres se mirent à danser bizarrement devant ses yeux. Le nom de « Barbra Streisand », conseillé dans la liste de lecture de l'article, ondulait telle une vague. Il cligna des paupières, plusieurs fois, mais les choses empirèrent. La page du journal ne formait plus qu'une grosse tache floue. Il approcha le papier de son visage : plus il essayait de déchiffrer l'article, plus les mots se diluaient comme de l'encre dans de l'eau.

La tête lui tourna. Le même genre de sensation qu'il avait éprouvé la veille dans sa chambre. Le même genre de vertige qui, il le savait à présent, lui faisait perdre pied. Son corps tangua sur le canapé. Il dut prendre appui sur l'accoudoir. Ses forces étaient en train de l'abandonner.

La dernière chose qu'il vit fut le visage de Maurice au-dessus du sien. Et il lui sembla distinguer, au coin de ses lèvres, un sourire de satisfaction.

# 2

Comme dans un cauchemar sans fin, Randall se réveilla dans sa suite, allongé non pas sur son lit, mais sur le grand canapé. Un peu nauséeux, sans aucun souvenir une nouvelle fois de ce qui avait pu l'amener là. Un bouquet de fleurs fraîchement coupées ornait la table basse, sur laquelle était également posé son ordinateur portable. La fenêtre était entrouverte : on entendait au loin le clapotis de l'océan.

Randall avait l'impression de ne s'être assoupi que quelques minutes, mais sa montre lui indiqua qu'il avait dormi trois heures d'affilée. Trois heures ! C'était encore pire que lorsqu'il s'était réveillé sur la terrasse de l'hôtel.

Il se rappela le hall, l'attente du taxi, les journaux, le visage soulagé de Maurice quand il avait perdu connaissance… non, quand *on* lui avait fait perdre connaissance – car il ne croyait pas un seul instant à une coïncidence. Il s'était effondré brutalement, au moment précis où allait arriver le taxi qui devait l'emmener loin de cet hôtel. Ils avaient tout fait pour l'empêcher de partir. Mais comment s'y étaient-ils pris ? Le cocktail, bien sûr ! Ça ne pouvait être que le cocktail. Ils avaient dû dissoudre un somnifère puissant dans la boisson, un médicament capable de vous faire sombrer. Le serveur avait d'ailleurs lourdement insisté pour qu'il goûte à cette nouvelle préparation. Mais pourquoi voulait-on l'empêcher de quitter cet endroit ? Qu'aurait-il pu découvrir au-dehors ? Anna l'avait averti qu'il était en danger, mais personne n'avait jusque-là voulu attenter à sa vie ni ne lui avait fait le moindre mal. Il avait même eu droit à toutes les attentions et à tous les honneurs possibles. Cet hôtel avait tout du paradis sur terre.

Se rendant compte qu'il avait beaucoup transpiré pendant son sommeil, il fit un brin de toilette et changea de maillot de corps et de chemise. Intrigué par la présence de l'ordinateur sur la table basse, il l'ouvrit et découvrit que deux nouvelles pages avaient été ajoutées à son roman. Par qui ? Mystère. Il savait seulement que ce n'était pas par lui. Pourquoi jouait-on à ce jeu avec lui ? Était-il le cobaye d'une expérience ? Un sujet dont on étudiait toutes les réactions ?

Randall se savait observé quand il déambulait dans l'hôtel, mais qui sait si ce n'était pas aussi le cas lorsqu'il était dans cette chambre ? L'idée lui vint en regardant la webcam au-dessus de l'écran de l'ordinateur. Et si la suite était truffée de micros et de caméras ? Et si on l'épiait en permanence via un système sophistiqué ?

De manière méthodique, il inspecta toutes les pièces : les lampes, les appliques murales, les plinthes, les rideaux, les détecteurs de fumée… il passa tout au crible à la recherche de caméras miniatures, mais il ne trouva strictement rien. Soit il sombrait dans la psychose la plus complète, soit il n'était pas assez malin pour les déceler.

Il quitta la suite 328 bien décidé à affronter ses ennemis.

Dès qu'il débarqua dans le hall, Maurice l'aperçut. Toujours hiératique derrière son comptoir et ne manifestant pas le moindre trouble.

– Ah, monsieur Hamilton !…

Bouillonnant intérieurement, Randall vint se planter devant lui sans lui laisser le temps de poursuivre.

– Je veux savoir ce qui se passe. Et je veux le savoir maintenant ! Pourquoi est-ce que je me suis réveillé dans ma chambre ? Qu'est-ce qui m'est arrivé ces trois dernières heures ? Que m'avez-vous fait ?

Le concierge ne parut pas vraiment surpris. Peut-être aurait-il dû l'attraper au collet pour qu'on le prenne enfin au sérieux.

– Est-ce qu'il s'agit d'un test ?

– Un « test » ? s'écria Randall.

– Eh bien, oui... pour votre roman.

Randall était abasourdi. On l'avait drogué, séquestré, mais ce type demeurait complètement impassible.

– Au fait, nous l'avons retrouvé, poursuivit Maurice.

– Retrouvé quoi ?

– Votre portable, monsieur. Vous l'aviez oublié dans le taxi, le chauffeur l'a rapporté. Comme vous m'avez dit que vous vouliez vous reposer un peu, nous n'avons pas osé venir vous déranger après votre petite balade.

Le concierge sortit le téléphone de derrière le comptoir.

– Quelle balade, Maurice ? Je n'ai pas quitté cet hôtel une seule seconde, et vous le savez très bien.

– Vous continuez de me faire marcher, monsieur. Vous profitez de la crédulité de ce brave Maurice...

– Où suis-je allé alors ? demanda-t-il sans se démonter.

Le concierge prit un air amusé, comme s'il se prêtait à un jeu.

– Eh bien, à Chatham, et vous avez même poussé jusqu'au phare que vous aimez tant.

– Prouvez-le, lui intima-t-il d'un ton autoritaire.

Bien loin d'être impressionné, Maurice semblait beaucoup se divertir.

– Oh, c'est un interrogatoire en bonne et due forme, inspecteur McKenna... Je passe sur le gril, comme vous dites dans la police, on veut me faire cracher le morceau. Mais je peux parfaitement prouver ce que je dis. Grâce aux photos.

– Quelles photos ? s'énerva Randall.

Et sa colère lui faisait à présent parfaitement endosser le costume du « méchant flic ».

– Les photos que vous avez prises et qui se trouvent dans ce téléphone. Vérifiez par vous-même, vous les avez montrées au chauffeur d'après ce qu'il m'a dit.

Passé son étonnement, Randall ouvrit la galerie sur son portable. À la date du jour, il trouva une bonne vingtaine de clichés qu'il fit défiler. Un village entouré d'eau, des rues remplies de boutiques aux devantures colorées, d'élégantes demeures en bordure d'une route, une église en bois blanc à la flèche pointue comme une aiguille… Il supposa qu'il s'agissait de Chatham.

– Vous voyez ! triompha Maurice.

Non, il ne voyait rien du tout. N'importe qui avait pu prendre ces photos avec son téléphone pendant qu'il dormait. Qui pouvait croire à cette stupide histoire de portable oublié sur la banquette d'un taxi ?

Randall alla pourtant au bout de la série de photos. Après quelques vues du phare circulaire surmonté d'une lanterne grise et flanqué d'une maison de garde-côte, il se retrouva face à deux selfies. Le premier le représentait souriant devant le phare, le second devant l'océan. En haut de l'écran, les informations de géolocalisation certifiaient qu'ils avaient été pris en début d'après-midi sur la route du bord de mer de la municipalité de Chatham.

– Je ne joue plus, dit-il alors que son visage devenait livide.

– Je vous ai tout avoué, inspecteur. Vous ne me passez pas les menottes ?

Randall se sentit pris de tournis. Il ne pouvait plus supporter pareille mascarade. C'était un dialogue de sourds. Maurice le poussait à bout, il voulait le rendre fou.

Coupant court à la conversation, il emporta le téléphone avec lui et sortit de l'hôtel, préférant s'éloigner un peu de l'entrée pour être certain que personne ne pourrait l'entendre.

Il chercha le numéro de Bob Freeman dans les contacts. Par chance, celui-ci répondit presque à la première sonnerie :

– Mon grand ! Je ne pensais pas avoir de tes nouvelles aussi vite…

– Bob, où es-tu ?

– À New York. Où veux-tu que je sois ? Écoute, pour ton livre…

– Je me fous de mon livre ! Tu ne peux pas imaginer à quel point je m'en fous !

– C'est ce que j'avais cru comprendre mais…

– Je suis en danger, Bob.

– Tu ne vas pas recommencer.

– Je suis sérieux. On me retient de force à l'hôtel. On a voulu m'empêcher de partir.

– T'empêcher de partir ? Mais qui ?

– Le concierge, Maurice, et ses acolytes. J'avais commandé un taxi pour me faire la belle et on m'a drogué pendant que je l'attendais. Je me suis réveillé dans ma chambre. Ils en ont profité pour me subtiliser mon portable et me faire croire que j'étais sorti de l'hôtel aujourd'hui.

– Calme-toi, s'il te plaît. Tu te rends compte que ce que tu me racontes n'a ni queue ni tête !

– Oh si ! Au contraire, tout est parfaitement logique. Ils ont même réussi, je ne sais trop comment, à prendre des photos de moi devant le phare…

– Quel phare ?

– Celui de Chatham. Attends un moment…

Tandis qu'il déambulait en parlant, son esprit fut frappé par une fulgurance. Sans couper l'appel, il rouvrit la galerie de photos et s'attarda sur les selfies. Comment avait-il pu ne pas le remarquer avant ? C'était bien lui sur les deux photos, il n'y avait aucun doute, mais quelque chose clochait. Sa chemise. Celle qu'il avait sous les yeux possédait des rayures bleues, alors que celle qu'il portait l'après-midi n'en avait pas. Ce qui signifiait que ces selfies ne dataient pas du jour même, qu'ils avaient été pris avant ou qu'ils avaient été trafiqués avec un logiciel de retouche d'image.

– Tu es toujours là, Bob ?

– Bien sûr. Qu'est-ce que tu fabriquais ?

– J'ai enfin trouvé une preuve du complot.

– Randall, tu me fais peur. J'ai l'impression d'entendre Kevin Costner dans *JFK*…

– Ils m'ont piégé. Je n'ai pas perdu mon téléphone, ils me l'ont volé pour y placer des photos et me persuader que j'étais parti en balade. J'ai besoin que tu m'aides à sortir d'ici.

Un silence s'ensuivit. Que pouvait penser Bob à cet instant ? Qu'il était fou bien sûr, encore plus fou que lorsqu'il avait prétendu avoir retrouvé Anna sur la photo.

– Randall, qui pourrait bien avoir intérêt à te faire croire que tu es parti en balade sur la côte ? Ça n'a aucun sens ! Est-ce que quelqu'un cherche à te subtiliser ton manuscrit ? Ça ne serait pas la première fois.

– Non. Personne n'en a rien à faire de ce livre. Il y a autre chose…

– Tu t'es peut-être trompé, pour ces photos. Je ne me souviens même pas de celles que j'ai prises hier. Et puis n'importe qui peut oublier un téléphone dans un taxi ! Ça n'a rien d'extraordinaire.

Randall se figea. C'était comme s'il venait de recevoir un coup de massue sur le crâne.

– Comment est-ce que tu es au courant pour le taxi ?

– Pardon ?

– Qui t'a dit que j'avais oublié mon téléphone dans le taxi ?

– Mais… c'est toi qui viens de me le dire.

– Non, Bob. Je t'ai dit qu'on me l'avait subtilisé, rien d'autre.

– Tu as l'air complètement perdu.

– Tu es avec eux, n'est-ce pas ?

– Je ne sais pas de quoi tu parles !

– Bien sûr que tu es avec eux ! Depuis le début…

– Écoute, Randall, je vais t'aider. Tu veux quitter cet hôtel ? Ça n'est pas un problème. Je vais immédiatement…

– C'est trop tard, Bob. Je vais me débrouiller seul.

Sans lui laisser le temps de répondre, Randall raccrocha.

Un sentiment d'abandon le submergea aussitôt. Bob était dans le coup, ce qui signifiait que Lyly l'était aussi. Et sans doute tous les invités présents à la réception.

Peut-être avait-il eu tort de révéler à son agent qu'il avait tout compris de son double jeu. Peut-être aurait-il dû feindre de croire que celui-ci était son allié. Mais le mal était fait, il ne servait à rien de se lamenter.

Le plus urgent était de se débarrasser de ce téléphone : si Freeman faisait partie de la machination, c'est que lui-même était sur écoute et qu'on pouvait aussi le localiser. Puis il devait quitter cet hôtel sans attendre. Il ne pouvait pas y passer une nuit de plus. C'était désormais pour lui une question de survie.

# 3

Andy fut placé en observation dans une chambre du Boston Medical Center. La découverte du corps d'Abigaël l'avait plongé dans un état catatonique et un mutisme presque complet. D'un point de vue purement physiologique, il ne souffrait de rien, mais le psychiatre qui l'examina conclut à un choc post-traumatique qui avait provoqué chez lui sidération et stupéfaction cognitive. Il avait été incapable de prévenir les secours ou la police depuis l'appartement d'Abigaël. C'était une voisine de palier qui l'avait fait, après avoir été alertée par ses hurlements.

Logan, qui travaillait à l'étage au-dessus, venait le voir plusieurs fois par jour. Passé quelques banalités qui n'avaient aucun effet sur son ami, il se contentait de lui tapoter la main sur l'épaule et de s'asseoir à côté de son lit pour raconter, au gré de son inspiration, des anecdotes sur leur adolescence commune, comme si Andy était un amnésique dont il fallait raviver les souvenirs. Prévenu par Logan dès son admission, ses parents étaient accourus à l'hôpital. Sa mère n'arrêtait pas de pleurer. Frank Marzano, lui, répétait inlassablement : « Pourquoi est-ce que tu ne nous as jamais parlé de cette fille, fiston ? »

Sur les lieux du crime puis à l'hôpital, la police n'avait presque rien pu tirer d'Andy. Dans des phrases décousues, il avait à peine été capable d'expliquer dans quelles circonstances il avait découvert le corps, sans préciser qu'Abigaël et lui avaient rompu et que leur dernière rencontre s'était terminée par une terrible dispute. Les médecins, qui jugeaient que son état n'était pas compatible avec un interrogatoire en bonne et due forme, avaient pour l'heure réussi à mettre fin à leurs assauts.

Les journalistes mirent immédiatement Abigaël Spencer sur la liste des victimes du Tueur à la ceinture. Le profil de la jeune femme, le *modus operandi*, la signature : tout semblait parfaitement concorder avec les précédents crimes. La police et le bureau du procureur furent quant à eux beaucoup plus prudents. Sous la pression médiatique, ils organisèrent une brève conférence de presse durant laquelle ils se montrèrent avares en informations et précisèrent que, en l'état actuel des choses, toutes les pistes restaient ouvertes.

Les médecins autorisèrent Andy à quitter l'hôpital au bout de soixante-douze heures. S'il avait dû qualifier son état d'esprit dans l'un de ses romans, sans doute eût-il usé de métaphores tant celui-ci était indescriptible. « Un marécage opaque. » « Un brouillard poisseux qui lui collait comme une seconde peau. » « Un air chargé de cendres qui l'étouffait et le paralysait. » Pourtant, il avait beau se répéter : « Abigaël est morte, tu ne la reverras plus jamais », cette idée n'arrivait pas à s'installer durablement en lui. Elle n'était qu'une réalité nébuleuse, impalpable. Il ne parvenait même pas à pleurer tant il s'attendait à ce qu'on vienne lui dire qu'il ne s'agissait que d'un horrible canular.

Refusant de le laisser seul, ses parents le ramenèrent dans leur appartement du North End. Sa mère avait préparé le lit dans son ancienne chambre, qui avait été transformée depuis longtemps en bureau et en pièce de couture – Andy n'y remettait presque jamais les pieds quand il venait leur rendre visite.

Ce n'est que lorsqu'il fut seul sur son lit qu'il laissa enfin ses sanglots éclater. Tout se mêlait en lui : la nostalgie de son enfance, le désespoir d'avoir perdu la seule femme qu'il ait aimée, l'impression d'avoir gâché son existence, le sentiment aigu que rien ne pourrait jamais redevenir comme avant. La vie de la plupart des gens est un étang impassible, à peine perturbée par des drames qui sont dans l'ordre des choses – la mort de grands-parents ou de parents. La sienne venait d'être traversée par une fêlure fatale alors qu'il n'avait même pas 23 ans. Il n'avait plus le goût de vivre, il n'avait plus l'envie d'aimer.

*

Le jour même de sa sortie de l'hôpital, il fut convoqué par les autorités au poste du centre-ville. Son père jugea plus prudent de l'accompagner, mais Andy refusa qu'il reste une fois qu'il l'eut déposé au pied du parallélépipède de briques rouges salies devant lequel stationnait une file de véhicules blanc et bleu de la police de Boston.

Non seulement il n'avait rien préparé de convaincant – il s'agissait pourtant d'un interrogatoire dans une affaire de meurtre qui le touchait de près –, mais il ne ressentait aucune appréhension, comme si la disparition d'Abigaël l'avait laissé creux et insensible à toutes choses.

On le fit patienter trois quarts d'heure sur une chaise en plastique, dans un couloir aux murs défraîchis, face à de vieilles affiches qui mettaient en garde contre les dangers de la drogue ou incitaient les jeunes à s'engager dans les forces de l'ordre.

Andy s'attendait à être interrogé dans une de ces salles vides équipées d'un miroir sans tain comme on en voit au cinéma, mais il fut introduit dans un bureau standard qu'on aurait pu trouver dans n'importe quelle administration. L'homme qui le reçut s'appelait Alan Drayton. Un type robuste et fringant aux faux airs de Sean Connery période James Bond. Andy remarqua que son Glock était posé de manière visible sur son bureau – sans doute un stratagème grossier destiné à mettre la pression à ceux qu'il interrogeait.

– Nous sommes vraiment désolés pour ce qui est arrivé à votre amie. Ça a dû être un choc terrible de découvrir son corps…

Qu'est-ce qu'Andy était censé répondre ? Que le mot « choc » était bien faible pour décrire le cauchemar qu'il avait vécu ?

– Bref, je comprends que vous traversiez une période difficile, mais on ne peut pas dire que vous vous soyez montré très coopératif jusque-là…

– « Coopératif » ? répéta Andy, éberlué.

– En général, passé la sidération, les proches des victimes font tout ce qu'ils peuvent pour nous apporter leur aide.

– J'étais à l'hôpital, au cas où vous ne le sauriez pas.

– Eh bien, vous n'y êtes plus maintenant. J'espère que nous allons pouvoir établir ensemble un dialogue constructif.

Andy dut répéter tout ce qu'il avait déjà raconté, mais de façon plus détaillée cette fois. Il réexpliqua dans quelles circonstances il avait rencontré Abigaël, quelle était la nature de leur relation, et dut revivre toute la scène qui l'avait conduit à la découverte de son corps.

Quand il eut terminé, Drayton le regarda d'un air circonspect en laissant passer un silence.

– Il ne fait aucun doute que vous avez été en couple avec Abigaël Spencer durant quelques mois, fit-il enfin. Mais ce que vous avez oublié de nous dire, c'est que vous vous étiez séparés.

Andy secoua la tête. Il regrettait amèrement d'avoir dissimulé ce qui ne pouvait passer aux yeux des flics pour un simple détail.

– Nous n'étions pas séparés. Il y a simplement eu un malentendu entre nous. D'un commun accord, nous avons voulu prendre un peu de distance…

– Un « malentendu » ? Je suppose que vous désignez par ce mot la violente dispute qui s'est produite entre vous à Cape Ann un week-end, à la fin du mois dernier.

– Comment… ?

– Connaissez-vous une certaine Emily Ferguson ? enchaîna le policier.

Cette peste d'Emily, bien sûr… Désespérée, Abigaël avait dû tout lui raconter de leur week-end. Comment avait-il pu être assez bête pour s'imaginer que personne n'était au courant ?

– C'est une amie d'Abigaël… *C'était* une amie d'Abigaël.

– Mlle Ferguson nous a appris qu'Abigaël Spencer avait mis un terme à votre relation après cette altercation. Qu'elle vous avait même demandé en des termes explicites de ne plus chercher à la revoir.

– Elle était en colère ce jour-là : elle ne pensait pas ce qu'elle disait.

– Et vous, monsieur Marzano, étiez-vous en colère contre votre amie ce jour-là ?

– Dans quel état êtes-vous quand vous vous disputez avec votre femme ?

– Je ne suis plus marié. Deux divorces ont suffi à me vacciner contre le mariage.

– C'était une façon de parler. Non, je n'étais pas en colère. J'étais simplement triste que nous nous soyons disputés.

Drayton recula un peu et cala son dos contre le dossier de son fauteuil.

– Quelle profession exercez-vous, monsieur Marzano ?

– Je suppose que vous le savez déjà. Je suis veilleur de nuit dans un hôtel.

– Un boulot alimentaire, j'imagine. Mais tout le monde dans votre entourage pense que vous êtes écrivain, n'est-ce pas ?

– On ne fait pas que le penser. Je suis écrivain, je n'ai simplement pas encore été publié.

– Et qu'écrivez-vous en ce moment ?

– En quoi est-ce que ça vous intéresse ? Quel rapport mes bouquins ont-ils avec cette affaire ?

– Tout peut avoir un rapport avec tout. Il suffit juste de savoir établir les bonnes connexions. C'est l'essence même de mon métier.

Andy conserva le silence. Il se sentait totalement démuni face à ces questions tordues.

– Mlle Ferguson, toujours elle, nous a appris que vous étiez en train d'écrire un roman largement autobiographique. Et que c'est ce roman qui vraisemblablement a été la cause de votre rupture avec Abigaël Spencer, quand elle a découvert que vous vous inspiriez de sa vie et de votre relation pour écrire votre histoire.

– En quoi est-ce extraordinaire ? Où croyez-vous qu'un auteur trouve son inspiration, si ce n'est dans ce qui l'entoure ? Les idées ne tombent pas du ciel.

– En l'occurrence, je ne suis pas certain que le terme d'« inspiration » convienne tout à fait. Mlle Spencer vous reprochait en fait d'avoir provoqué des situations pour pouvoir ensuite les exploiter et les retranscrire dans votre livre.

– C'est Emily qui vous a raconté ça ? Elle n'a jamais pu me blairer : elle trouvait que je n'étais pas assez bien pour Abigaël.

– Mlle Ferguson nous a simplement permis d'obtenir une vision d'ensemble de la situation, mais c'est vous, Andy, qui nous l'avez révélé…

Déstabilisé par le fait que le flic l'appelle par son prénom, Andy ne répondit rien.

Drayton ouvrit un tiroir de son bureau, qui grinça affreusement, et en extirpa la lettre qu'Abigaël ne lirait jamais. Cette lettre… À aucun moment il n'y avait repensé. Il avait dû la laisser tomber quand il avait constaté le désordre dans le salon.

– Vous vous êtes montré d'une rare franchise dans ce courrier. Avant de le lire, je n'aurais jamais cru qu'une telle confusion puisse régner dans la tête d'un auteur. Ça a dû être compliqué pour vous de cacher vos véritables intentions à Abigaël pendant tout ce temps...

– J'aimais Abigaël, je l'aimais plus que tout.

– C'est effectivement ce que vous dites dans cette lettre, et après tout je vous crois. Les types qui trucident leur femme dans un accès de jalousie nous jurent chaque fois qu'ils étaient fous amoureux. Ce n'est pas par hasard qu'on parle de « crimes passionnels ».

Andy sursauta sur sa chaise.

– Vous ne croyez pas sérieusement que j'ai quelque chose à voir avec sa mort ?

– C'était une façon de parler, comme vous dites. Mais je vais être franc avec vous, Andy : cette lettre ne joue pas en votre faveur. Vous y avouez clairement que vous vous êtes livré à une manipulation, à une sorte d'emprise psychologique qui n'avait d'autre but que de vous permettre de poursuivre l'écriture de votre roman. Mlle Ferguson nous a appris que vous aviez sciemment raté la générale de la pièce d'Abigaël pour provoquer une dispute entre vous... et par là même une première séparation.

– C'est faux ! Jamais je n'aurais fait une chose pareille.

– Vous ne pouvez pas nier que vous avez retranscrit cette scène telle quelle dans votre livre. Comme tout le reste, d'ailleurs...

Andy sentit un frisson lui parcourir l'échine. Plus il s'obstinait à nier, plus il s'enfonçait. La police était visiblement au courant de tout.

– Votre vie pourrait faire l'objet d'un très bon roman, poursuivit le policier.

– Que voulez-vous dire ?

Un sourire narquois apparut sur les lèvres de Drayton.

– Andy Marzano est un jeune auteur ambitieux, qui désire plus que tout au monde être publié. Il est plutôt doué mais il a un problème : il manque d'inspiration. Alors il entreprend de séduire une jeune femme qui lui servira de modèle pour son personnage féminin. Plus il avance dans cette relation, plus il est obligé de la perturber pour créer des rebondissements dans son histoire. Il prend même un jour le risque d'emporter son manuscrit en week-end, en sachant très bien que la jeune femme sera susceptible de tomber dessus. Il le fait sans doute inconsciemment, mais il a besoin qu'elle découvre le pot aux roses, pour pouvoir étudier sa réaction et poursuivre son livre...

– Continuez, c'est passionnant, fit Andy en croisant les bras.

– Le souci, c'est qu'il n'avait pas imaginé qu'elle réagirait aussi mal et qu'elle déciderait de le quitter, pour de bon cette fois. Andy est alors obligé de passer à la vitesse supérieure. Dans une bonne histoire, les révélations doivent toujours aller crescendo, n'est-ce pas ?

– Que fait-il alors ?

– Je crois que vous pouvez facilement l'imaginer. C'est vous l'auteur, après tout.

– Votre histoire est ridicule. Si j'avais tué Abigaël, croyez-vous que j'aurais laissé cette lettre derrière moi et que j'aurais pris le risque d'aller chez elle à la vue de tous ?

– Votre argument est à double tranchant. Commettre des erreurs aussi grossières peut être un moyen de détourner les soupçons. Le contenu de cette lettre n'avait guère d'importance puisque vous saviez qu'il y avait de fortes chances qu'Abigaël se soit confiée à quelqu'un. Et prétendre avoir découvert le corps de sa propre victime permet paradoxalement d'effacer ses traces...

– « Effacer ses traces » ?

– Vous avez déambulé dans l'appartement, vous avez touché des objets et pris son corps dans vos bras, Andy. Ce qui signifie que la scientifique ne trouvera rien d'exploitable. Toutes les traces que vous avez pu laisser ne constitueront en aucun cas des preuves contre vous.

– La mort d'Abigaël serait donc le point culminant de mon histoire...

– Je trouve que le scénario se tient.

Andy prit le temps de réfléchir quelques secondes.

– Il y a juste une faille dans votre raisonnement.

– Laquelle ?

– Si j'avais fait ce que vous prétendez, je n'aurais jamais pu l'utiliser dans mon roman et le faire publier ensuite, car j'aurais ainsi signé mes aveux.

– Oh, j'ai déjà réfléchi à ce point. Vous auriez tout à fait pu perdre de vue votre but initial en cours de route.

– C'est-à-dire ?

– Je crois que votre roman vous obsédait tellement que vous avez peu à peu perdu pied avec la réalité. La publication de ce livre est devenue pour vous secondaire, il fallait coûte que coûte que vous terminiez votre histoire.

Drayton se gratta la joue avec insistance.

– Mais je ne pense pas que ce soit une motivation suffisante. Vous n'avez tout simplement pas accepté qu'Abigaël vous quitte… C'est un mobile vieux comme le monde, après tout.

– Vous n'utilisez plus le conditionnel à présent.

– Vous voyez, je me laisse moi aussi prendre au jeu. Une rupture peut être très difficile à supporter pour certaines personnes. L'Andy Marzano de mon scénario aurait préféré éliminer Abigaël plutôt que de la voir lui échapper définitivement. Ce qu'on ne peut pas avoir, on souhaite le faire disparaître.

– Vous oubliez le Tueur à la ceinture…

Drayton ricana.

– Ce surnom est vraiment grotesque ! Les journalistes sont de vrais charognards, ils inventeraient n'importe quoi pour vendre leur camelote. Pour être franc, je ne crois pas une seconde que votre amie ait été la victime de ce tueur en série.

– Pourquoi ça ?

– Il y a trop de détails qui ne collent pas. Je pense que nous avons affaire à un *copycat*, un imitateur qui a agi en suivant à la lettre son mode opératoire – du moins celui qui a été relayé par les médias. Je ne suis pas un grand lecteur mais j'ai lu dans ma jeunesse pas mal d'Agatha Christie, ma mère était une grande fan de ses intrigues. Vous connaissez *A.B.C. contre Poirot* ?

– Non.

– Vous êtes sûr ? C'est un de ses romans les plus connus pourtant... Une série de meurtres secoue l'Angleterre : les victimes sont des personnes dont le nom commence par la même lettre que la ville où le meurtre a lieu. La police croit évidemment avoir affaire à un maniaque, un psychopathe qui ne connaît pas personnellement ses victimes. Mais Poirot finit par découvrir que l'assassin est un homme tout à fait sain d'esprit, qui voulait camoufler un meurtre précis au milieu d'une série.

Andy secoua la tête, autant par lassitude que par irritation.

– De mieux en mieux... J'aurais donc tué plusieurs femmes, à présent, et ce, avant même d'avoir rencontré Abigaël. J'ai donc un don de divination...

– Non, mais vous auriez pu profiter de l'occasion qui vous était donnée, vous servir de l'existence de ce tueur pour lui faire endosser ce crime. Ça s'est déjà vu, vous savez, et ailleurs que dans des polars.

– Vous avez une imagination débordante.

– Il en faut un minimum pour faire mon métier. Vous, les écrivains, n'en avez pas le monopole.

Un silence s'ensuivit, durant lequel ils se regardèrent avec défi.

– Est-ce que vous allez m'arrêter ? finit par demander Andy.

– Vous arrêter ? Sur quelles bases ?

Le policier jouait à présent la carte de la naïveté. Andy esquissa un mouvement, comme s'il s'apprêtait à se lever.

– Je suis libre alors ?

– Pour l'instant, oui. Mais je vais vous donner un conseil, monsieur Marzano : il vaudrait vraiment mieux que vous ne quittiez pas la ville dans les semaines qui viennent… Je suis certain que nous aurons très bientôt l'occasion de nous revoir.

# 4

Dans les jours qui suivirent son interrogatoire par le policier, Andy ne sortit presque pas de sa chambre. Quoique sa mère lui préparât de copieux repas, il fondait à vue d'œil. Envisager une existence sans Abigaël lui était insupportable. Avec le fameux recul dans lequel on se complaît une fois le drame arrivé, il se rendait responsable de sa mort. Et s'il n'avait pas emporté son manuscrit lors de ce week-end maudit ?… Et s'il s'était décidé à lui envoyer sa lettre plus tôt ?… Peut-être ne se serait-elle pas retrouvée seule chez elle. Peut-être même aurait-il pu la défendre contre ce fou.

La culpabilité le rongeait, et l'idée qu'il pût compter au nombre des suspects le révulsait. Au lieu de chercher le vrai coupable, les flics se perdaient en hypothèses grotesques, en recyclant le vieux cliché de l'artiste atteint de double personnalité. Certes, son roman lui avait fait perdre les pédales, mais il n'était pas le docteur Jekyll et il savait qu'il n'aurait jamais pu faire de mal à Abigaël, même de manière inconsciente.

Avant de se terrer en ermite dans l'appartement de ses parents, il passa une journée entière à la Boston Public Library, sur Boylston Street, à quelques encablures du parc où Abigaël et lui s'étaient promenés peu après leur rencontre. La même bibliothèque où travaillait d'ailleurs Helen S., la dernière victime, comme il l'avait appris dans la presse.

Dans la majestueuse salle avec voûtes à caissons et fenêtres en ogive, il collecta tout ce qu'il put obtenir sur le Tueur à la ceinture en passant en revue deux années de quotidiens régionaux et nationaux. Évidemment, les deux premières victimes lui donnèrent du fil à retordre, car aucun journal n'avait encore à l'époque pu établir de liens entre les crimes. Avec sa carte de bibliothèque et celles de ses parents, il emprunta plus d'une dizaine d'ouvrages sur les tueurs en série ou des manuels de criminologie.

Ensuite, dans sa chambre, il entreprit d'organiser, de recouper et de hiérarchiser les informations qu'il possédait. Au grand dam de sa mère, qui n'osa pourtant pas le contrarier, il couvrit les murs de la pièce de copies d'articles, d'une immense carte de la ville – sur laquelle il matérialisa les lieux des différents meurtres –, et d'une myriade de Post-it où il notait au fur et à mesure les remarques et interrogations qui lui passaient par la tête.

Son désespoir se mua vite en obsession. Dès qu'il avait quitté Drayton – et peut-être l'avait-il pressenti bien avant –, la certitude qu'Abigaël n'avait pas été assassinée par le Tueur à la ceinture s'était imposée à lui. Même s'il était resté vague, le policier avait assuré que trop de détails ne collaient pas. Andy était certain qu'il n'avait pas menti, qu'il ne s'agissait pas d'une manœuvre destinée à le piéger. La mission dont il se sentait investi était de prouver avec ses maigres moyens qu'Abigaël n'avait pas été la victime de ce tueur sadique.

En compulsant les ouvrages empruntés, Andy établit les principales caractéristiques des tueurs en série, se fondant notamment sur les travaux du FBI menés depuis les années 1970. Si les fameuses conditions nécessaires pour définir les tueurs séquentiels – trois homicides perpétrés en trois lieux et à trois moments différents – lui étaient connues, il apprit quantité de choses sur leurs rituels, qui pouvaient l'aider à prouver que la mort d'Abigaël constituait une anomalie dans la liste.

La zone d'exécution des meurtres paraissait essentielle. Ces tueurs passaient en général à l'acte dans un périmètre assez restreint, en se rapprochant progressivement de leur lieu d'habitation. Mais si les cinq premiers crimes avaient tous été commis dans le South Boston et à la limite du South End, dans un quadrilatère irrégulier d'environ deux kilomètres carrés, Abigaël, elle, résidait à Bay Village, à au moins deux kilomètres de la zone. Ainsi, le meurtrier semblait s'être d'abord concentré sur un territoire limité qu'il connaissait bien ; puis, sans raison apparente, il s'en serait éloigné. On pouvait bien sûr imaginer qu'il savait la zone particulièrement surveillée par la police, mais ce changement brutal dans la topographie des crimes allait à l'encontre de tous les modèles établis. Les tueurs en série étaient des êtres orgueilleux, qui possédaient une haute estime d'eux-mêmes et prenaient de plus en plus de risques au fil du temps. Pas le genre à quitter un coin qu'ils connaissaient comme leur poche par peur d'être arrêtés.

En ce qui concernait le rythme des meurtres, aucune règle systématique ne pouvait être établie, mais les criminologues avaient remarqué que plus un sociopathe tuait, plus il ressentait le besoin de tuer, sans jamais pouvoir assouvir son désir. Les passages à l'acte pouvaient donc se rapprocher dans le temps. Cinq à six mois avaient séparé les cinq premiers meurtres, mais il ne s'était écoulé que sept semaines entre celui d'Helen S. et celui d'Abigaël. Une accélération était envisageable mais celle-ci était beaucoup trop importante pour ne pas paraître étrange.

Andy passa en revue les dates des crimes de dizaines de *serial killers* : Herbert Mullin, Edmund Kemper, Randy Kraft, John Wayne Gacy et bien d'autres encore… Une liste abominable d'hommes qui ne devaient leur célébrité qu'au sang qu'ils avaient fait couler. Le constat qu'il fit était implacable : soit ces psychopathes tuaient à intervalles très rapprochés dès le début de leur parcours, soit il s'écoulait encore plusieurs semaines ou mois entre les crimes lorsque ceux-ci s'accéléraient. Ces hommes avaient en général besoin d'un minimum de temps pour repérer leurs victimes, les suivre, identifier leurs habitudes avant de passer à l'acte.

Autre détail qui ne collait pas : le tueur avait dérobé à chacune des femmes son sac à main, avec papiers d'identité, porte-monnaie, carte bancaire et parfois agenda. Les tueurs en série n'agissaient jamais pour des motifs crapuleux, mais il était fréquent qu'ils emportent avec eux des objets personnels, non pour leur valeur marchande mais parce qu'ils leur permettaient de s'immiscer un peu plus dans la vie des victimes et de prolonger l'ivresse que leur avaient procurée les meurtres. Andy se souvenait parfaitement que le sac d'Abigaël gisait sur le parquet du salon et que son contenu était répandu au sol. Si la pièce avait été mise sens dessus dessous, rien ne semblait avoir été dérobé. De quoi laisser penser à une mise en scène.

De plus, dans chacun des cinq premiers meurtres, la porte des appartements n'était pas verrouillée mais du moins fermée – ce qui avait retardé parfois de quelques jours la découverte des corps. Jamais entrebâillée, comme l'était celle d'Abigaël.

Enfin, et c'était un point crucial, les journaux indiquaient qu'au moins trois des jeunes femmes avaient été retrouvées dans la même position : les mains croisées dans le dos sans être pour autant attachées, le soutien-gorge découpé entre les bonnets avec un soin maniaque. Abigaël, elle, était certes en sous-vêtements, mais Andy se rappelait parfaitement que ceux-ci étaient intacts et que ses bras reposaient sur le dessus-de-lit de chaque côté de son corps.

La zone géographique, l'intervalle entre les meurtres, le vol, la porte, la mise en scène des corps… Les indices étaient suffisamment nombreux pour donner à penser qu'Abigaël n'avait pas pu être la dernière victime en date du Tueur à la ceinture.

Sur un Post-it placé au milieu du mur, en face de son lit, Andy inscrivit : « Copycat ? »

Puis il en ajouta un second sur lequel il nota : « A.B.C. contre Poirot ? Meurtre dissimulé dans une série ? »

*

Si la police, avec tous les éléments dont elle disposait, était arrivée à la même conclusion que lui, il n'était guère étonnant qu'elle cherche à présent un coupable dans l'entourage d'Abigaël. Les tueurs en série faisaient peut-être le régal des médias mais ils étaient exceptionnels. Dans plus des deux tiers des meurtres commis, le meurtrier et la victime se connaissaient : c'étaient des conjoints, des parents, des amis, des collègues de travail. Et les mobiles se comptaient sur les doigts de la main : l'amour, la haine, la jalousie, la cupidité...

Que s'était-il passé dans la vie d'Abigaël les dernières semaines pour que quelqu'un décide de la tuer ? Andy ne lui connaissait aucun ennemi, pas même une personne qui puisse lui en vouloir pour un motif futile. À supposer que le meurtrier fût un familier, qu'avait-elle pu lui cacher ?

Quand il en eut fini avec ses recherches, Andy retourna à son appartement de Dorchester. Comme Abigaël n'était jamais venue récupérer ses affaires, il décida de les passer en revue dans l'espoir de dénicher un indice.

En arrivant, il dut aérer longuement la pièce, qui sentait le renfermé. Il se prépara un café et fuma une cigarette à la fenêtre. La nostalgie l'envahit. Il aurait tout donné pour revenir quelques mois en arrière. Pouvoir prendre un nouveau départ, revivre sa rencontre avec Abigaël sans calculs ni mauvaises intentions.

Pour ne pas sombrer davantage dans les regrets et le désespoir, Andy étala sur son matelas toutes les affaires qu'elle avait entassées dans un grand sac de voyage. Le résultat était extrêmement décevant. Il mit les vêtements de côté après en avoir inspecté les poches puis vida la trousse de toilette – petit flacon de shampooing, brosse à dents, brosse à cheveux et autres accessoires et produits qui ne présentaient aucun intérêt. Le sac contenait encore un exemplaire du *New York Times*, avec une pleine page à la une consacrée à la prochaine élection, ainsi que quelques romans qu'il feuilleta, sans rien découvrir de dissimulé entre les pages. Il y avait aussi un carnet en moleskine noire dans lequel Abigaël avait pris des notes sur *Oncle Vania* – des impressions de lecture, des remarques sur son jeu qui lui montrèrent, si cela était nécessaire, qu'elle était perfectionniste et considérait chaque représentation comme un moyen d'améliorer son interprétation. Des quelques papiers professionnels coincés dans le rabat du carnet, il ne tira rien de probant.

Ne restait plus que le scénario d'une pièce d'Ibsen, *Une maison de poupée*, qu'Eric songeait à monter l'année suivante. Abigaël lui en avait vaguement parlé. Si la portée féministe de la pièce l'enthousiasmait, elle craignait d'être trop jeune et trop inexpérimentée pour jouer le rôle de Nora, une femme mariée depuis dix ans et mère de trois enfants.

Andy parcourut le texte. Chaque réplique de l'héroïne résonnait dans sa tête avec la voix d'Abigaël. Il l'imagina sur scène en épouse tour à tour désabusée et combative, prête à quitter son époux pour retrouver sa liberté et sa dignité. À coup sûr elle aurait été extraordinaire dans ce rôle, plus encore peut-être que dans la pièce de Tchekhov.

Avec tristesse, Andy s'apprêtait à refermer définitivement l'exemplaire à spirale quand quelque chose tomba des toutes dernières pages. C'était la brochure publicitaire d'un établissement de Cape Cod dont il n'avait jamais entendu parler : le Grand Hôtel, situé tout près de la petite ville de Chatham. Le genre de palace dans lequel il n'avait jamais mis les pieds et ne les mettrait probablement jamais.

Intrigué, il ouvrit le prospectus et le survola, puis il découvrit sur le verso une inscription qui ne pouvait être que de la main d'Abigaël : « Chambre 328 ». Andy demeura interdit. Il était certain qu'elle n'avait jamais évoqué cet hôtel devant lui. Bien sûr, étant donné la situation sociale de ses parents, il n'était pas impossible qu'elle s'y soit rendue un week-end avec eux par le passé, bien avant leur rencontre. Le problème, c'était qu'elle n'avait reçu le scénario de la pièce que peu de temps avant la générale d'*Oncle Vania*.

Soudain, Andy braqua son regard sur la trousse de toilette, à laquelle il avait à peine prêté attention. Il récupéra le petit flacon de shampooing à l'intérieur et constata que celui-ci portait une étiquette de l'hôtel. Abigaël n'avait pu le prendre que pendant son séjour dans cet établissement.

Quand donc s'était-elle rendue là-bas ? Sans doute après leur première rupture, car ils ne s'étaient pour ainsi dire pas quittés d'une semelle avant. Et qu'était-elle allée faire dans cet hôtel ? Andy doutait qu'elle s'y soit rendue seule. Peut-être était-elle accompagnée d'une amie, Emily par exemple. Ou, pire – et cette pensée s'imposa à lui avec une telle violence qu'elle ne le quitta plus –, d'un autre homme.

*

Sur l'avenue en contrebas, le bruit de la circulation s'était apaisé. Le soleil avait disparu derrière les immeubles d'en face. Le ciel était traversé de longs nuages roses effilochés. Andy les regardait se déplacer lentement, une cigarette éteinte au coin des lèvres.

– Qu'est-ce que tu cherches à prouver, au juste ? lui demanda Logan, assis en tailleur sur le matelas au milieu de la pièce.

Il tenait en main toutes les notes qu'Andy avait rédigées au cours de ses investigations, agrémentées d'articles de journaux abondamment surlignés au marqueur. Au sol, à ses côtés, gisaient des boîtes de plats chinois à emporter à moitié vides.

Andy se retourna, l'air agacé. Il avait longuement hésité à faire part de ses découvertes à son ami, précisément par crainte d'une réaction de ce genre.

– Qu'est-ce que je cherche ? Il me semble que c'est clair, pourtant. Tu as sous les yeux toutes les preuves qui montrent qu'Abigaël n'a pas été la victime de ce malade mental. Quelqu'un a maquillé le meurtre pour lui faire porter le chapeau, et j'ai bien l'intention de découvrir qui.

– Est-ce que tu sais combien de flics sont sur cette affaire ? Tu as entendu la conférence du maire et du procureur ? Ils sont tous sur le coup : la municipale, la police du comté et celle de l'État… Ils relèguent tout au second plan tant que cette affaire n'aura pas abouti.

– Je n'écoute pas les infos. Je n'ai pas envie de me laisser perturber ou influencer par tout ce tapage médiatique. Ils brassent du vent… Je ne m'intéresse qu'aux faits.

– Tu crois vraiment que, tout seul dans ton coin, tu vas résoudre cette affaire sur laquelle des dizaines de professionnels se cassent les dents ?

– Personne n'a plus envie que moi de découvrir la vérité. C'est cette motivation-là qui leur manque. Pour eux, la mort d'Abigaël ne sera jamais qu'un chiffre de plus parmi des tonnes de statistiques. Ce flic qui m'a cuisiné, Drayton, il ne cherche qu'à allonger sa liste de suspects pour se faire mousser.

Andy quitta la fenêtre et récupéra sur son bureau le flacon de shampooing et la brochure trouvés dans les affaires d'Abigaël.

– Et il y a cet hôtel dont je t'ai parlé… Je suis certain que même la police n'est au courant de rien. Abigaël est allée là-bas récemment et je dois découvrir avec qui elle était. J'ai comme une intuition… Je pense que ça pourrait avoir un rapport avec sa mort.

Logan s'agita et haussa la voix :

– Une « intuition » ! Nom de Dieu, Andy ! Je comprends ce que tu traverses, mais est-ce que tu te rends compte de ce que tu dis ? Tu tombes sur un prospectus insignifiant et ça te suffit pour élaborer une théorie complètement délirante…

– Ce prospectus serait insignifiant si elle n'avait pas écrit le numéro d'une chambre dessus. Quand on réserve, on ne vous le donne pas, en général. Je crois qu'une personne lui a indiqué ce numéro et qu'elle l'a noté par peur de l'oublier. Ce flacon prouve qu'Abigaël a séjourné au Grand Hôtel. Elle allait y retrouver quelqu'un. Peut-être un membre de sa troupe, même si ça n'est qu'une hypothèse.

– Tout ça parce que tu as trouvé ce bout de papier entre les pages d'une pièce de théâtre ! Tu as vraiment envie de découvrir qu'elle t'a trompé avec un autre type ? Tu ne crois pas que tu souffres déjà assez comme ça ? Ce que tu as fait à Abigaël était lamentable, je te l'ai suffisamment répété, mais tu n'es pas responsable de sa mort. Elle s'est simplement trouvée au mauvais endroit au mauvais moment…

– Comment est-ce que tu peux sortir une connerie pareille ! Abigaël devait mourir, c'est ça ? C'était écrit dans le Grand Livre du Destin et je n'ai plus qu'à me consoler en invoquant la fatalité ?

– Ce n'est pas ce que j'ai dit.

S'asseyant sur le fauteuil à roulettes de son bureau, Andy essaya de se calmer. Logan était la seule personne qui puisse le comprendre et il ne trouvait rien de mieux à faire que de le rabrouer.

– Je suis désolé, je ne sais plus où j'en suis.

– Écoute, laisse la police faire son travail. S'il existait des choses étranges dans la vie d'Abigaël, elle finira par le découvrir. Tu dois penser à toi, Andy. On pourrait… je ne sais pas, moi…

faire une virée tous les deux pendant quelques jours. Partir sur les routes et prendre du bon temps. Je vais bientôt pouvoir souffler à l'hôpital…

Andy jeta à son ami un regard qui laissait augurer le pire.

– Quoi ? reprit Logan. Qu'est-ce que tu as encore en tête ?

– Je pars demain pour Cape Cod. J'ai réservé une chambre au Grand Hôtel.

– Tu plaisantes ? Mais… avec quel fric est-ce que tu vas te la payer ?

– Mes parents vont m'aider. Je ne leur ai pas dit pourquoi j'avais besoin de cet argent, mais vu la situation ils feraient n'importe quoi pour moi.

Un silence passa. Logan secouait la tête avec consternation.

– Tu as conscience que tu ne trouveras rien dans cet hôtel ?

– Qu'est-ce que tu en sais ?

– Tu n'es pas dans un roman, Andy. Dans la vraie vie, on ne résout pas des affaires criminelles avec des indices aussi grossiers. Je t'en prie, ne t'accroche pas à de faux espoirs.

Andy détourna la tête. Il fixa l'affiche d'*Oncle Vania* punaisée au-dessus de son bureau. Il revit le visage d'Abigaël sous la pluie, le soir de la générale. Il aurait voulu l'embrasser, encore et encore. La consoler du mal qu'il lui avait fait. Se montrer digne d'elle et de leur amour.

– Tu ne comprends donc pas, Logan ? L'espoir, c'est tout ce qui me reste…

*

Andy jugea qu'il ne pouvait pas décemment débarquer dans un établissement de ce standing à bord de sa guimbarde. Aussi prit-il son courage à deux mains le jour suivant pour demander à M. Jasieński, le patron du Collins – et accessoirement l'oncle de

Carla –, de lui prêter sa Chevrolet 1970, un sublime modèle coupé bleu auquel il tenait comme à la prunelle de ses yeux.

Jasieński le regarda comme un boxeur sonné après un uppercut inattendu, puis il se tourna vers sa nièce, qui traînait dans les parages.

– Désolé, ma chérie, il est plus de 11 heures du matin, mais j'ai l'impression de n'être pas encore bien réveillé. Est-ce que je rêve ou ce petit morveux d'Andy Marzano ose me demander de lui confier les clés de ma Chevelle ?

– *Wujku !* s'écria-t-elle en faisant les gros yeux. Est-ce que tu as oublié ce que vit Andy en ce moment ?

Andy adressa à Carla un sourire de gratitude. Il n'était retourné qu'une fois au Collins depuis la mort d'Abigaël, mais elle l'avait entouré de tous les soins possibles, reléguant aux oubliettes sa rancœur et sa jalousie.

Sa remarque toutefois ne sembla pas émouvoir son oncle.

– Et pourquoi est-ce que je ferais une chose pareille ? s'exclama Jasieński. La dernière fois que nous avons eu une conversation tous les deux, tu as claqué la porte de mon établissement sans une once de reconnaissance pour moi.

Andy lui aurait volontiers rétorqué qu'il avait trimé comme une bête en échange de son salaire, mais il préféra ne pas le braquer.

– Parce que au fond vous m'aimez bien, répondit-il d'un air enjôleur. Et parce que je viendrai faire la plonge ici pendant une semaine si vous me confiez la Chevrolet deux petites journées. Je ferai même le plein d'essence…

Jasieński se gratta la joue. Andy avait l'impression de voir s'activer les rouages de son cerveau.

– Deux semaines… Tu feras la plonge pendant deux semaines. C'est à prendre ou à laisser.

Carla sourit et Andy l'imita. Sans doute la perspective de le côtoyer quotidiennement pendant quinze jours la ravissait-elle.

– Marché conclu.

– Donne-moi deux minutes, je vais chercher les clés.

Quand ils furent seuls, Carla lui demanda de ses nouvelles. Il prétendit qu'il allait mieux, mais elle ne parut guère le croire.

– Pourquoi est-ce que tu as tant besoin de la Chevrolet, Andy ? Ne me dis pas que tu t'es pris d'une passion soudaine pour les voitures de collection.

– Je ne peux pas t'en parler pour l'instant. Même moi, je ne sais pas où tout ça me mènera.

– « Tout ça » ? De quoi est-ce que tu parles, au juste ? Est-ce que ça a un rapport avec la disparition de... ?

Elle ne crut pas utile de terminer sa phrase.

– Je t'expliquerai tout un jour, Carla, mais j'ai besoin d'encore un peu de temps.

– Tu me le promets ?

– Je te le promets.

Sans ajouter un mot, elle lui prit la main et la serra dans la sienne, juste au moment où Jasieński réapparaissait devant eux.

– Désolé de vous interrompre, les amoureux. Tiens, les voilà.

Andy fit un geste pour récupérer les clés, mais Jasieński les éloigna pour les suspendre en l'air au niveau de sa tête.

– Une petite minute, Andy... Si, quand tu me rendras ces clés, je devais découvrir sur la carrosserie la moindre petite éraflure – je devrais même plutôt dire la moindre microscopique chiure de mouche –, je peux t'assurer que les deux semaines de notre accord te paraîtront beaucoup plus longues que prévu... Est-ce que je suis clair ?

– Parfaitement clair.

L'oncle de Carla lui déposa lentement le trousseau dans la paume de la main, non sans faire une grimace.

– Une dernière chose, Andy : ne fais jamais rien gratuitement dans la vie. Si tu rends un service, débrouille-toi toujours pour obtenir quelque chose en retour. Ça n'est que comme ça qu'on peut réussir dans l'existence. Est-ce que tu m'as compris ?

Andy hocha la tête pour mettre rapidement fin à la discussion. Il ne se doutait pas qu'un jour le conseil de Jasieński deviendrait sa devise, et qu'il mettrait tout en œuvre pour l'appliquer au quotidien.

# 5

Après avoir passé l'imposante grille en fer forgé de l'hôtel, la Chevrolet s'engagea dans l'allée, dans un vrombissement de moteur. Le coupé de Jasieński était une pure merveille. En d'autres circonstances, Andy aurait sans doute pris un plaisir fou à le conduire, mais il était obnubilé par ses récentes découvertes, tout comme par celles qu'il espérait faire en ces lieux.

Il avait accompli la route depuis Boston en une heure et demie, ressassant toujours les mêmes questions, échafaudant toutes les hypothèses possibles sur l'identité de l'homme qu'Abigaël avait rejoint. Il était persuadé que celui-ci gravitait dans le monde du théâtre. Il avait bien sûr songé au séduisant Brian, qui incarnait le docteur Astrov, à Eric, le metteur en scène – bien qu'Abigaël ne l'eût à l'évidence jamais porté dans son cœur –, mais il était probable qu'elle connaissait dans ce milieu bien d'autres hommes dont elle ne lui avait pas parlé.

Quand la façade du Grand Hôtel apparut au détour d'un virage, Andy ne put réprimer un petit cri d'admiration. L'établissement était gigantesque et superbe, plus encore que ce que les photos de la brochure l'avaient laissé imaginer. C'était une bâtisse anachronique, qui aurait pu servir de décor pour un film. Des images de l'Overlook du film de Kubrick lui vinrent d'ailleurs aussitôt en tête. Restait à espérer que cet hôtel ne soit pas peuplé de fantômes et que, contrairement à Jack Torrance, il arrive à en sortir indemne et sain d'esprit.

Après avoir confié son bolide au voiturier, Andy pénétra dans le hall. Il avait emprunté à ses parents un vieux sac de voyage au cuir patiné, très chic, et portait le costume de Logan – une tenue un peu trop habillée à son goût mais qui ne risquait pas au moins de détonner dans un tel endroit. Miroirs, colonnes, tapis rouge, élégants fauteuils et canapés : l'entrée, immense et richement décorée, l'impressionna fortement.

Étrangement, il n'y avait qu'une personne derrière le long comptoir de l'accueil, un homme à l'air guindé, impeccablement mis, qui lui adressa un sourire et un léger salut de la tête.

– Bienvenue au Grand Hôtel, monsieur. Je m'appelle Maurice et je suis le concierge de l'établissement. Le réceptionniste a dû s'absenter un moment mais je serais ravi de vous aider.

Tentant d'adopter une attitude décontractée, Andy donna son nom, indiqua qu'il avait réservé une chambre et précisa qu'il avait insisté pour obtenir la 328.

– La 328 ? répéta le concierge, soudain soucieux. Il doit sans doute y avoir une erreur, monsieur. Cette chambre est actuellement occupée.

– Vous en êtes sûr ? On m'a pourtant assuré qu'elle m'avait été réservée.

– Oui, j'en suis certain, répondit Maurice en consultant néanmoins le registre sous ses yeux. Le réceptionniste que vous avez eu au téléphone aura sans doute mal compris… Je vous prie d'accepter nos excuses pour cette erreur. Mais, rassurez-vous, je peux vous proposer la suite 326, qui possède exactement la même configuration et offre une vue tout aussi exceptionnelle sur l'océan.

Pris de court, Andy ne parvint pas à dissimuler sa déception. Maurice le fixa d'un air perplexe.

– Sans doute la chambre 328 a-t-elle pour vous une valeur sentimentale. Peut-être y avez-vous déjà séjourné dans le passé.

– Oui, une valeur sentimentale, c'est tout à fait cela, répondit-il, préférant demeurer vague. Mais ça n'est pas grave. La 326 fera très bien l'affaire…

*

À l'arrière de l'hôtel, près d'une porte de service, Randall Hamilton tomba sur un gros conteneur gris dont le couvercle, légèrement relevé, laissait apercevoir des sacs-poubelle. Il éteignit son portable et le jeta à l'intérieur. Au moins avait-il l'assurance qu'on ne pourrait plus le localiser. Il était désormais libre de ses mouvements.

Randall était encore sous le choc de sa conversation avec Bob Freeman. Il n'arrivait pas à croire que son agent puisse être un traître. Il avait été si attentionné et amical avec lui. D'un parfait naturel aussi, même s'il avait fini par montrer son vrai visage en évoquant un détail qu'il n'aurait pas dû connaître.

Comment tous les gens qu'il côtoyait dans cet hôtel pouvaient-ils jouer la comédie avec autant de talent ? Maîtriser leur partition à ce point ? Car Randall avait à présent une certitude absolue : soit personne n'était dans le coup – et il était dans ce cas bon pour la camisole de force –, soit tout le monde l'était. Inutile de dire qu'il n'envisageait plus à présent que la deuxième possibilité. Autre certitude, il ne pouvait plus attendre d'aide de personne. Même s'il avait réussi à mettre la main sur un autre téléphone, il n'aurait pas su qui appeler.

Sans lambiner, il refit le tour de l'hôtel. Par chance, dans le hall, Maurice était accaparé par un jeune client et il put tracer vers les ascenseurs sans se faire remarquer. Quand les portes se refermèrent, il poussa un soupir de soulagement.

Puisqu'il n'avait aucun moyen de prouver le complot ourdi contre lui, il devait se protéger et, pour cela, mettre toutes les chances de son côté. Dans le coffre-fort de la suite, il récupéra le pistolet et le chargeur. Ses mains tremblaient. Faisant un effort pour maîtriser sa fébrilité, il chargea l'arme et la rangea dans la poche de sa veste. Si on lui mettait à nouveau des bâtons dans les roues, il n'hésiterait pas à s'en servir. Qu'avait-il à perdre de toute façon ? Il n'était qu'un homme sans identité, sans mémoire, sans passé ni avenir. Même s'il finissait ses jours entre les murs d'une prison, il n'y aurait personne pour s'en soucier puisqu'il n'avait pas de famille. Quant à ses fans… Le public est prompt à brûler ses anciennes idoles. Peut-être même qu'une arrestation à la une des journaux doperait ses ventes, ce qui ne manquerait pas de réjouir Lyly. Il s'empara également dans le coffre de tout l'argent disponible. Il compta rapidement les billets et découvrit qu'il y avait plus de 2 000 dollars en liquide – de quoi voir venir quand il aurait enfin quitté l'hôtel.

Ensuite, il alluma son ordinateur portable et ouvrit une dernière fois le fichier de son roman. Il relut quelques paragraphes qu'il était censé avoir écrits, sans en comprendre vraiment la teneur. Une vague de tristesse le submergea. Un écrivain qui ne se souvenait pas de ses livres était-il toujours un écrivain ? Comment pouvait-il être malgré lui l'auteur d'une œuvre aussi abondante ? Paradoxalement, et ce n'était qu'à cet instant qu'il en prenait conscience, Randall voulait être adulé, acclamé, envié. Les interviews, les admirateurs, la réception en son honneur… Certes, il les avait vécus comme de terribles épreuves, mais celles-ci avaient aussi fait naître en lui une euphorie et une excitation incroyables, que peu de personnes sans doute connaissent au cours d'une vie. Il voulait compter pour quelque chose, ne pas être qu'un individu lambda invisible au milieu de la foule. Ce désir était enfoui quelque part en lui, comme une ambition émoussée, un rêve lointain auquel on a renoncé.

Dans la table de chevet, il prit l'enregistreur miniature et réécouta la bande durant quelques secondes. C'était bien sa voix. C'était bien lui qui avait dicté ces phrases hésitantes et encore imparfaites, qui allaient servir de base à l'écriture de son roman. Une preuve de plus, s'il en fallait, qu'il en était bien l'auteur.

Noyé dans le brouillard de ses pensées, Randall se leva, enfila son manteau, et quitta pour toujours la chambre 328.

*

La porte de la chambre 328 claqua. Celle de la 326, qui lui était contiguë, était entrebâillée d'un centimètre, tout juste de quoi permettre à Andy Marzano de surveiller le couloir sans se faire repérer. Il vit une silhouette s'éloigner dans la direction opposée à la sienne, vers les ascenseurs. La voie était enfin libre.

La suite qu'occupait Andy faisait à vue d'œil trois fois la taille de son appartement à Boston. Toutes les fenêtres offraient une vue à couper le souffle sur la côte et l'océan. Un panorama sublime, qui, bien loin de l'apaiser, avait fait surgir en lui amertume et jalousie. Non seulement il n'acceptait pas qu'Abigaël ait pu contempler cette vue aux côtés d'un autre homme, mais le luxe de cet hôtel ne faisait que rendre plus patents ses échecs et sa médiocrité. Même si elle n'était pas morte, une fille aussi brillante qu'Abigaël n'aurait jamais passé toute une vie avec un minable comme lui.

Dès son arrivée, Andy avait constaté avec soulagement que les deux suites étaient communicantes. Il avait déverrouillé sans problème la première porte, mais s'était retrouvé aussitôt nez à nez avec une seconde. Par peur de faire du bruit et d'affoler les occupants d'à côté, il avait renoncé à essayer de crocheter la serrure.

Assis sur une chaise, il s'était mis en faction derrière la porte d'entrée entrouverte et avait attendu.

Dès qu'il vit l'occupant de la 328 disparaître dans l'ascenseur, il referma la porte. Quoiqu'il n'eût pas l'assurance que cet homme était seul dans sa suite, il ne pouvait plus perdre de temps. Persuadé qu'il occuperait la bonne chambre, Andy n'avait pas songé à apporter le moindre matériel pour forcer une serrure, il dut donc se résoudre à utiliser les moyens du bord.

Si forcer une porte semble un jeu d'enfant dans les romans ou dans les films, il se rendit vite compte que c'était une autre paire de manches dans la réalité. Il passa d'abord une carte de crédit dans l'embrasure, ce qui n'eut aucun effet. Il inséra ensuite un trombone dans le trou du cylindre et le fit jouer à l'intérieur pendant cinq bonnes minutes, sans résultat. Enfin il secoua la poignée de toutes ses forces dans l'espoir que la porte céderait, mais elle était beaucoup plus solide qu'il ne l'avait cru. Il ne servait à rien de s'obstiner. Mieux valait essayer de faire preuve d'imagination.

Quelques minutes avant que son voisin quitte sa suite, une femme de chambre, qui poussait un chariot de nettoyage, était passée dans le couloir. Et si… ? Conscient que le temps pressait, Andy prit toutes les serviettes de la salle de bains et les dissimula dans la penderie. Ensuite, il sortit et arpenta le long couloir de l'étage jusqu'à tomber sur l'employée.

– Mademoiselle, fit-il avec une certaine brusquerie, je viens d'arriver dans la 326 et il n'y a aucune serviette de bain !

L'employée parut aussitôt décontenancée. Il s'en voulut de se montrer si désagréable, mais il n'avait pas le choix.

– Je… je suis vraiment navrée, une telle chose ne devrait pas arriver. Je viens tout de suite m'occuper de vous.

La femme de chambre abandonna sa tâche en cours et suivit Andy en poussant son chariot devant elle. Quand ils furent arrivés devant sa suite, elle prit un lot de serviettes sur une clayette.

Andy attendit qu'elle ait pénétré dans sa chambre pour subtiliser le passe accroché au cadre du chariot. Aussi vite qu'il le put, il ouvrit la 328, traversa le petit salon, déverrouilla la porte communicante, puis ressortit comme il était venu. Il eut tout juste le temps de remettre le passe à sa place sans se faire remarquer.

– Avec toutes mes excuses, monsieur.

– Merci, mademoiselle, lui répondit-il d'un ton radouci.

Il retourna aussitôt dans la 328 en passant par sa propre chambre. La suite était strictement identique à la sienne, à l'exception des papiers peints. Soudain, Andy prit conscience de l'absurdité de la situation. Que faisait-il là, exactement ? Abigaël avait sans doute séjourné au Grand Hôtel des semaines plus tôt. Les clients s'y étaient succédé. La suite avait été nettoyée de fond en comble à plusieurs reprises. Impossible que subsiste la moindre preuve de sa venue.

« Qui ne tente rien n'a rien », se dit-il pourtant pour se donner du courage – et il se rappela combien Abigaël détestait ce genre de phrases toutes faites.

Andy inspecta rapidement la suite, sans avoir aucune idée de ce qu'il y cherchait. La grande penderie était remplie d'habits de marque ; les tiroirs des deux tables de chevet étaient vides. Toutes les affaires qui traînaient appartenaient évidemment à l'actuel occupant.

Découragé, il finit par s'asseoir au bureau dans la partie salon. Il en ouvrit chaque tiroir. Tous étaient vides, mais quelque chose attira son attention dans le dernier. Il se pencha et distingua, gravées sur le fond en bois, deux initiales : A. S. – pour Abigaël Spencer. Son cœur se mit à battre plus fort. « C'est une manie que j'ai. Ces deux lettres resteront, même quand je serai morte. » Elle n'avait pas pu s'en empêcher… Elle avait laissé une trace de son passage.

Ainsi, Andy avait au moins la preuve qu'elle avait séjourné dans cette chambre. Oui, mais cela ne signifiait pas que quelqu'un l'y accompagnait.

Sur le bureau, il remarqua un bloc de papier à lettres à l'en-tête de l'hôtel. La feuille supérieure était vierge, mais un rayon de soleil en provenance de la fenêtre révélait en creux l'empreinte d'une écriture. « Le foulage », pensa-t-il immédiatement. Un jour, il avait lu un roman d'espionnage dans lequel un agent arrivait, sur un bloc de correspondance, à retrouver des traces d'écriture jusqu'au dixième feuillet en dessous de l'original. Si Abigaël avait utilisé ce bloc quelques semaines auparavant, peut-être retrouverait-il son écriture incrustée dans le papier. À supposer bien sûr qu'il n'y eût pas trop de feuilles manquantes. Mais, après tout, combien de clients utilisaient ce genre de papier à lettres ? « On écrit de moins en moins de nos jours », se rassura-t-il.

S'accrochant à ce dernier espoir, Andy retourna dans sa chambre pour prendre son propre bloc et l'échanger avec celui de la 328. Après avoir verrouillé la porte communicante, il s'installa à la table basse du salon et pulvérisa à l'aide de son rasoir la mine d'un crayon à papier. Il saupoudra ensuite la poudre de graphite obtenue sur le bloc de correspondance pour faire apparaître l'écriture en sillons. Une technique artisanale, archaïque même, qui avait pourtant fait ses preuves, s'il en croyait son roman d'espionnage.

Il souffla sur la feuille. Comme par magie, un paragraphe entier apparut. Certes, il était estompé et par endroits lacunaire, mais il était en grande partie lisible. Surtout, Andy reconnut l'écriture d'Abigaël : les petits caractères et les jambages mal formés qu'il avait sous les yeux ne laissaient aucun doute à ce sujet.

L'émotion le saisit. Il arracha une feuille vierge du bloc et recopia consciencieusement le texte, phrase après phrase, en essayant de combler les mots manquants. Quand il eut terminé, il le lut à voix haute :

*Comment avons-nous pu en arriver là ? Je dis « nous », mais il me semble que tu aurais pu très bien continuer à te satisfaire de la situation : distant, protégé derrière tes barbelés, persuadé que seuls les autres doivent changer pour s'adapter à toi. Je ne pouvais plus vivre dans l'attente de quelque chose qui ne viendrait jamais. Si douloureuse qu'elle soit pour toi, je te dois la vérité : j'ai rencontré quelqu'un. Cela s'est fait sans que je le veuille, sans que je le recherche...*

Le papier qu'il avait entre les mains était une lettre de rupture définitive. Dont il était le destinataire. Et Abigaël lui avouait qu'elle était amoureuse de quelqu'un d'autre.

# 6

Randall s'engouffra dans l'ascenseur. À l'intérieur se trouvaient déjà un couple d'Allemands – il reconnut immédiatement leur langue et il lui sembla même qu'il en comprenait des bribes – ainsi qu'une femme très belle, qui portait des lunettes noires et un chapeau écru à larges bords orné d'un falbala.

Alors que les portes se refermaient, une question lui traversa l'esprit : s'il était acquis que le personnel prenait activement part à la machination, qu'en était-il des clients ? Jouaient-ils un rôle eux aussi ou étaient-ils totalement inconscients de ce qui se déroulait dans cet hôtel de dingues ? « Ta paranoïa va trop loin. Un complot ne fonctionne que si un nombre limité de personnes est dans le coup. Il serait matériellement impossible d'organiser une tromperie de cette envergure. »

Randall demeura les yeux fixés sur le petit écran où défilaient les numéros des étages. Au rez-de-chaussée, quand le couple sortit de l'ascenseur, il sentit qu'une main le retenait par l'avant-bras. La femme à ses côtés releva la tête et descendit ses lunettes de soleil sur son nez. Il fut stupéfait lorsqu'il découvrit son visage.

– Anna ! C'est vous ?

– J'étais montée vous chercher dans votre chambre, dit-elle rapidement à voix basse. Suivez-moi, mais restez quelques mètres derrière moi. Et, surtout, ne dites pas un mot.

Randall en resta bouche bée. La jeune femme de chambre était totalement méconnaissable dans cette tenue d'une élégance recherchée. Tout n'était qu'apparences : une robe, un chapeau, quelques manières, et la plus modeste employée était transformée en femme du monde.

Il la regarda s'avancer dans le hall, attendit quelques secondes tout en bloquant la porte de l'ascenseur, puis la suivit en prenant soin de conserver une distance suffisante entre eux. Même dans ses rêves les plus fous, jamais Randall n'aurait cru revoir un jour Anna. Après ce qui s'était passé, elle prenait un risque inconsidéré en revenant dans l'hôtel, déguisée en cliente. Qu'avait-elle fait depuis le soir de la réception ? Avait-elle dû se cacher comme une criminelle ? Et pourquoi était-elle là ? Pour le sauver, pardi !, et lui révéler cette fois toute la vérité.

Tout en traversant le hall, Randall plongea la main dans sa poche et caressa la crosse de son arme. Il ressemblait un peu au personnage de son roman, qui, avide de vengeance, triturait une balle de calibre 12 entre ses doigts en guettant sa proie dans la rue. Qu'on lui fasse obstacle ou qu'on cherche à s'en prendre à Anna, il n'aurait aucun scrupule à en faire usage.

Il se retrouva rapidement dehors. Si personne ne faisait attention à Anna, qui continuait de marcher avec un parfait naturel, Randall sentit qu'un employé, qu'il avait aperçu dans l'entrée, était dans son sillage. La surveillance rapprochée continuait. Il pressa légèrement le pas.

Anna longea la façade de l'hôtel, descendit un escalier et se dirigea vers le grand garage couvert, où étaient parqués les véhicules de luxe des clients. Le voiturier était justement en train de le quitter à bord d'un SUV. Désormais à l'abri des regards, Anna accéléra et disparut dans un coupé gris Mercedes aux vitres teintées. Sans se retourner, Randall la rejoignit.

C'est avec un immense soulagement qu'il monta à bord et referma la portière côté passager. Il entendit aussitôt le « clic » du verrouillage que venait d'actionner la jeune femme.

– On ferait mieux de ne pas traîner ici, dit-elle en désignant du regard l'employé qui avait suivi Randall.

– On me surveille, n'est-ce pas ? Je ne suis pas fou.

– Bien sûr qu'on vous surveille… Et, non, vous n'êtes pas fou.

Anna retira son chapeau et ses lunettes de soleil, puis démarra le moteur avec un calme surprenant. À une dizaine de mètres du véhicule, l'employé semblait à présent totalement paniqué. Randall le vit sortir un talkie-walkie miniature de son uniforme, sans doute pour alerter ses collègues ou ses supérieurs de sa fuite.

Le coupé quitta rapidement le garage. Randall promena son regard un peu partout dans l'habitacle suréquipé.

– C'est… votre voiture ?

Anna haussa les épaules avec moquerie.

– Vous croyez vraiment que je pourrais me payer une telle caisse avec mon salaire ? Je l'ai louée. Elle m'a coûté 1 000 dollars pour la journée. Je compte d'ailleurs bien que vous me remboursiez, monsieur Hamilton.

– Vous êtes donc réellement femme de chambre ?

– Oui.

– Depuis quand me connaissez-vous ?

– Depuis plus longtemps que vous ne l'imaginez.

– Qu'est-ce qui se passe, Anna ? Pourquoi me retient-on ici de force ? J'ai besoin de savoir…

– Je vous expliquerai tout, mais je dois d'abord vous sortir de ce merdier.

*

– Êtes-vous bien installé, monsieur ?

– Très bien. Vous aviez raison, la vue est absolument magnifique, répondit Andy, qui essaya néanmoins d'afficher un air blasé.

– J'en suis ravi.

Andy posa sur le comptoir une photographie d'Abigaël – un portrait en noir et blanc qu'il avait lui-même réalisé avec le Leica, un soir, dans sa loge au théâtre.

– J'aimerais que vous m'aidiez, Maurice. Connaîtriez-vous par hasard cette jeune femme ?

L'homme fronça les sourcils, sans même un regard pour la photo.

– Est-ce une cliente de l'hôtel ?

– Eh bien, non, pas en ce moment, mais elle est venue ici il y a quelque temps. C'est ma fiancée.

Le concierge daigna enfin baisser les yeux sur le portrait. Andy pria pour qu'il n'établisse aucun lien avec la série des meurtres perpétrés à Boston. Après tout, pendant plusieurs jours, des photos d'Abigaël avaient été diffusées sur tous les écrans du pays.

– Écoutez, je suis un peu embarrassé. Notre établissement n'a pas pour habitude de se mêler des affaires intimes ou sentimentales de nos clients.

Andy se força à rire.

– Oh, non, vous n'y êtes pas du tout ! Je n'enquête pas sur elle. Je ne la soupçonne pas de me tromper ou quelque chose dans ce genre…

– Vous me rassurez.

– En fait, elle a séjourné au Grand Hôtel un week-end, sans doute avec ses parents. Elle en a gardé un très bon souvenir. J'ai l'intention de la demander en mariage et j'aimerais le faire dans cet hôtel.

– Eh bien, toutes mes félicitations, monsieur.

– Je voudrais tout organiser dans les moindres détails et c'est pour cela que j'aimerais savoir si vous vous souvenez d'elle. Pour connaître ses habitudes ici, les activités qui lui ont plu…

– La chambre 328 ! s'exclama Maurice.

– Pardon ?

– C'est pour cela que vous vouliez à tout prix cette chambre. C'est celle que Mlle Spencer occupait, n'est-ce pas ?

Andy demeura interdit.

– Vous connaissez son nom ?

– Je me souviens parfaitement d'elle, monsieur. Une jeune femme absolument charmante, et encline à faire la conversation. J'ai eu l'occasion de discuter à quelques reprises avec elle, c'était chaque fois un plaisir... Pour être honnête, j'ai surtout retenu son nom à cause de la famille royale d'Angleterre.

– Quand est-elle venue ici ?

– Il y a un mois et demi environ. Attendez une seconde...

Le concierge s'empara d'un épais registre, le feuilleta et pointa un index triomphant sur une page :

– Voilà ! Le 14 septembre précisément.

– Je vois.

Andy fit un rapide calcul dans sa tête. Abigaël était donc venue à l'hôtel durant leur première séparation, quelques jours seulement avant qu'il ne retourne la voir au théâtre pour essayer de se faire pardonner. Le mot qu'il avait découvert dans la 328 prenait désormais tout son sens. Ce n'était pas à proprement parler une lettre de rupture, puisqu'ils n'étaient déjà plus ensemble. C'était plutôt une lettre d'explication.

Leur conversation sous la pluie avait sans doute eu pour elle un goût d'inachevé et elle avait voulu poser sur le papier tout ce qu'elle avait sur le cœur. Sauf qu'il n'avait jamais reçu cette lettre. Pour la bonne raison qu'elle n'avait pas eu le temps de la lui envoyer puisqu'ils avaient renoué dès la semaine suivante. Qu'en était-il alors de cet homme dont elle était tombée amoureuse ? Avait-elle continué à le voir par la suite ? L'avait-elle trompé en menant une double relation ?

– Elle est restée deux nuits à l'hôtel, mais...

Le visage de Maurice se rembrunit soudain.

– « Mais… » ?

– Mlle Spencer est venue seule dans notre établissement. Je n'ai pas l'honneur de connaître ses parents.

– Vous en êtes certain ? Peut-être était-elle accompagnée par une amie alors…

– Non, je suis catégorique. Elle a dîné seule le premier soir dans la salle de restaurant. Ensuite, nous l'avons moins vue, car elle a passé l'essentiel de son temps à visiter les environs. Elle transportait toujours avec elle un très bel appareil photo.

Le Leica… Andy pianota le comptoir d'un air détendu, mais sa déception était immense et son esprit ailleurs. Il n'arrivait pas à croire qu'il se soit fourvoyé à ce point. Qu'est-ce qu'Abigaël avait bien pu venir faire seule dans cet hôtel ? Voulait-elle prendre un peu de distance, réfléchir à tête reposée avant de se lancer dans une nouvelle période de son existence ?

– Je crains malheureusement de ne pas pouvoir vous apporter d'autres informations utiles.

Andy sortit de ses pensées.

– Vous m'avez déjà beaucoup aidé.

– Si je peux me permettre, monsieur…

– Oui ?

– Je vous souhaite beaucoup de bonheur ensemble. Cette jeune femme est tout à fait remarquable. Vous avez trouvé la perle rare.

En essayant de demeurer discret, Andy passa une heure à interroger les employés de l'hôtel au sujet d'Abigaël. Il n'y eut pour se souvenir d'elle qu'un serveur du restaurant et le voiturier, avec qui elle avait échangé quelques mots : tous deux confirmèrent qu'elle se trouvait seule lors de son séjour.

Andy commençait à désespérer. À quoi bon s'obstiner ? Il devait accepter l'idée qu'elle n'avait pas rejoint son amant. À moins qu'Abigaël n'eût inventé cette histoire de toutes pièces pour mettre plus facilement un terme à leur relation : pour ne pas devoir avouer qu'elle ne l'aimait plus, peut-être avait-elle prétendu avoir rencontré un autre homme.

Andy partit marcher sur la plage dans l'espoir de se vider la tête. Il observa les mouettes tournoyer au-dessus de l'océan, poussa jusqu'à l'extrémité de la jetée en pierres, fouettée par les vagues, d'où l'on avait une vue incomparable sur l'hôtel, qui se découpait sur le ciel pommelé.

Une journée… Il aurait tout donné pour pouvoir passer une journée dans ce lieu en compagnie d'Abigaël, comme dans ces récits de science-fiction où il est donné à un personnage le pouvoir de revivre vingt-quatre heures de sa vie pour en changer l'issue.

Il regagna l'hôtel le cœur lourd. Ce n'est qu'une fois dans le couloir du troisième étage qu'il repensa à la jeune femme de chambre qui lui avait permis, bien malgré elle, d'accéder à la 328. N'était-ce pas par elle qu'il aurait dû commencer ? Les femmes de chambre connaissaient en général les petits secrets des clients bien mieux que les autres employés.

Au lieu d'entrer dans sa suite, Andy partit à sa recherche dans les couloirs.

– Y aurait-il encore un problème, monsieur ? demanda-t-elle d'un air las lorsqu'elle le vit à nouveau apparaître devant elle.

– Non, rassurez-vous… J'aurais juste aimé vous poser une question.

Andy lui soumit la photographie, comme il l'avait fait avec d'autres membres du personnel.

– Oui, je me souviens d'elle. On n'oublie pas un visage comme le sien.

– C'est vrai ?

La femme de chambre hocha la tête avec conviction.

– Elle était à l'hôtel il y a trois semaines ou un mois. Je ne connais pas son nom, mais je sais que j'ai débarrassé de sa chambre le plateau du petit déjeuner.

– Est-ce que vous sauriez si elle était seule ou accompagnée ?

L'employée fit moins de manières que le concierge :

– C'était un petit déjeuner pour deux personnes.

Le cœur d'Andy s'emballa.

– Avez-vous eu l'occasion de voir la personne qui était avec elle ?

– Je ne l'ai pas vue, non, mais je l'ai entendue.

– C'est-à-dire ?

Elle désigna la photo du doigt.

– C'est cette jeune femme qui m'a ouvert la porte. Mais lorsque je suis sortie avec la table roulante j'ai entendu une voix en provenance de la salle de bains. C'était une voix d'homme.

– Est-ce que vous vous rappelleriez ce qu'il a dit ?

– Non, pas vraiment. Ça devait être une remarque banale qui ne m'a pas marquée. Je me souviens seulement qu'il l'a appelée « ma chérie » ou « mon amour ».

Le visage d'Andy se décomposa. Son interlocutrice porta soudain une main à sa bouche.

– J'espère... que je n'ai pas commis de bévue. Je n'aurais peut-être pas dû vous raconter tout ça. Nous sommes soumis à un devoir de confidentialité et...

Andy fouilla dans sa poche et en sortit les quelques malheureux billets qui lui restaient. C'était bien le moins qu'il lui devait. Cette fille aurait sans doute eu du mal à croire qu'elle était bien plus riche que lui.

– N'ayez aucune crainte, mademoiselle. Cette conversation restera entre nous.

Il regagna sa suite dans un état de déprime absolue. Il ouvrit le minibar et s'empara d'une mignonnette de gin qu'il but presque d'une traite, sans même songer à l'extra qu'il lui faudrait régler.

Au moment où il allait s'allonger sur le lit, le téléphone posé sur la table de chevet retentit. Il hésita à décrocher mais, la sonnerie ne cessant pas, il finit par s'emparer du combiné.

– Monsieur Marzano ?

– Oui ?

– Je suis navré de vous déranger, c'est Maurice, le concierge de l'hôtel.

– Que se passe-t-il ?

– L'un de vos amis, un certain Logan Boyle, a tenté à plusieurs reprises de vous joindre sans succès. Il m'a laissé un message mais il faudrait que vous le rappeliez sans tarder.

– Quel message ?

Le concierge marqua un silence avant de lui répondre.

– Je suis vraiment désolé, monsieur, mais votre père a été conduit à l'hôpital. Il a été victime d'un accident cérébral…

*

Le coupé Mercedes rejoignit l'allée principale de la propriété.

– Je préférerais que vous mettiez votre ceinture, intima Anna, on ne sait jamais.

Tel un bambin pris en faute, Randall s'exécuta. Dans le rétroviseur extérieur, il vit la façade de l'hôtel rapetisser puis disparaître complètement derrière une rangée d'arbres. Il n'arrivait pas encore à réaliser qu'il était en train de quitter cet endroit pour de bon. L'intervention d'Anna ressemblait à un *deus ex machina* presque trop beau pour être vrai. Qu'aurait-il fait sans elle ?

– Pourquoi m'aidez-vous ?

Elle conserva les yeux fixés droit devant elle, sans dire un mot.

– Je vous en prie, répondez-moi.

Elle fit une grimace en tapant du poing sur le volant, comme si elle prenait soudain conscience qu'en l'aidant à s'enfuir elle commettait la plus grosse erreur de son existence.

– Les choses n'étaient pas censées se dérouler ainsi. Je ne supportais plus de vous voir dans cet état.

« Dans cet état » ? Anna était donc au courant de son amnésie et de ses pertes brutales de conscience ?

– Comment savez-vous pour… ?

– Mince ! s'exclama-t-elle sans lui laisser le temps de poursuivre. Ils nous bloquent la sortie !

Randall tourna la tête. Les battants du gigantesque portail en fer forgé étaient en train de se refermer lentement. Près d'un des piliers en pierre de taille se tenait un employé qui, comme son collègue, communiquait à l'aide d'un talkie-walkie.

– On ne passera jamais ! s'écria Randall.

– Il le faudra bien pourtant…

Sans flancher, Anna appuya brutalement sur la pédale d'accélérateur. Le coupé bondit en avant. Randall se retrouva le dos collé à son siège et s'accrocha à tout ce qu'il put. Il n'avait jamais ressenti une telle montée d'adrénaline.

Les battants étaient désormais à moitié fermés. L'homme agitait les bras dans tous les sens pour les pousser à ralentir. Mais Anna ne relâcha pas la pression sur la pédale et poussa un cri retentissant. Elle était à l'évidence prête à jouer le tout pour le tout.

Quand ils furent à moins de dix mètres du portail, Randall ferma les yeux, mort de peur. Une seconde après, une violente secousse agita l'habitacle, accompagnée d'un affreux vacarme de tôle froissée. Tout son corps se raidit. Ils avaient donc échoué, le coupé venait de se fracasser contre la grille.

Pourtant, lorsqu'il rouvrit les yeux, il constata que la voiture roulait toujours. Il remarqua que le rétroviseur droit avait été complètement arraché. Dieu sait dans quel état se trouvait la carrosserie.

– Allez vous faire foutre ! hurla Anna en faisant un doigt d'honneur dans le rétroviseur intérieur.

– On… on les a eus ?

– Bien sûr qu'on les a eus ! Je vous avais dit de me faire confiance. Par contre, la voiture a morflé : cette escapade va vous coûter une fortune, monsieur Hamilton.

Elle partit dans un éclat de rire en tapotant le volant avec satisfaction. Randall lui fit écho, bien que la peur ne l'eût pas encore quitté. Il eut soudain honte de sa couardise, que la détermination de cette jeune femme ne rendait que plus manifeste.

Leur joie fut néanmoins de courte durée. Alors qu'ils s'apprêtaient à gagner Seaview Street, une route perpendiculaire à celle qui longeait la côte, deux 4 × 4 noirs surgirent et s'arrêtèrent en diagonale, leur barrant ainsi le chemin. Anna freina pour immobiliser complètement la Mercedes.

– Nom de Dieu ! On a de la visite.

– Qu'est-ce qu'on va faire ? demanda Randall.

– Laissez-moi réfléchir une seconde…

Mais, en fait de réflexion, elle enclencha aussitôt la marche arrière et rebroussa chemin sur une trentaine de mètres. Randall vit les deux 4 × 4 noirs se remettre en mouvement. Sans se démonter, Anna s'engagea sur un chemin de terre bordé d'arbres, à peine assez large pour laisser passer une voiture. Malheureusement, une barrière levante en bloquait l'accès au bout de cinquante mètres à peine. Elle stoppa net. Désemparé, Randall se tourna vers elle. Il ne trouva sur son visage aucune panique, seulement une expression de colère.

– Sortez, lui ordonna-t-elle. Je vais essayer de les retarder… Suivez la route jusqu'à Chatham, en essayant de vous cacher. Demandez de l'aide une fois là-bas.

– Mais… je ne peux pas vous laisser !

– Si, vous le pouvez.

Se penchant par-dessus son corps, elle ouvrit la portière côté passager.

– Qu'est-ce qu'ils vont vous faire, Anna ?

– Ne vous inquiétez pas pour moi, je suis une grande fille. Ils vont voir à qui ils ont affaire.

Randall ne bougeant toujours pas, elle détacha sa ceinture et le poussa sans ménagement par l'épaule.

– Fuyez, je vous dis !

Sans plus chercher à s'opposer à elle, Randall sortit du coupé et s'écarta sur le bas-côté. Les 4 × 4 s'étaient engagés dans le chemin et approchaient à vive allure. Anna enclencha à nouveau la marche arrière. Les roues labourèrent le sol, arrachant des mottes de terre qui volèrent autour du véhicule strié de profondes éraflures. En quelques secondes elle réussit à remonter les trois quarts du chemin, bloquant ainsi la progression de leurs assaillants.

Randall se rappela soudain l'arme qu'il portait sur lui. Il la sortit à toute vitesse, ôta la sécurité et se mit à tirer, non dans leur direction, par peur d'atteindre accidentellement Anna, mais simplement en l'air, pour les effrayer. La détonation lui vrilla les tympans. Le recul de l'arme provoqua une douleur dans son bras et son épaule. Malgré tout, il pressa encore la détente à trois reprises.

Au moment où des silhouettes surgissaient hors des deux véhicules noirs, Randall prit la fuite à travers le bois, en priant pour qu'Anna s'en sorte saine et sauve.

# 7

Il marcha dans la direction opposée à celle du Grand Hôtel, et donc de l'océan, en prenant soin de ne jamais être visible depuis la route principale. Un quart d'heure, vingt minutes, peut-être davantage – il n'avait plus aucune notion du temps.

Les deux 4 × 4 noirs avaient disparu. Plus personne ne semblait être à sa poursuite. Gagné par la fatigue, l'esprit embrumé, Randall en arrivait presque à douter de la réalité de la scène qu'il venait de vivre. Ces individus mystérieux lancés à leurs trousses existaient-ils vraiment ? Anna était-elle revenue à l'hôtel pour le sauver ou tout n'avait-il eu lieu que dans son imagination ? Le déroulement des événements lui paraissait à présent décousu et illogique. Si Anna avait encore été à ses côtés, il aurait pu se persuader qu'il était parfaitement lucide, mais il était seul, en proie au doute, incapable de dessiner une frontière nette entre le réel et l'imaginaire.

Déboussolé, il se contenta de suivre les instructions d'Anna : rejoindre Chatham, la municipalité la plus proche. Il traversa des champs verdoyants, passa à travers de grandes propriétés, suivit le cortège de demeures en bois qui s'étirait depuis la ville jusqu'à la côte. Quand la concentration des maisons se fit plus dense, il comprit qu'il avait presque atteint son but. Il était enfin sauvé. Il lui suffirait d'entrer dans le premier magasin venu, de donner son identité et de demander qu'on contacte la police.

À bout de forces, Randall arriva à un carrefour. Il reconnut un peu plus loin l'église en bois blanc dont il avait trouvé une photo dans son téléphone, mais il n'avait aucun souvenir d'être déjà venu dans cette ville. Il gagna le trottoir de Main Street. La rue était bordée de de restaurants, de cafés et de boutiques en tout genre – souvenirs, vêtements, antiquités. Les véhicules qui défilaient, les passants qu'il croisait le rassurèrent. Entouré de monde, loin du Grand Hôtel, il n'avait plus rien à craindre de personne.

Randall marcha sans penser à rien, goûtant simplement à sa liberté retrouvée. Juste après avoir dépassé une bijouterie, il tomba sur une librairie du nom de Marine Anchor. Dans la vitrine, au milieu de maquettes de bateaux, étaient exposés des guides touristiques de la région, des beaux-livres sur la mer et sur la navigation. Juste à côté avait été aménagé un coin littérature populaire. Il n'y trouva aucun de ses propres romans, mais repéra les derniers Stephen King et John Grisham.

Soudain, Randall aperçut le reflet d'un homme inquiétant dans la vitre. Il s'apprêtait à se retourner, persuadé qu'on avait retrouvé sa trace, lorsqu'il comprit qu'il s'agissait de sa propre image. Cheveux hirsutes, traits émaciés, regard où semblait poindre la folie… C'était un vieillard qu'il avait sous les yeux, qui ne pouvait susciter rien d'autre que de la pitié. Saisi par un sentiment d'humiliation, il tenta comme il put de remettre un peu d'ordre dans ses cheveux et se força à sourire, mais la vitrine ne lui renvoya qu'un rictus dérangeant.

Pour échapper à son reflet, il s'engouffra dans la librairie. Un jeune homme à la caisse, qui portait un collier de barbe et un sweat à l'effigie d'un club nautique de la région, lui souhaita la bienvenue tout en le fixant d'un air bizarre. « Peut-être m'a-t-il reconnu », songea Randall, et cette pensée l'apaisa un peu. Il resta parfaitement calme, ne demanda pas à ce qu'on prévienne immédiatement la police, ne cria pas au complot. À la place, il fit mine de s'intéresser à quelques livres en tête de gondole, puis se dirigea vers le rayon littérature et policier, poussé par un mystérieux appel.

Sur les étagères, il observa les lettres qui, dans l'ordre alphabétique, permettaient de trouver sans peine les auteurs. Il ne prêta attention qu'à la lettre H et parcourut toute la rangée à la recherche de son nom. Dashiell Hammett, Jim Harrison, Nathaniel Hawthorne, Ernest Hemingway… Où était-il donc ? Peut-être le libraire s'était-il emmêlé les pinceaux en rangeant certains titres. Thomas Harris, Mary Higgins Clark, Patricia Highsmith…

Randall passa deux fois en revue la vingtaine d'auteurs dont le patronyme commençait par un H, mais il ne trouva pas un seul de ses romans. Certes, il était dans une modeste librairie d'une ville de quelques milliers d'habitants, mais tout de même… Piqué au vif, il se dirigea vers la caisse.

– Je peux vous aider ? demanda le vendeur avec une politesse sèche.

– Je cherche des romans de Randall Hamilton. Je n'en ai pas trouvé dans vos rayons.

– Comment dites-vous ? Randall… ?

– Hamilton ! compléta-t-il sans aucune aménité. L'auteur de best-sellers. *À contre-courant*, *Les Illusions*, *La Part des rêves*…

De manière inattendue, les titres lui revenaient avec facilité. Le vendeur fit une moue des plus perplexes.

– Je ne crois pas que nous ayons cet auteur dans notre fonds. Mais je peux interroger notre base si vous le voulez.

Sans attendre, il se tourna vers son ordinateur et pianota sur le clavier. Randall se sentit soudain oppressé, comme si un poids comprimait sa poitrine. Comment ce gamin, qui se prétendait libraire, pouvait-il ne jamais avoir entendu parler de lui ? Voilà qui dépassait l'entendement.

– Désolé, ce nom n'apparaît nulle part dans la base. Est-ce que vous ne confondriez pas avec un autre auteur ?

– Bien sûr que non !

– Il s'agit alors peut-être d'un écrivain auto-édité…

– « Auto-édité » ? s'étrangla Randall. J'ai vendu 150 millions de livres, je suis l'auteur le plus lu de la décennie et j'ai reçu plus de prix littéraires que vous n'avez eu de clients aujourd'hui !

Le jeune homme, désormais inquiet, recula un peu derrière son comptoir, comme s'il craignait que Randall ne s'en prenne physiquement à lui.

– J'ai du mal à vous suivre. De qui parlez-vous exactement, monsieur ?

– De personne… Laissez tomber !

Préférant mettre un terme à cette situation sans queue ni tête, Randall sortit en trombe de la librairie. Sur le trottoir, il avisa un jeune type, le nez et les sourcils pleins de piercings, qui marchait les yeux rivés sur son portable. Il l'aborda sans y mettre les formes :

– Passez-moi votre téléphone. J'en ai besoin.

Le passant leva la tête, le toisa une ou deux secondes, puis afficha un air éberlué.

– Vous êtes dingue ! On ne se connaît pas. Pourquoi est-ce que je vous filerais mon portable ?

Randall ne se voyait pas palabrer des heures avec cet inconnu.

– Très bien. Disons que je vous l'achète alors…

Il ouvrit son portefeuille et, sans même prendre la peine de compter, en retira une poignée de billets de 100 dollars.

– Est-ce que ça ira ?

La stupéfaction du quidam redoubla.

– D'où est-ce que vous sortez, putain ?

– Est-ce que ça ira ? répéta Randall en haussant le ton.

Sans piper mot, le jeune gars lui arracha les billets des mains et lui tendit en échange son téléphone – un modèle bas de gamme à la vitre fissurée, qui ne valait pas un clou.

– Merci.

– Mais j'aimerais bien récupérer ma carte SIM après...

Sans plus se préoccuper de lui, Randall s'écarta et ouvrit le navigateur internet. La connexion était déplorable et il dut attendre une bonne vingtaine de secondes avant qu'une page de recherche apparaisse. Trépignant d'impatience, il tapa son nom, comme il l'avait fait le premier matin sur l'ordinateur de l'hôtel.

Si les occurrences étaient toujours aussi nombreuses, à la place de l'écrivain à succès il trouva le résultat suivant : « Randall Burton Hamilton, homme d'affaires, investisseur et milliardaire américain. » Le cœur battant la chamade, il fit défiler l'écran jusqu'à trouver des photos de l'individu en question, qui ne pouvait être qu'un homonyme. Pourtant, son propre visage apparut bientôt, démultiplié dans la mosaïque d'images. À peu de choses près les mêmes clichés sur lesquels il était tombé deux jours plus tôt. Lui, photographié en plan poitrine et portant de luxueux costumes taillés sur mesure. Lui, dans un immense bureau d'affaires, avec des buildings flous en toile de fond. Lui, en smoking, à l'occasion de soirées, au bras de jeunes femmes qui avaient la moitié de son âge. Mais aucune couverture de livre. Pas le moindre élément qui pût laisser penser qu'il était écrivain.

Randall sentit le sol se dérober sous ses pieds. Une vague de nausée monta en lui. Pendant quelques instants, il ne sut plus où il se trouvait, ni ce qu'il faisait debout au milieu de ce trottoir, un téléphone entre les mains.

Il aurait pu demeurer longtemps dans cet état d'hébétude s'il n'avait senti une main se poser sur son épaule. Ayant un peu recouvré ses esprits, il crut qu'il s'agissait du jeune type qui voulait récupérer la carte de son portable, mais une voix familière s'adressa à lui :

– Monsieur Hamilton... Randall...

Il se retourna et reconnut le médecin de l'hôtel au front dégarni, celui qui l'avait ausculté après qu'il eut sauvé Hedy. Derrière lui, garés le long du trottoir, les deux 4 × 4 qui avaient pris en chasse le coupé d'Anna. Un homme aux lunettes noires attendait, appuyé contre le capot.

– Vous devriez venir avec nous. Vous paraissez exténué.

Il remarqua que les promeneurs jetaient des regards intrigués dans leur direction. Il aurait voulu appeler au secours, crier qu'il était sur le point d'être victime d'un kidnapping. Mais il n'en fit rien. Le médecin l'escorta jusqu'au 4 × 4 dans lequel était déjà remonté l'homme aux lunettes noires. Très vite, les passants se désintéressèrent d'eux.

Ensuite, sans plus offrir la moindre résistance, Randall Hamilton, l'une des cent plus grosses fortunes du pays, s'installa dans le véhicule qui devait le ramener vers le Grand Hôtel.

# 8

Andy fit la route jusqu'à Boston en un temps record. La culpabilité le rongeait et s'immisçait dans chacune de ses pensées. Tout était de sa faute, depuis le début. Il avait causé la mort d'Abigaël et avait tellement déçu son père par son choix de vie que celui-ci en avait fait une attaque.

Le parking du Boston Medical Center étant bondé, il gara la Chevrolet sur une place réservée aux handicapés – quitte à être un connard, autant l'être jusqu'au bout –, puis, sans perdre de temps, se précipita en soins intensifs, où l'attendait Logan.

– Je suis tellement triste pour toi, lui dit son ami en le prenant dans ses bras.

– Que s'est-il passé ?

Logan désigna des chaises dans le couloir, mais Andy n'avait aucune envie de s'asseoir.

– Ton père était dans la cuisine en train de préparer du café et il s'est soudain senti mal. Il n'arrivait plus à tenir debout, son élocution est devenue bizarre. Heureusement, ta mère a compris que ce n'était pas un simple malaise et elle a prévenu immédiatement les secours. Il a été victime d'un AVC.

– Est-ce que c'est grave ?

– Il vaudrait mieux attendre le neurologue pour…

– Dis-moi la vérité, bon sang ! Et ne me sors pas une connerie dans le genre : « Je ne suis pas encore médecin. » Tu en connais assez pour tout m'expliquer.

– On ne le sait pas encore. Un petit caillot est remonté jusqu'au cerveau et a bloqué la circulation du sang. Ils ont immédiatement essayé de le fluidifier à l'aide d'enzymes. Ton père peut retrouver toutes ses facultés comme il peut garder des séquelles plus ou moins lourdes. Il va falloir attendre pour en savoir plus. Mais le facteur temps est essentiel dans ce genre de cas, or il a été pris en charge très tôt. J'ai bon espoir, Andy.

Peu après, il retrouva sa mère. Elle ne pleurait pas, n'avait même pas les yeux rougis, mais quelque chose avait changé chez elle – une expression de résignation sur le visage qui l'effraya, comme si elle avait déjà accepté l'idée de perdre son mari.

Ils descendirent prendre une boisson chaude à la cafétéria de l'hôpital. Ils restèrent un long moment silencieux, assis l'un en face de l'autre, jusqu'à ce qu'Andy ressente le besoin de lui dire ce qu'il avait sur le cœur :

– Je suis désolé, maman.

– Pourquoi est-ce que tu serais désolé ? Tu n'y es pour rien...

– Si, au contraire, je crois que j'y suis pour beaucoup. J'ai énormément déçu papa ces dernières années. Il avait tout planifié depuis tellement longtemps : il voulait que je travaille avec lui et que je reprenne un jour l'entreprise. Il s'est tué à la tâche alors qu'il avait besoin d'aide.

– Oui, ton père avait des projets pour toi, mais il n'avait pas le droit de te les imposer.

Andy serra son gobelet entre ses doigts.

– Et la mort d'Abigaël... Je sais que vous avez eu de la peine de me voir dans cet état. J'aurais dû vous parler d'elle avant, j'aurais dû vous la présenter. Je ne sais pas ce qui m'a pris. Tout aurait pu être différent...

– On ne peut pas réécrire le passé, mon chéri.

– Elle t'aurait plu, maman, j'en suis certain. Je n'avais jamais rencontré une fille comme elle. Même maintenant, je me demande ce qu'elle a pu me trouver. J'aurais aimé que tu la voies sur scène. À chaque fois, elle me donnait des frissons.

Martha Marzano écarta sa boisson, à laquelle elle avait à peine touché, et prit la main de son fils par-dessus la table.

– Andy, ton avenir est devant toi, tu n'as que 22 ans. Ce qui est arrivé à ton père ne doit pas influer sur tes projets. Tu n'es coupable de rien.

– Quels projets, maman ? Je ne publierai jamais de romans, j'en ai la certitude aujourd'hui. Papa avait raison : je me suis bercé d'illusions…

Une lueur passa dans le regard jusque-là éteint de sa mère.

– Tu sais, moi aussi j'avais des rêves à ton âge. J'aurais aimé travailler, avoir un métier dans lequel j'aurais pu m'accomplir, qui m'aurait permis de voyager, de rencontrer des gens. Mais je me suis mariée très jeune, j'ai aidé ton père à tenir la comptabilité de l'entreprise, je t'ai élevé, et les années sont passées sans même que je m'en rende compte… Eh bien, aujourd'hui, malgré tout, je ne regrette rien. J'ai été heureuse, pas forcément de la manière que je l'avais imaginé, mais je l'ai été. Tu trouveras un moyen d'être heureux toi aussi, même si cela te paraît en ce moment impossible. Ce bonheur, il te faudra le trouver, sans Abigaël à tes côtés, sans tes livres, peut-être même sans ton père et moi…

– Maman, ne dis pas des choses comme ça. Papa va s'en sortir, j'en suis certain.

– Je l'espère, Andy, mais, quoi qu'il arrive, ne laisse personne décider de ce que sera ta vie à ta place.

*

Frank Marzano put sortir du Boston Medical Center au bout d'une semaine. Selon le neurologue qui le suivait, le bilan post-AVC était extrêmement optimiste. Grâce à une prise en charge rapide, les médecins avaient eu le temps de pratiquer dès son arrivée une thrombolyse, technique qui, comme l'avait expliqué Logan, consistait à dissoudre le caillot de sang dans l'artère. Si Frank Marzano ne pourrait pas reprendre une vie parfaitement normale avant plusieurs mois, il n'avait gardé de son accident que d'infimes séquelles motrices et langagières.

Alors que son père était encore à l'hôpital, Andy quitta définitivement son emploi de veilleur de nuit pour régler les affaires urgentes de l'entreprise familiale. Les deux ouvriers qu'employait Marzano purent s'acquitter seuls des travaux en cours, tandis qu'Andy et sa mère essayaient de limiter l'impact qu'aurait la perte de futurs contrats.

Installés à la table de la cuisine dans l'appartement du North End, ils épluchèrent la comptabilité. Non sans réticence, Martha avoua que la petite entreprise traversait une passe difficile depuis à peu près deux ans et que son époux et elle avaient déjà dû beaucoup puiser dans les économies qu'ils s'étaient constituées au cours de leur vie. Le nez dans les papiers, Andy constata que son père n'utilisait que des matériaux de toute première qualité, mais qu'il n'avait jamais répercuté la hausse des fournitures sur les factures de ses clients et avait même généreusement augmenté ses employés au fil des ans. La marge bénéficiaire s'était peu à peu réduite pour devenir critique.

Andy reconnaissait bien là son père : Frank Marzano était un homme intègre, qui avait toujours fait passer sa réputation et son amour du travail bien fait avant ses propres intérêts. Il regretta d'avoir accepté ces dernières années autant d'argent de la part de ses parents. Même s'il savait qu'ils ne roulaient pas sur l'or, jamais il n'aurait imaginé qu'ils se trouvaient dans une telle situation financière.

– Je vais aider papa, dit-il à sa mère la veille de son retour à la maison.

– Tu l'as déjà beaucoup aidé, Andy.

– Non, ce n'est pas ce que je veux dire. J'accepte la proposition qu'il m'a si souvent faite. Je vais travailler pour lui et je m'engage à terme à reprendre l'entreprise.

– Pardon ?

– Il faut être réaliste. Après ce qui lui est arrivé, il ne pourra pas continuer sans quelqu'un pour le seconder, voire prendre des décisions à sa place.

Il vit les yeux de sa mère se mettre à briller.

– Est-ce que tu es sûr de toi ? Rien ne t'oblige à le faire. Je ne veux pas que tu te précipites.

– Je suis sûr de moi, maman. Tu n'as plus à t'inquiéter de rien.

*

Un matin, après une nuit d'insomnie, Andy se rendit au Cedar Grove Cemetery, où était enterrée Abigaël. Il n'avait pas assisté aux funérailles, en raison de son hospitalisation, et n'était encore jamais venu dans ce gigantesque cimetière en bordure du Neponset. Sous la pluie mêlée de grésil qui s'était mise à tomber, il eut un peu de mal à trouver le caveau de la famille Spencer – un monument prétentieux à colonnes, qui jurait avec la simplicité des stèles alentour et qu'Abigaël aurait à coup sûr détesté.

La fatigue causée par sa nuit blanche, son chagrin, ses regrets, cette terre pleine de morts bordée par le fleuve le plongèrent dans une sorte de délire. Il resta près d'une heure sur place, alternant longs moments de silence affligés et échanges imaginaires avec la jeune femme. Il lui disait combien il était désolé, combien il aurait voulu prendre sa place pour qu'elle puisse vivre une longue vie, pleine et épanouie. Il lui pardonnait de l'avoir trompé avec un autre homme, regrettait d'avoir enquêté sur elle en se rendant dans ce maudit hôtel de Cape Cod.

Andy avait emporté son manuscrit inachevé avec lui. *Des vies*. Avec un mélange de rage et de désespoir, il le déchira page après page devant la tombe, jusqu'à ce qu'il ne forme plus qu'un amas informe mêlé aux feuilles d'automne détrempées par la pluie.

Prenant le ciel à témoin, il se jura de ne plus jamais écrire une ligne de toute son existence.

*

Les jours puis les semaines passèrent.

Andy occupait tout son temps à gérer comme il le pouvait l'entreprise de son père, se familiarisant avec les devis, les commandes, la paperasse inévitable de ce métier qui lui demeurait en grande partie étranger. Il n'acceptait plus que les travaux les plus rentables, qui permettraient de reconstituer un peu de trésorerie et de sortir l'affaire du rouge.

Le peu de temps libre qui lui restait, il le passait avec Logan. Ils allaient au cinéma voir de vieux films policiers en noir et blanc, sortaient le soir dans des clubs, écumaient les petits restaurants bon marché. Parfois, Carla se joignait à eux et, inconsciemment, Andy se laissait aller à imaginer qu'il aurait pu faire un bout de chemin avec elle. Son ami tentait de lui remonter le moral et de lui faire oublier ses ambitions passées. D'éloigner de lui le souvenir d'Abigaël. Mais la vie d'Andy était devenue grise et indécise, comme dissimulée derrière un voile qui semblait ne jamais devoir se dissiper.

Le mois de décembre fut très froid. Un lundi, Boston se retrouva recouverte par cinquante centimètres de neige, comme une grande partie du nord-est du pays. Les écoles furent fermées, les vols annulés, les habitants immobilisés chez eux. La ville semblait s'être figée dans un écrin blanc.

Noël arriva. Avec le maigre argent dont il disposait, Andy acheta pour ses parents et pour Logan quelques babioles, qu'il enveloppa méticuleusement dans du papier cadeau – comme pour se persuader que la vie continuait malgré tout, que des petits bonheurs étaient encore possibles.

Il passa le soir du réveillon avec ses parents. Martha avait préparé des spécialités italiennes – des pettole et un panettone gianduja – dont son père raffolait. On s'échangea les modestes cadeaux près du sapin en s'embrassant. Frank Marzano allait bien, même s'il se sentait souvent fatigué et quelquefois, Andy le remarquait, déprimé.

Alors qu'il devait sortir pour la Saint-Sylvestre en compagnie de Logan, celui-ci fut cloué au lit par une fièvre de cheval. Andy resta seul chez lui à lire un livre, emmitouflé dans un plaid. Ses parents lui téléphonèrent néanmoins vers 22 heures pour qu'il vienne finir la soirée chez eux. Le coup de fil et la proposition lui mirent un peu de baume au cœur.

Ils mangèrent le dessert sur la table basse du salon. Vers minuit moins le quart, ils allumèrent la télé. CBS retransmettait la célébration de la nouvelle année en direct de Times Square à New York. La place, illuminée par de gigantesques enseignes publicitaires clignotantes, était noire de monde. Les gens étaient affublés de chapeaux bariolés et faisaient des signes à la caméra qui longeait les barrières de sécurité. Un compte à rebours incrusté dans les images égrenait déjà les minutes et les secondes qui les séparaient du 1er janvier.

Installé dans son fauteuil, Frank Marzano n'eut pas un regard pour le poste. Il était plongé dans son journal et commentait comme à son habitude l'actualité avec agacement :

– Je me demande vraiment comment ce guignol a pu être réélu à la tête de la première puissance mondiale. Et dire qu'on va encore devoir se le coltiner pendant quatre ans…

– Frank ! s'écria Martha. Pas ce soir, je t'en prie !

– Il nous mènera à la guerre, moi je vous le dis, grommela Marzano en posant son journal sur la table.

Andy jeta un coup d'œil distrait à la une du quotidien : « Le président Reagan refuse une limitation des recherches sur les armes spatiales antimissiles. »

La télé montrait la célèbre boule lumineuse en train de descendre le long du mât situé sur le toit du One Times Square. Quatre, trois, deux, un… Une immense clameur s'éleva de la foule.

– Nous y sommes ! s'écria Martha.

Andy se tourna vers elle pour l'embrasser.

– Bonne année, maman.

– Bonne année, mon chéri. Malgré les terribles malheurs que tu as vécus, je te souhaite tout le bonheur possible.

Sur l'écran, un panneau lumineux en haut du building indiquait les chiffres de la nouvelle année qui venait tout juste de commencer :

1985

# QUATRIÈME PARTIE

# DES VIES

> Lorsque l'on n'a pas de vie véritable, on la remplace par des mirages. C'est quand même mieux que rien.
>
> Anton Tchekhov, *Oncle Vania*

# 1

Il fallut à peine un an à Andy pour rétablir les comptes de l'entreprise Marzano. Pour cela, il dut rogner sur les dépenses, augmenter sensiblement ses prix et établir un bilan poussé pour identifier la rentabilité réelle de chacun des chantiers effectués. Lui, l'artiste rêveur, perdu dans son monde, devint du jour au lendemain un être pragmatique, un esprit terre à terre obnubilé par les charges fixes et variables, la réduction des coûts et les résultats nets. Si Frank Marzano avait repris le travail, Andy ne cessait de s'inquiéter pour lui : il le préservait des préoccupations matérielles et n'hésitait pas à se tuer à la tâche tout en supervisant les chantiers avec un soin maniaque.

Au début de l'année 1986, Andy fit le tour des banques pour obtenir un prêt qui lui permit d'acquérir, pour une bouchée de pain, quatre appartements insalubres dans la banlieue de Roxbury, l'un des quartiers les plus pauvres des environs de Boston. Il retapa entièrement ces taudis, en grande partie sur son temps libre et en payant des employés au noir, puis les loua à des ménages modestes, les loyers lui étant directement versés par l'administration américaine en vertu du programme d'aide au logement « Section 8 », créé dans les années 1970. À la fin de l'année suivante, grâce à la réussite de l'opération, il obtint un nouveau prêt trois fois plus important et se lança dans la rénovation complète du reste du petit immeuble. C'est à cette même époque qu'il commença à acheter des garages dans le centre-ville, persuadé qu'ils constituaient un placement sans risque et rentable sur le long terme.

Devenu un objet de fierté pour ses parents et réussissant pour la première fois quelque chose dans sa vie, Andy se sentait poussé par un irrépressible désir d'ascension sociale. Son objectif premier – sauver l'entreprise paternelle – s'était effacé pour laisser la place à une ambition bien plus grande, une soif de revanche que rien ne pourrait assouvir. Il ne serait jamais un écrivain célèbre et admiré, cependant il avait désormais la conviction qu'il pouvait devenir quelqu'un de riche et de puissant – peu importait les moyens pour y parvenir. « Quand on n'a pas réussi à accomplir ses rêves, se disait-il, mieux vaut en changer. » Une phrase du président Ronald Reagan, récemment réélu et tant détesté par son père, devint son leitmotiv : « Ne jamais être impressionné quand les autres disent : "C'est impossible." » Non, rien n'était impossible dans l'existence. Il fallait simplement ne compter que sur soi, sans rien attendre des autres.

Bien que sa vie personnelle et sentimentale fût un fiasco, Andy n'éprouvait aucun sentiment de solitude : son cœur était devenu de pierre, même si le fantôme d'Abigaël continuait de le hanter, la nuit surtout, quand à cause de ses insomnies de plus en plus fréquentes il fixait des heures durant les ombres mouvantes au plafond, dans lesquelles il croyait reconnaître les traits de son visage. Par facilité, pour faire plaisir à ses parents qui rêvaient de le voir heureux en ménage, il fréquenta de plus en plus Carla et finit par se mettre en couple avec elle. Une relation simple, sans passion ni désir, mais qui lui apportait un équilibre rassurant et reposant. Andy quitta sa location du Dorchester. Ils s'installèrent dans un agréable appartement à Bay Village, à seulement deux rues de l'immeuble où avait habité Abigaël.

L'entreprise Marzano & Fils, gérée avec une extrême rigueur, commença à dégager des bénéfices plus que confortables. Au bout de trois ans, elle employait une vingtaine d'ouvriers, ce qui permit à Andy de décrocher des chantiers plus ambitieux et de se lancer dans l'aménagement de bureaux dans le quartier des affaires – une activité lucrative qui ne connaissait encore qu'une concurrence modérée.

Il se montrait peu dépensier et réinvestissait systématiquement l'argent qu'il gagnait. Il continuait d'acquérir à titre personnel des appartements délabrés qu'il rénovait à bas coût, empochant toujours des loyers garantis par l'État. En 1987, sur les conseils de Logan, qui boursicotait à ses heures perdues, il misa la moitié de ses revenus sur des valeurs asiatiques et sur des actions d'entreprises d'électronique et d'informatique : Sony, IBM, Apple – ces deux derniers investissements devant se révéler les premières années catastrophiques. Les premières années seulement.

À l'âge de 26 ans, sans compter ses biens immobiliers, Andy voyait pour la première fois son compte en banque afficher un montant à six chiffres. Ce qui serait apparu au commun des mortels comme un aboutissement n'était pour lui qu'un début, une base sur laquelle il comptait faire fructifier son don pour les affaires. « Après tout, se répétait-il sans cesse, qu'est-ce qui différencie un million d'un milliard à part trois petits zéros ? »

# 2

Durant l'année qui suivit la mort d'Abigaël, deux autres meurtres furent perpétrés à Boston, attribués l'un et l'autre au Tueur à la ceinture, du moins par la presse et les télévisions. Le profil des victimes était toujours sensiblement le même. Aucun suspect ne put être identifié. C'était comme si l'assassin n'était qu'une ombre, un être maléfique capable de s'introduire chez ses victimes puis de disparaître dans la nuit sans laisser aucune trace ni être aperçu par aucun témoin.

Quelques jours après le septième meurtre, commis en février 1985, Andy fut contacté par la police. Il fut à nouveau interrogé par Alan Drayton, qui voulait vérifier son emploi du temps. Heureusement, Andy possédait un alibi incontestable pour le soir du meurtre. Contrairement à la première fois, il lui sembla de toute façon que l'inspecteur ne procédait qu'à un interrogatoire de routine et qu'il ne le soupçonnait plus du tout d'être à l'origine de la mort d'Abigaël, encore moins de celle des autres femmes. Avait-il de nouveaux éléments en sa possession ? Avait-il enfin pris conscience de l'absurdité de ses théories ? Ou le changement radical d'Andy les derniers mois avait-il joué en sa faveur ? Toujours est-il que le policier se montra fort courtois et qu'il se dispensa de toute allusion déplacée. Andy le trouva particulièrement découragé : le policier lui confia que jamais une enquête ne l'avait autant perturbé. À sa grande surprise, à la fin de leur entretien, il lui promit même de le contacter si celle-ci connaissait une avancée majeure. Andy en fut touché et se reprocha de s'être montré aussi sévère envers lui.

Des semaines durant, il pensa beaucoup à l'affaire, puis il essaya de la chasser de son esprit pour se concentrer totalement sur son travail.

*

La fin des années 1980 fut pour lui florissante.

Si la réfection d'appartements et l'aménagement de bureaux continuaient de lui rapporter régulièrement de l'argent, sa fortune fit un bond spectaculaire grâce à l'envolée des valeurs asiatiques. Conscient que les arbres ne montent pas jusqu'au ciel, Andy anticipa l'éclatement de la bulle spéculative japonaise et vendit au meilleur moment ses actifs financiers. Il réinvestit l'argent en Bourse dans des entreprises américaines d'informatique, dans lesquelles il continuait de croire dur comme fer – choix paradoxal, car il détestait les ordinateurs et avait refusé à plusieurs reprises qu'Abigaël lui offre le Macintosh 128K, le premier modèle personnel sorti par Apple quelques mois avant leur rencontre.

L'entreprise Marzano, elle aussi, continuait de grandir, employant toujours plus d'ouvriers. Grâce aux prêts des banques, il en augmenta le capital et installa ses locaux dans un grand entrepôt du sud de Dorchester. En 1992, il vit dans le lancement du programme fédéral « Hope VI », qui marquait un nouveau cycle de rénovation urbaine, l'occasion de devenir riche. Vraiment riche. Le programme avait pour objectif de réduire la densité de population dans les logements sociaux vétustes et de favoriser la mixité sociale. Démolition de grands ensembles. Reconstruction de logements moins élevés.

Réhabilitation de quartiers d'où avaient fui les classes moyennes. Ironie du sort, ce programme à visée sociale favoriserait à terme la gentrification qu'il était censé combattre.

Convaincu qu'une manne s'offrait à lui, il s'associa à un constructeur immobilier de Boston qui, après des années de gestion chaotique, était près de mettre la clé sous la porte. Fort de son expérience dans la réfection de logements insalubres entamée quelques années plus tôt, il décrocha d'importants chantiers financés par les investissements massifs de la municipalité et de l'État, acheta des terrains, bâtit des immeubles à taille humaine. Le foncier était vendu à un prix dérisoire. Les crédits et les abattements d'impôts tombaient du ciel comme par magie. Toutes les planètes étaient alignées pour ceux qui sauraient saisir leur chance. Et Andy Marzano faisait partie de ceux-là.

En quelques années, il allait construire à Boston un petit empire immobilier et tiendrait enfin sa revanche.

*

Martha Marzano rêvait depuis toujours de visiter Paris et Rome. En 1996, pour leurs quarante ans de mariage, Andy offrit à ses parents un voyage de trois semaines en Europe. Volontiers casanier et détestant l'avion, son père dut se faire prier pour entreprendre ce périple. Sa mère, elle, était aux anges.

Ils passèrent d'abord deux jours à New York, séjournant au Plaza, où Andy avait souvent l'habitude de descendre pour ses affaires. Ils partirent le 17 juillet dans la soirée. Le vol ayant plus d'une heure de retard, le couple en profita pour appeler Andy depuis l'aéroport.

– Merci de me permettre de réaliser mes rêves, mon chéri, lui dit sa mère tandis qu'il percevait en fond sonore les appels du terminal de départ.

– C'est toi qui me permets de réaliser le mien, maman : rien ne m'importe plus que de te faire plaisir et de te rendre heureuse.

– Nous t'appellerons dès que nous serons arrivés à l'hôtel à Paris.

– Maman, il sera 4 heures du matin pour moi à ce moment-là !

– Que je suis bête ! fit-elle en riant.

Ils échangèrent encore quelques mots, puis elle raccrocha après l'avoir embrassé. Ce fut la dernière fois qu'il lui parla.

Le vol TWA 800 ne devait jamais atteindre la capitale de la France. Parti de l'aéroport JFK, il explosa douze minutes après son décollage, au large de Long Island. Aucun passager ou membre de l'équipage ne survécut à l'accident, qui fut dans un premier temps considéré comme un acte terroriste.

Pour la deuxième fois de sa vie, Andy sombra. Les années, les médicaments, les thérapies, la réussite professionnelle, rien ne lui permettrait de se consoler de la disparition de ses parents, pas plus que de celle de la seule femme qu'il eût jamais aimée.

*

Deux ans plus tard, ne vivant désormais plus que pour son travail, Andy prit la décision de fonder une société à responsabilité limitée, une forme flexible d'entreprise qui offrait des avantages fiscaux et, comme son nom l'indique, limitait sa responsabilité financière en tant que personne physique.

S'il était désireux de diversifier ses investissements, notamment dans le tourisme et l'hôtellerie, il avait aussi une autre idée en tête. L'entreprise Marzano était et serait pour toujours celle de son père, fils d'un émigré sicilien qui avait débarqué un beau jour dans « le berceau de la liberté » dans l'espoir d'y commencer une vie meilleure. À présent que Frank n'était plus là, Andy voulait tourner la page et exister par lui-même. Il n'était plus le jeune homme naïf et peu sûr de lui d'autrefois. Andy Marzano demeurerait dans son esprit un écrivaillon, un artiste raté. Celui dont le nom ne trônerait jamais dans les devantures des librairies ni sur les affiches publicitaires, mais resterait inscrit en première page de manuscrits dont aucun agent ni éditeur n'avait voulu. Il devait se faire un nom. Un nom qui ne devrait rien à personne, pas même à ses parents.

Un soir, profitant d'un rare moment de tranquillité, il s'installa dans la bibliothèque de sa magnifique maison victorienne du quartier résidentiel de Back Bay – le seul achat onéreux qu'il se fût permis malgré les millions sur son compte en banque. Son Underwood trônait sur l'étagère centrale, telle une œuvre d'art. Si le cylindre de la machine avait définitivement rendu l'âme, il n'avait jamais ôté le ruban encreur ni la dernière feuille vierge insérée sous le rouleau. La bibliothèque était essentiellement constituée d'éditions originales acquises au fil des ans dans des ventes aux enchères ou dans des librairies anciennes pour collectionneurs. Ce jour-là, pourtant, il ne s'intéressa qu'à ses vieilles éditions de poche, jaunies et cornées, dont l'ensemble n'aurait pas valu 2 dollars dans un vide-grenier. C'était là son trésor : ses romans favoris, qui lui avaient donné le goût de la littérature, mais qu'il n'avait plus relus depuis l'époque où il ambitionnait de devenir écrivain. Il ouvrit *Vol au-dessus d'un nid de coucou*. Le prénom du personnage principal, Randle McMurphy, lui plaisait bien, mais il ne le trouvait pas assez courant. Après un moment de réflexion, il lui préféra celui choisi par Miloš Forman pour l'adaptation qu'il avait faite du roman : Randall. Ensuite, dans sa vidéothèque, qui n'était encore constituée que de VHS, il choisit une cassette au hasard : un film de Vincente Minnelli de 1962, qu'il n'avait d'ailleurs jamais visionné. Il parcourut les noms des acteurs sur la jaquette, hésita entre Douglas, Robinson, Hamilton, pour choisir finalement ce dernier, celui d'un jeune acteur qui tournait là l'un de ses premiers films.

En quelques minutes, Randall Hamilton était né.

Un mois plus tard, grâce à ses relations, Andy Marzano obtint un changement de patronyme à l'état civil, puis il fonda dans la foulée The Hamilton Organization, un conglomérat qui en quinze ans finirait par engranger 150 millions de revenus annuels et porterait la fortune de son fondateur à quelque 4 milliards de dollars.

# 3

*1998*

Le sol de la cuisine de la demeure de Back Bay est couvert de tessons d'assiettes. Réfugiée dans un coin de la pièce, Carla pleure. Les disputes sont devenues presque quotidiennes ces dernières semaines et, bien qu'elles soient chaque fois un peu plus violentes, Randall a l'impression d'être plongé dans un lamentable vaudeville.

Prenant appui sur l'îlot central, il soulève son pied droit : la plante est maculée de sang, il distingue en plein milieu une profonde éraflure.

– Tu es complètement hystérique, ma parole ! Regarde : je pisse le sang.

Carla n'a pas un regard pour sa blessure.

– Tu ne m'as jamais aimée ! crie-t-elle dans un sanglot.

– Qu'est-ce que tu racontes ?

– La simple vérité !

– J'en ai marre de tes récriminations permanentes. Je t'ai offert tout ce qu'on peut désirer : une magnifique maison, des vacances à l'autre bout de la planète, des robes hors de prix…

– Ton fric ! C'est la seule chose qui t'intéresse dans la vie. Je ne te parle pas d'argent ni de biens matériels, je te parle d'amour,

Andy ! Qu'est-ce que je suis pour toi ? Une potiche qu'on exhibe le temps d'une soirée dans une robe à 10 000 dollars ? Une psy à domicile qui doit supporter jusqu'à plus soif tes doutes et tes angoisses ? Ou un simple lot de consolation ?

Randall s'enveloppe le pied avec un torchon pour essayer de stopper l'hémorragie.

– Non, tu es ma femme. Je t'aime et je te respecte.

– Est-ce que tu t'entends ? Même dans tes minables romans tu n'aurais jamais osé écrire une réplique pareille. Tu sais très bien au fond de toi que tu ne m'as jamais aimée. Et tu me trompes depuis le premier jour…

– Je ne t'ai jamais trompée, Carla. Je te le jure. Ce ne sont pourtant pas les occasions qui ont manqué…

– Quel tact ! Je n'en attendais pas moins de ta part. Si, tu m'as trompée, et tu continues de le faire !

– Et avec qui, je te prie ?

Sans faire attention aux bouts de vaisselle répandus au sol, Carla traverse la cuisine. Elle sort de la poche de son pantalon une photo en noir et blanc qu'elle exhibe sous ses yeux.

– Avec elle !

Randall observe le cliché, médusé.

– Où as-tu trouvé cette photo ?

– Tu le sais très bien. Tu la gardes depuis des années dans ton portefeuille. Les bords sont tout déchirés…

Carla se calme soudain et se remet à pleurer, plus discrètement. Randall ne perçoit plus chez elle de colère, mais une profonde lassitude.

– Sois honnête avec moi au moins une fois dans ta vie, reprend-elle. Tu n'as jamais pu oublier Abigaël. Non seulement il y a cette photo, mais tu cries encore parfois son nom la nuit, quand tu fais des cauchemars. Et je sais que tu vas chaque semaine sur sa tombe…

– Ce n'est pas ce que tu crois, Carla.

– Elle est morte, Andy, il y a presque quinze ans. Et tu l'aimes toujours. Je n'ai été pour toi qu'un bouche-trou. Mais, après tout, je l'ai toujours su et je n'ai qu'à m'en prendre à moi-même. J'aurais dû arrêter de te tourner autour, j'aurais dû comprendre…

Randall regarde la petite flaque de sang qui s'élargit sous son pied. Il aimerait la contredire, mais il ne trouve pas les mots. Peut-être parce qu'il sait que tout ce qu'a énoncé Carla est vrai.

– Je te quitte, Andy, pour de bon cette fois. Je dormirai dans la chambre d'amis cette nuit, et je partirai dès demain matin. Rassure-toi : je ne chercherai pas à te prendre la moitié de ta fortune, je n'ai jamais été une femme intéressée. Nous n'avons plus besoin l'un de l'autre… En fait, nous n'avons jamais eu besoin l'un de l'autre.

*

*2001*

Shanghai.

Randall est depuis deux jours en voyage d'affaires. Il vient de dîner avec des promoteurs et des banquiers chinois, dans le but d'investir plusieurs dizaines de millions dans la construction d'un hôtel de luxe à une heure de la ville, sur le site d'une ancienne carrière désaffectée.

Dans sa chambre du Marriott, dans le district de Pudong, il met un peu de musique et se sert un verre de whisky. Il apprécie ces moments de solitude, ces face-à-face avec lui-même à l'autre bout du monde, même s'ils le plongent souvent dans une mélancolie profonde, parfois proche de la désespérance.

Alors qu'il contemple les lumières de la ville à travers les portes-fenêtres, son téléphone se met à sonner. Malgré la position qu'il occupe – ou peut-être à cause d'elle –, il déteste les portables et la possibilité d'être joint vingt-quatre heures sur vingt-quatre. Par moments, il aimerait revenir une ou deux décennies en arrière, quand la technologie n'avait pas envahi le quotidien des gens, quand il fallait encore insérer des pièces de 10 cents dans une cabine téléphonique pour pouvoir appeler quelqu'un.

Le nom de Logan Boyle s'affiche sur l'écran. Après un rapide calcul, il estime qu'il doit être un peu plus de 10 heures sur la côte Est.

– Est-ce que tu es devant la télé ? demande Logan *ex abrupto.*

– La télé ? Non. Je suis à Shanghai. Je viens à peine de rentrer à l'hôtel. Qu'est-ce qui se passe ?

– Allume-la.

Encore un peu déboussolé par le décalage horaire, Randall s'empare de la télécommande et appuie dessus. Sur le grand écran plat apparaît un immeuble noirci et noyé sous des panaches de fumée. Il lui faut plusieurs secondes pour reconnaître l'une des tours jumelles de Lower Manhattan. Il a beau chercher, il ne trouve pas la seconde.

– Nom de Dieu ! Qu'est-ce qui se passe, Logan ?

– Des avions ont percuté le World Trade Center. La tour sud s'est effondrée. CNN dit que le Pentagone est en flammes. Les États-Unis sont attaqués…

Randall reste sidéré devant l'écran. D'horribles images d'avions explosant en plein vol déferlent dans sa tête. Des images qui ont hanté ses nuits pendant des années. Celles de la tragédie du Boeing 747 qui a coûté la vie à ses parents. Une pensée lui traverse l'esprit : « Je n'ai plus envie de vivre dans ce monde. »

*

*2003*

Boston.

Randall est assis dans son immense bureau aux murs de verre de la Hamilton Tower, une tour de vingt-cinq étages qui abrite entre autres le siège de son entreprise et son penthouse, duquel il domine la ville. Il est plongé dans la lecture d'une enquête à paraître la semaine suivante dans un célèbre hebdomadaire national : « Comment le discret Randall Hamilton a construit son empire financier ». Volontiers moralisateur, l'article revient longuement sur ses débuts dans les affaires et relate comment il s'est enrichi en investissant massivement dans le logement locatif, en profitant des généreuses aides de l'État – autrement dit, une fortune constituée en grande partie grâce à l'argent du contribuable. La suite n'est guère plus flatteuse. Entrepreneur mégalomane, misanthrope, économe jusqu'à l'avarice : le portrait qui est fait de lui est désastreux, quoique au fond pas si éloigné de la réalité.

Randall n'en est pas à la moitié de sa lecture quand une lumière rouge clignote sur le téléphone fixe.

– Pam, s'agace-t-il après avoir enclenché le haut-parleur, j'avais dit que je ne voulais pas être dérangé.

– Je le sais, monsieur, mais il s'agit de la police... enfin, de M. Drayton.

Randall marque un silence.

– Vous avez bien fait. Passez-le-moi.

– C'est-à-dire, il n'est pas au téléphone... Il vient juste d'arriver dans nos bureaux.

– Faites-le entrer, s'il vous plaît.

Quelques années auparavant, après une intervention qui a mal tourné, Drayton s'est retrouvé dans le viseur du Bureau des affaires internes avec deux de ses collègues. Randall lui a payé un ténor du barreau pour le sortir de cette mauvaise passe et empêcher toute poursuite à son encontre. Bien sûr, il n'a pas agi par grandeur d'âme, mais pour faire de lui son débiteur et s'assurer une source sûre au sein de la police. Depuis, Drayton et lui déjeunent ensemble au moins une fois par an pour évoquer l'« affaire ». Avec le temps, Randall s'est même rendu compte qu'il appréciait beaucoup sa compagnie. Un lien de sympathie s'est créé entre eux, que rien dans leur première rencontre n'aurait pu laisser augurer.

– Bonjour, Alan. Installez-vous.

– Bonjour, Andy. Merci de me recevoir aussi vite.

Avec Logan, l'inspecteur est l'une des rares personnes à continuer à l'appeler par son vrai prénom.

Drayton reste un moment silencieux. Randall ressent une anxiété mêlée d'excitation car il comprend immédiatement qu'il n'est pas là pour une visite de courtoisie. Il sait déjà que, dans le cadre de la réouverture de vieilles affaires non résolues, la police a procédé à des analyses de traces d'ADN probablement laissées par le Tueur à la ceinture sur deux scènes de crime. « Ne vous attendez pas à des miracles », l'a pourtant prévenu le policier lorsqu'il l'en a informé.

– Il y a du nouveau, n'est-ce pas ?

Drayton hoche la tête.

– J'irai droit au but. Un homme a été arrêté hier matin à Orlando sur la base des analyses ADN. Les médias ne sont pas encore au courant, mais l'information devrait sortir dans les jours qui viennent…

– Qui est-ce ?

– Un dénommé Sean Burks, originaire de Boston. Il passe depuis cinq ans la majorité de son temps en Floride. Divorcé, deux enfants qu'il ne voit quasiment jamais, désormais célibataire.

– Vous pensez que c'est lui ?

– Nos collègues d'Orlando n'ont rien trouvé à son domicile, mais une perquisition a eu lieu aujourd'hui à l'aube dans un appartement qu'il possède à Boston. On a mis la main sur un collier et une bague qui appartenaient certainement à deux des victimes, même si cela doit encore être confirmé.

– Abigaël ? se contente de demander Randall, la voix moins assurée.

– Malheureusement non, rien qui la concerne. Cela dit, il y a énormément d'affaires dans ce logement, et on ne désespère pas de trouver d'autres indices. Ça va simplement prendre du temps…

– Est-ce qu'il a parlé ?

– Pas un mot depuis son arrestation. Il a tout de suite demandé à contacter un avocat. Je pense qu'il ne passera pas aux aveux facilement : il semble très sûr de lui, arrogant même, ce qui colle avec le profil établi. Heureusement, nous avons d'ores et déjà ces preuves matérielles, et les meilleurs spécialistes du comportement sont sur le coup pour le faire craquer. C'est un excellent début, Andy.

Randall fait pivoter son fauteuil. Son regard se perd quelque part au loin, à travers les vitres du bureau. Ce moment, il l'attend depuis des années. À présent qu'il est arrivé, il ne ressent aucun soulagement, aucune libération particulière. Il sait que le policier doit deviner sa déception.

– Et ses antécédents, Alan ? Pour quel motif a-t-il déjà été arrêté ?

– Il n'a jamais été arrêté…

Stupéfait, Randall reprend aussitôt sa position initiale.

– Comment est-ce possible ? Pourquoi possédait-on son ADN, alors ?

Drayton croise les doigts et fait tourner ses pouces l'un sur l'autre.

– Comme vous le savez, depuis quelques années la scientifique procède à des relevés de traces génétiques sur toutes les scènes de crime. Or il arrive que des enquêteurs les polluent par manque de précaution : le plus souvent, on prélève donc aussi leur ADN pour les écarter lors des comparaisons et éviter les erreurs en laboratoire.

– Qu'est-ce que vous essayez de me dire, Alan ?

La réponse de Drayton tombe comme un couperet :

– Si l'on possédait son ADN, c'est que l'homme qui a été arrêté est un ancien flic de la police de Boston.

# 4

*2006*

Un voilier amarré non loin de la presqu'île de Saint-Jean-Cap-Ferrat.

– Regarde, tonton, comme je sais bien plonger !

Installé sur le pont en bermuda et en chemise légère, Randall lève les yeux du contrat sur lequel il essayait de se concentrer. Il baisse ses lunettes de lecture sur le bout de son nez pour mieux voir Elliott, 8 ans, qui se tient fièrement accroché à la balustrade du balcon arrière.

Dès qu'il comprend qu'il a capté son attention, l'enfant se jette sans hésiter dans la mer. Aussitôt après, un grand « plouf ! » retentit. Un peu inquiet, Randall se lève rapidement et se dirige vers la poupe. Mais Elliott est là, en contrebas, à nager tranquillement dans la Méditerranée, sans l'ombre d'une appréhension.

– Bravo, mon trésor ! C'était vraiment impressionnant.

– Elliott ! Je t'ai dit cent fois de ne pas plonger ! crie une voix derrière eux. C'est dangereux, on n'est pas dans une piscine !

Sans doute alerté par le bruit du plongeon, Logan vient d'émerger de la cabine. L'inquiétude qui passe sur son visage, Randall la connaît bien. Depuis qu'il est père, son ami est en permanence sur le qui-vive, terrifié à l'idée qu'il arrive malheur à son fils, pourtant incroyablement débrouillard.

– Il ne fait que s'amuser, tempère Randall. Et puis je le surveillais, de toute façon.

Après avoir enchaîné durant des années des histoires sans lendemain, Logan s'est marié avec une artiste peintre, Lisbeth, une femme douce et pleine de talent. Leur couple est l'exact opposé de celui que Randall formait avec Carla. Il sait qu'ils ne se quitteront jamais, que cette femme a apporté à son ami tout ce dont il avait besoin. Logan est devenu chef du service de neurologie au Boston Medical Center. C'est une pointure dans son domaine. Quand il ne travaille pas à l'hôpital, il passe son temps à écrire dans des revues scientifiques ou à participer à des colloques aux quatre coins du pays. Il aime son métier passionnément.

Voilà des années qu'ils prévoyaient de partir un été tous ensemble. Mais, débordés par leur travail respectif, les deux hommes remettaient chaque fois ce projet à plus tard. Il ne se serait d'ailleurs jamais concrétisé si Randall n'avait profité d'un déplacement important à Paris pour embarquer avec lui sur un coup de tête toute la famille Boyle. Après avoir visité la capitale, ils ont décidé de venir passer trois jours sur la Côte d'Azur avant de prendre la direction de l'Italie. Ce voyage est aussi pour Randall un pèlerinage. Il voulait depuis longtemps accomplir en Europe l'itinéraire qu'il avait prévu pour ses parents dix ans plus tôt. Visiter les monuments et les musées que rêvait de voir sa mère. Arpenter ces lieux merveilleux qu'elle ne connaîtrait jamais.

Ce matin, Lisbeth a préféré rester sur la plage privée de l'hôtel pour être un peu tranquille. Les trois garçons, eux, sont sortis en mer avec le voilier – une des rares activités que Randall apprécie vraiment.

Tout ébouriffé, Elliott remonte par l'échelle arrière. Ce garçon, qu'il considère comme son neveu, Randall l'aime beaucoup, et il regrette parfois de ne pas avoir eu un fils comme lui. À présent, il sait qu'il n'aura jamais d'enfant. Bien qu'il n'ait que la quarantaine, il n'en a plus le courage. Ce choix impliquerait trop de responsabilités. À cause de celles qui l'accaparent à la tête de son entreprise, il serait incapable de s'occuper de lui correctement.

Pourtant, ce jour-là, en regardant Logan réprimander son fils à l'arrière du voilier, il se dit qu'il échangerait volontiers sa place avec celle de son ami. Au fond de son cœur pointe un sentiment qu'il n'a plus éprouvé depuis des lustres : la jalousie.

*

*2008*

Boston.

La longue berline noire vient de quitter le Museum of Science et traverse le pont enjambant la rivière Charles, pour se diriger vers le West End.

Randall est installé à l'arrière, à côté de sa compagne du moment, Gisèle, une mannequin et actrice de télévision de vingt ans sa cadette. Ensemble, ils ont fait le mois dernier la couverture de *Vanity Fair* et ont été élus plus beau couple de l'année par le magazine. Depuis qu'il s'est séparé de Carla, jamais il n'avait réussi à faire durer une relation aussi longtemps.

– Tu es content ? C'était une belle soirée, non ?

– Très belle, mon cœur. Tu étais rayonnante. Les gens n'avaient d'yeux que pour toi.

Gisèle sourit de manière artificielle.

– Non, Randall, c'est toi que tout le monde regardait... Les gens n'ont d'yeux que pour celui qui a le plus gros portefeuille.

Au cours de la soirée dont il était l'hôte d'honneur, Randall a fait un don de 10 millions de dollars à ce musée qu'il adorait lorsqu'il était enfant. Il se souvient encore des matinées passées avec sa mère à admirer les dinosaures gigantesques ou à se perdre dans les salles consacrées à l'astronomie.

Depuis quelques années déjà il s'est lancé dans la philanthropie et verse des millions en dons à des associations, des universités, des programmes de lutte pour l'éducation, qui lui permettent d'améliorer son image et par la même occasion d'échapper presque entièrement à l'impôt fédéral sur le revenu. Pourtant, Randall n'agit plus avec la moindre arrière-pensée. Il a désormais envie de faire le bien, d'améliorer le monde autour de lui, d'être utile à quelque chose.

Une semaine plus tôt, lâchée par le secrétaire général au Trésor, la banque Lehman Brothers a fait faillite, créant un séisme dans l'univers de la finance. La crise inédite qui frappe le monde depuis un an n'a pas épargné Randall. Lui-même ne sait pas précisément quel impact la dégradation des marchés financiers a eu et aura sur sa fortune – à terme, les pertes se chiffreront probablement en centaines de millions. Mais ce qui l'aurait jadis hanté des nuits entières ne le touche plus, même s'il continue de jouer à la perfection son rôle d'homme d'affaires impitoyable. À bien y réfléchir, cent vies ne lui suffiraient pas pour dépenser l'argent qu'il a amassé.

Longtemps, Randall a cru qu'il deviendrait heureux le jour où il aurait atteint son but. Mais ce fameux but s'est sans cesse éloigné de lui, comme ces leurres après lesquels courent les lévriers. Et, heureux, il sait à présent qu'il ne l'a jamais été.

*

*2013*

Randall fixe le conseiller financier assis en face de lui. Compétent, acharné, ambitieux : indéniablement l'une de ses meilleures recrues. Le jeune homme, qui n'a pas plus de 30 ans, se déplace toujours avec son micro-ordinateur, mais c'est à peine s'il l'a consulté depuis le début de leur échange.

– Poursuivez, Jeff.

– Après son rachat en 1983, l'hôtel a connu une période faste en réussissant à attirer et à fidéliser une clientèle fortunée. Mais, au fil du temps, avec la construction et la rénovation d'établissements de standing équivalent à Cape Cod, la concurrence est devenue plus rude. La crise de 2007 n'a évidemment rien arrangé. Le Grand Hôtel est déficitaire depuis quatre ans et rien n'indique que cette tendance puisse être inversée sans des investissements massifs. La décoration a énormément vieilli, les équipements sont aujourd'hui datés et la toiture est entièrement à refaire.

Randall garde le silence. Le conseiller y voit une invitation à continuer sa présentation.

– L'hôtel est en vente depuis dix-huit mois mais il n'y a eu pour le moment aucune offre sérieuse. D'après mes calculs, le montant de la totalité des travaux se monterait à un gros tiers du prix de vente, et ce, en intégrant une négociation non négligeable lors de l'achat.

– Je vois.

– Même en tablant sur une croissance significative du secteur de l'hôtellerie de luxe de l'ordre de 2 ou 3 % par an, il faudrait compter au moins une dizaine d'années avant que l'hôtel rapporte le moindre dollar au groupe. Bref, vous l'aurez compris, il s'agirait d'un très mauvais investissement, surtout en comparaison de ceux que vous avez faits récemment à New York et à Los Angeles.

Randall regarde les photos de l'hôtel étalées sur son bureau. Il n'arrive pas à croire que la première et unique fois où il y a mis les pieds, c'était il y a plus d'un quart de siècle.

– Je vais faire une offre.

Jusque-là impassible, le conseiller ne peut s'empêcher de s'agiter sur son fauteuil. Une incompréhension totale s'inscrit sur son visage.

– Une offre ? Monsieur, avec tout le respect que je vous dois…

– Inutile de vous fatiguer, Jeff. De toute façon, j'avais déjà pris ma décision avant que vous arriviez. Je veux devenir le propriétaire du Grand Hôtel, quel que soit l'argent que ça me coûtera.

*

*2016*

Une longue table a été installée sur la terrasse panoramique de l'hôtel. Une vingtaine de convives sont présents. Les conversations vont bon train, l'atmosphère est détendue. Au menu, clambake, pommes de terre en robe de chambre, le tout généreusement arrosé de bière locale.

Elliott vient de fêter ses 18 ans. Pour l'occasion, Randall a organisé un week-end dans le Grand Hôtel, qui rouvrira la semaine suivante après deux ans de travaux. Si la facture a été salée, l'établissement a retrouvé tout son charme et son lustre d'antan. Personne n'a encore dormi dans les chambres fraîchement redécorées. Les invités autour de la table seront les premiers à y passer une nuit.

Les amis qu'Elliott a conviés à passer deux jours sur la presqu'île sont aux anges. Les exclamations d'admiration ont fusé quand ils ont découvert la vue, la piscine à débordement et les courts de tennis. Impatients d'aller se baigner, ils se dépêchent d'engouffrer leur part du gâteau d'anniversaire – un énorme millefeuille au praliné orné d'une réplique de l'hôtel en chocolat et sucre glace.

Repu, Randall allume un cigare, l'un des meilleurs sur le marché, en provenance directe d'Amérique du Sud. S'il a depuis longtemps renoncé à la cigarette, il s'accorde ce petit plaisir pour les grandes occasions. Et l'anniversaire de son filleul et quasi-neveu en est une. Après s'être fait prier, Logan finit par en accepter un.

– Divin, concède-t-il quelques bouffées plus tard. J'ai l'impression d'être Fidel Castro.

– Ils ne viennent pas de Cuba mais du Nicaragua. Castro n'aurait rien fumé d'autre que des Cohiba… Trop peur d'être empoisonné par la CIA.

– Sacrément parano, le Fidel !

– Pas tant que ça. Ils ont bien voulu l'avoir avec un stylo piégé…

– Tu ne veux pas qu'on aille un peu marcher ? Je crois que j'ai trop mangé.

– D'accord.

Au moment où Randall se lève, Lisbeth le retient par le bras.

– Merci. Elliott ne pouvait pas rêver plus bel anniversaire.

– C'est normal. Et c'est à moi que ça fait plaisir.

– Merci aussi pour les tableaux. Ça m'a fait quelque chose de les voir tout à l'heure…

Randall a acheté à Lisbeth un nombre incalculable de toiles pour décorer les chambres et les couloirs de l'hôtel. Pas vraiment son genre, pour être honnête, mais il savait combien Logan et elle en seraient heureux.

Tout en fumant leur cigare, les deux hommes se promènent sur la plage, s'éloignant un peu de l'hôtel. Le temps est splendide sur la baie. Randall apprécie de plus en plus ce panorama, même s'il lui rappelle une époque qu'il préférerait effacer de son esprit.

– Ce que tu as fait de cet hôtel… c'est juste incroyable ! C'est un vrai paradis ici.

Malgré les éloges, Randall perçoit une sorte de réticence dans la voix de son ami.

– Mais… ?

Logan hésite durant une poignée de secondes.

– Mais je continue de penser que tu n'aurais jamais dû l'acheter.

– Les réservations sont pleines pour toute la saison. Si je le voulais, je pourrais facilement revendre l'hôtel le double de ce que je l'ai payé.

– Tu sais bien que je ne parle pas de ça.

– Ah non ? Alors de quoi est-ce que tu parles ?

Logan ralentit le pas avant de s'immobiliser complètement.

– Tu es en dépression, Randall.

– Tout de suite les grands mots !

– Ce que tu vis n'est pas un burn-out ou du simple surmenage. C'est une vraie maladie, qui peut te bouffer la tête et te conduire au fond du trou. Et les charlatans que tu consultes ne t'aident pas.

– Les « charlatans » ? Leurs diplômes valent bien les tiens.

– Tu sais ce que je pense de ces psys qui n'ont pour patients que des stars du show-biz et des patrons du S&P 500… Quand on a des tendances dépressives, le pire est de s'enfermer dans le passé et de ressasser les drames de sa vie. Cet hôtel ne t'apportera rien de bon, et je crois qu'au fond de toi tu le sais très bien.

Randall garde le silence.

– Est-ce que c'est vrai que tu as décidé de ne pas louer la suite 328 ?

– Comment le sais-tu ?

– C'est un secret de polichinelle… Tu croyais vraiment que personne ne serait au courant ? On commence à jaser.

– Je me fous de ce qu'on peut raconter sur moi. Je refuse que des putains de touristes dorment dans cette chambre ! Maintenant que les travaux sont finis, personne d'autre que moi n'aura le droit d'y entrer.

Consterné, Logan s'agenouille et éteint son cigare dans le sable.

– Andy, ne fais pas de cette chambre un mausolée. La prison mentale que tu t'es construite est déjà assez difficile à supporter. Il n'y a rien dans cet endroit qui puisse t'aider à guérir. La seule manière de t'en sortir, c'est de regarder devant toi et d'affronter l'avenir.

Randall ricane.

– Merci, je crois que je viens d'économiser une séance.

– Je ne suis pas en train de plaisanter. De toute façon, tu n'en as toujours fait qu'à ta tête…

– Tu sais quoi, Logan ? À tout prendre, je préfère encore me morfondre sur le passé. Aussi horrible qu'il puisse être, il a l'avantage de ne jamais nous surprendre. L'avenir est bien pire, parce qu'on ne peut pas savoir de quoi il sera fait.

*

*2019*

Le bureau de Logan Boyle à l'hôpital offre une vue agréable sur le parc. Depuis quelques semaines, les feuilles se sont parées de rouille. C'est l'été indien en Nouvelle-Angleterre. Il fait doux. Certaines journées sont même encore très chaudes en ce début d'automne.

Randall est seul dans la pièce. Il est étonnamment calme, bien qu'il sache que sa vie va se jouer dans les minutes qui viennent. Il observe la photo encadrée sur le bureau : Logan, Lisbeth, Elliott et lui à Saint-Jean-Cap-Ferrat, sur la terrasse de l'hôtel qui surplombe la Méditerranée. Il prend conscience que ces trois personnes présentes à ses côtés constituent depuis longtemps sa seule famille.

Son iPhone émet un tintement. Sans même consulter le message, il met son portable sur silencieux, juste avant que la porte s'ouvre. Un dossier sous le bras, Logan entre dans la pièce et va s'installer à son bureau. Il sourit, mais Randall sait que ce sourire n'est qu'un artifice pour dédramatiser la situation.

– Les nouvelles ne sont pas très bonnes, mon vieux, finit-il par dire.

Randall ne trahit aucune émotion.

– Pas bonnes jusqu'à quel point ?

– Pas très bonnes, répète Logan.

Il ouvre le dossier mais, au bout d'à peine deux ou trois secondes, le referme et pose ses deux mains dessus. Il s'éclaircit la gorge et adopte un ton purement professionnel :

– Je vais essayer de t'expliquer la situation le plus simplement possible et t'exposer les solutions qui s'offrent à nous pour…

Randall l'interrompt d'un geste de la main.

– Je veux d'abord savoir une chose : combien de temps ?

– Tu sais bien que les choses ne fonctionnent pas comme ça. Je suis neurologue, pas diseuse de bonne aventure…

– Ne joue pas au con avec moi, pas aujourd'hui. Tu ne m'as jamais menti, Logan. Tu es mon plus vieil ami… Non, en fait, tu es mon *seul* ami. Tu pourras me sortir tout ton baratin plus tard comme tu le fais avec tes autres patients, mais d'abord je veux savoir combien de temps il me reste à vivre.

Logan ne fuit pas son regard. Au contraire, il le fixe droit dans les yeux.

– Quelques mois… Un an maximum.

# 5

Le retour vers l'hôtel dura moins de cinq minutes, mais il parut interminable à Randall. Une fois qu'il fut installé dans le 4 × 4, on ne lui donna aucune explication et il ne posa de son côté aucune question. On l'enveloppa dans une épaisse couverture en tweed pour le réchauffer. Le médecin au front dégarni lui donna une bouteille d'eau pour qu'il se réhydrate, puis il prit sa tension, vérifia sa température à l'aide d'un thermomètre électronique et lui fit avaler plusieurs cachets.

À leur arrivée, le médecin l'escorta à l'intérieur. Quelques employés de l'hôtel étaient alignés dans le hall, un peu perdus, dans l'attente d'instructions qui tardaient à venir. Ils les regardèrent passer en silence. Certains baissaient la tête, comme s'ils craignaient de croiser le regard de Randall.

Seul Maurice était à l'écart, toujours aussi droit derrière son comptoir, avec sur le visage ce qui pouvait être aussi bien du soulagement que de la consternation. Le gigantesque hall était figé, telle une scène de théâtre après la représentation.

Randall s'imagina qu'on allait le conduire dans sa chambre, mais le médecin se dirigea vers la salle de restaurant, qu'ils traversèrent pour rejoindre la véranda, où il avait pris son petit déjeuner. Toutes deux étaient vides. Et tous les clients de l'hôtel avaient disparu.

– J'aimerais qu'on nous laisse tranquilles un moment, indiqua le médecin aux deux serveurs affairés à déposer sur leur table des boissons chaudes et de quoi se restaurer.

Sans faire d'histoires, Randall s'installa.

– Tu devrais boire un peu de thé, ça te fera du bien, ajouta l'homme dès qu'ils furent seuls.

Randall n'en fit rien. À la place, il tourna la tête vers l'océan, gris et agité dans le soir tombant, essayant mentalement de retracer la série d'événements qui s'étaient succédé les deux derniers jours. Il avait toujours autant de mal à les relier entre eux pour leur donner un sens satisfaisant.

Il fixa ensuite le médecin et éprouva une étrange impression, qui n'avait pas réussi à affleurer lors de leurs précédentes rencontres.

– Nous nous connaissons depuis longtemps ? hasarda-t-il.

– Depuis 1975... Nous nous sommes rencontrés au lycée. Je m'appelle Logan Boyle et je suis ton plus vieil ami. Tu es le parrain de mon fils, Elliott.

– Vous êtes réellement médecin ?

– Oui, je suis neurologue.

Même si les paroles de cet homme ne signifiaient rien pour lui, Randall se tut un assez long moment avant de poser une autre question :

– Mais moi, je ne suis pas écrivain, n'est-ce pas ?

Boyle avala une gorgée de thé, puis poussa un profond soupir.

– Non. Tu es un homme d'affaires, très riche. Cet hôtel t'appartient.

– Je suis malade ?

– Malheureusement. Une tumeur cérébrale, inopérable.

Randall eut un sourire mécanique. Il éprouva une forme de délivrance à comprendre enfin pourquoi il ne se souvenait de rien.

Un an plus tôt, l'imagerie avait révélé à la base du cerveau une tumeur maligne ayant pour origine des cellules intracrâniennes. Les lésions touchaient des zones participant au fonctionnement de la mémoire, ce qui provoquerait inexorablement une amnésie rétrograde définitive, sans espoir de récupération. Paradoxalement, des souvenirs très anciens pouvaient encore resurgir occasionnellement, avant leur disparition totale.

– Tu n'as pas complètement perdu ta capacité à former de nouveaux souvenirs : c'est ce qui explique que tu te souviennes des dernières heures et des derniers jours. Mais l'amnésie n'est que l'une des conséquences de la tumeur. Il y a tout le reste : les céphalées, la fatigue, les pertes d'équilibre, les difficultés à se concentrer…

– Je suis à un stade avancé ?

– Très avancé. Tu as déjà dépassé l'espérance de vie qu'on t'avait annoncée.

Logan Boyle marqua un silence. Randall comprit qu'il était inutile de le questionner, car la suite ne tarderait pas à venir.

– Lorsqu'on t'a diagnostiqué cette tumeur, tu traversais une grave dépression que personne n'arrivait à soigner. Tu ne supportais plus ta vie ni tes responsabilités. Tu avais réussi à bâtir un empire, mais tu étais affreusement malheureux. Alors tu as pris la décision de vivre le temps qu'il te restait comme tu l'entendais, en réalisant enfin ton rêve.

– Mon rêve ?

– Devenir un écrivain. Un grand écrivain.

Et Boyle entreprit de lui raconter l'histoire d'un tout jeune homme du nom d'Andy Marzano, qui ne vivait que pour être publié dans une prestigieuse maison d'édition mais ne connaissait que de cuisants échecs.

– Tu as décidé de t'inventer une vie parfaite, dans laquelle tu serais ce que tu as toujours souhaité : l'auteur le plus célèbre des États-Unis. Cet hôtel t'appartenant depuis presque dix ans, les choses n'ont pas été si compliquées en fin de compte. Il devait devenir le décor de la pièce que tu avais écrite. Toi, tu en serais le protagoniste.

– C'est impossible, fit Randall en secouant la tête. J'ai feuilleté mes propres livres dans la bibliothèque ! Ma vie entière est étalée sur Internet !

– Tout cela fait partie de l'opération. Les ordinateurs et les téléphones de l'hôtel fonctionnent en réseau : il ne te serait pas possible d'envoyer le moindre mail ou de passer le moindre coup de fil vers l'extérieur. On a fait imprimer des romans à succès en changeant la couverture et en y mettant ton nom. Deux scénaristes ont été chargés d'écrire de fausses notices biographiques et des articles de presse aussi réalistes que possible. Ni ton ordinateur ni ton coffre ne sont verrouillés : tu aurais pu taper n'importe quel mot ou chiffres, ç'aurait été pareil. Le Grand Hôtel vit en vase clos, sans aucun lien avec le vrai monde. Pour ne pas attirer l'attention sur sa fermeture soudaine, ton service de communication a prétendu qu'il était en travaux.

– J'ai entendu ma voix sur l'enregistreur : j'étais en train de dicter mon roman…

– Cet enregistrement a été réalisé au début de ta maladie, quand tu étais encore lucide. Tu as lu quelques paragraphes d'un roman de gare, que nous avons rebaptisé *Talion* et dont nous avons stocké le fichier dans l'ordinateur de ta chambre.

– Mais qui a mis en place cette opération ?

– C'est toi. Tu en es l'inventeur et le chef d'orchestre. Bien sûr, les premiers mois, tu avais parfaitement conscience de participer à un jeu de rôle. Tu faisais simplement semblant d'être un auteur à succès et profitais de ta notoriété dans un cadre de rêve. Des clients t'abordaient et te demandaient des autographes, tu te prêtais à ces saynètes, à ces instants de gloire dont Andy Marzano avait été privé. Mais, le temps passant et ta mémoire se dégradant, cette illusion est peu à peu devenue pour toi l'unique réalité. Tu as vraiment fini par croire que tu étais l'auteur le plus vendu d'Amérique : l'artiste adulé a pris lentement le pas sur l'entrepreneur milliardaire. Jusque-là, les choses se déroulaient sans encombre et beaucoup plus calmement. Cette fois, je ne sais pas, tout a vraiment déraillé… Tu n'avais jamais tenté de t'enfuir de l'hôtel auparavant ni cherché à découvrir la vérité. Nous ne savions plus quoi inventer pour te retenir.

Incrédule, Randall continuait de secouer la tête. Il se rappela la réception en son honneur, les interviews qu'il avait données, la retransmission sur CBS.

– Non. Si c'était vrai, je n'aurais pas pu répondre aux questions des journalistes.

Un nuage de tristesse passa sur le visage de Logan.

– Je suis désolé, mais tu n'as répondu à aucune de leurs questions. Il n'y a jamais eu de direct à la télévision.

Il sortit un smartphone à large écran et, après quelques manipulations, lança une vidéo.

La scène était familière à Randall. Un journaliste du nom de Tim Wilcock l'interrogeait dans le petit salon : « Pouvez-vous nous dire un mot sur cet hôtel et sur le rôle qu'il joue dans votre processus créatif ? » Le plan suivant montrait le visage de Randall, déformé par un affreux rictus. Après quelques secondes d'hésitation, il se mettait à balbutier des paroles incompréhensibles, tandis que le faux journaliste hochait la tête pour lui faire croire qu'il s'en tirait brillamment. Comme si de rien n'était, l'interviewer poursuivait ses questions, qui n'obtenaient toujours aucune réponse intelligible.

Logan éteignit la vidéo pour mettre fin à ce supplice.

– Ta tumeur provoque des moments de grande confusion mentale, notamment lorsque tu es soumis au stress. C'est comme si ton cerveau se déconnectait et que tu te réfugiais dans un monde plus rassurant, où les choses se déroulent comme tu le souhaites.

Des cris de mouettes retentirent sur la plage. Randall détourna fugacement la tête.

– Qui sont ces gens qui travaillent ici ?

– Nous avons conservé une partie des employés, ceux qui ont accepté de jouer le jeu en échange d'une belle augmentation. Après tout, ils travaillaient déjà pour toi auparavant.

– Ils ne pourraient pas garder un tel secret…

– Ils ont tous signé un contrat de confidentialité qui les expose à des poursuites s'ils en enfreignent les clauses. Aucun d'entre eux n'a envie de se retrouver sur la paille.

– Et les clients ?

– Des comédiens, très généreusement rétribués pour venir passer quelques jours dans un palace. La plupart n'ont pas le droit d'entrer en interaction avec toi, mais certains ont un vrai rôle à jouer : quelques fans, comme cette Sally qui te demande un autographe, des invités de la réception, sans parler évidemment de Bob ou de Lyly.

Tous ces visages défilèrent en quelques secondes dans la tête de Randall. Il était bien la victime d'une machination, même si elle ne ressemblait à rien de ce qu'il avait imaginé et s'il était lui-même le cerveau.

– Maurice est un comédien, lui aussi ?

– Non. Maurice travaille ici depuis 1982. Il aurait pu prendre sa retraite depuis un certain temps, mais il ne vit que pour son travail. Il est la mémoire vivante du Grand Hôtel, personne ne le connaît mieux que lui. Tu l'as rencontré il y a trente-six ans, quand tu es venu à Cape Cod pour la première fois. Il était tout jeune à l'époque mais déjà d'une remarquable compétence.

– Et Anna ?

Logan parut agacé : elle était visiblement un grain de sable venu s'immiscer dans l'engrenage.

– Anna a transgressé les règles en voulant te révéler toute la vérité. Elle pense que cette comédie dont tu as le premier rôle est devenue monstrueuse. C'est une jeune femme instable, nous n'aurions pas dû lui faire confiance. Après la soirée, elle a littéralement disparu dans la nature. Je n'aurais jamais cru qu'elle reviendrait ni que tu trouverais une photo d'elle sur le site de l'hôtel. Notre équipe d'informaticiens a dû en catastrophe faire des retouches numériques pour effacer son image du groupe. C'est pour cela que tu ne l'as pas retrouvée sur les ordinateurs.

– Pourquoi n'a-t-elle pas prévenu la police ?

– La police ? Mais rien de ce qui se passe ici n'est illégal, tes avocats s'en sont évidemment assurés. Chacun fait ce qu'il veut de son argent. Michael Jackson s'est bien payé Neverland... Tu as même contracté des assurances à hauteur de plusieurs millions au cas où un incident se produirait. Tu as tout pensé dans les moindres détails au début de ta maladie. Anna a voulu te sortir de là pour te donner le choix.

– Le « choix » ?

– Elle n'est pas la seule à estimer que lorsqu'on ne se souvient plus d'une décision qu'on a prise, celle-ci n'a plus aucune valeur.

– Que va-t-il lui arriver ?

– En théorie, tes avocats devraient l'attaquer en justice et lui réclamer d'énormes dommages et intérêts...

– Non, protesta Randall. Elle m'a aidé : je ne veux pas qu'elle ait des problèmes à cause de moi.

– Comme tu voudras. Mais c'est toi qui as instauré les règles. Tu te serais montré bien plus impitoyable il y a encore quelques mois...

Le portable de Logan, posé près de sa tasse, se mit à bourdonner. Il décrocha, à nouveau contrarié.

– Oui ? J'ai dit que je ne voulais pas qu'on nous dérange... Il va bien. Donnez-moi encore quelques minutes.

Il raccrocha, sans expliquer qui était au bout du fil.

Randall essayait de mettre de l'ordre dans son esprit. Trop d'informations le submergeaient et trop de points restaient confus.

– Pourquoi suis-je venu ici il y a trente-six ans ? Tu as dit que j'étais fauché à l'époque.

– Cette année-là, en 1984, tu as rencontré une jeune femme dont tu es tombé fou amoureux. Mais les choses se sont mal terminées entre vous.

– Pourquoi ?

– C'est compliqué... Disons que tu l'as manipulée : tu as cherché à utiliser sa vie pour écrire un roman et elle ne l'a pas supporté. Elle s'appelait Abigaël Spencer.

Logan fouilla dans la poche de sa veste et en sortit une petite photo en noir et blanc qu'il posa en évidence sur la table. Le choc fut terrible pour Randall.

– Hedy ! s'exclama-t-il. C'est Hedy Azarova !

– Hedy n'existe pas. La femme que tu as rencontrée sur la plage n'est qu'une actrice. Il a fallu auditionner une cinquantaine de comédiennes pour trouver une personne qui ressemble autant à Abigaël. Je sais, c'en est troublant... C'est la raison pour laquelle tu croyais la connaître. Si le souvenir des événements s'effacent, certains visages restent gravés en nous pour toujours. Tu étais seulement incapable de savoir qui elle était.

– Où est Hedy ? À l'hôpital ?

– Non. Il ne lui est rien arrivé, elle n'a jamais été en danger. Après t'être endormi dans ta chambre, tu as été transporté jusqu'à la terrasse de l'hôtel, pour que tu puisses l'apercevoir au bout de la jetée. Après ce qu'elle t'avait confié, nous savions que tu serais intrigué et que tu irais la rejoindre. Cela faisait partie du scénario, tout comme son suicide, qui était simulé.

– « Simulé » ?

– Elle avait une poche de faux sang sur elle, le même que celui qu'on utilise au cinéma. La plaie qu'elle avait au poignet n'était que du maquillage. Son talent d'actrice a fait le reste. Dans la première version de ton scénario, elle devait se jeter à l'eau comme Kim Novak dans *Vertigo*, mais ça nous a évidemment paru beaucoup trop dangereux.

– Pourquoi m'avoir infligé ça ? Pourquoi m'avoir fait croire qu'elle voulait se suicider ?

– Il fallait que tu croies Hedy en danger, pour que tu puisses ensuite la sauver.

– Je ne comprends pas.

– Tu voulais enfin expier ta faute et changer le dénouement de l'histoire. Parce que tu n'avais pas réussi à sauver Abigaël dans la vie réelle.

# 6

– Durant quatre ans, au début des années 80, un *serial killer* a sévi à Boston. Les médias l'avaient surnommé le Tueur à la ceinture.

Logan Boyle résuma l'histoire à grands traits. Des jeunes femmes au profil identique avaient été étranglées chez elles, leur corps exposé en sous-vêtements dans une étrange mise en scène.

Randall l'écouta sans dire un mot. Il avait beau faire un violent effort, aucun souvenir de cette époque ne voulait remonter à la surface. Abigaël Spencer n'était pour lui qu'une parfaite inconnue.

– Tu as été longuement interrogé par la police à l'époque. Alan Drayton, un flic de Boston qui est mort depuis, te soupçonnait d'avoir tué Abigaël qui venait de te quitter. Il pensait que tes livres t'avaient rendu fou, que tu avais voulu commettre un meurtre pour retrouver l'inspiration et par la même occasion te venger d'elle.

– Quel rapport avec cet hôtel ?

– Comme Drayton, tu étais persuadé qu'Abigaël n'avait pas été victime de ce tueur. Trop d'éléments clochaient.

Logan expliqua ce qui avait conduit Andy à cette conclusion, puis comment il était arrivé au Grand Hôtel au terme de ses recherches.

– En fouillant la suite 328 qu'elle avait occupée, et que tu occupes toi-même aujourd'hui, tu as obtenu la preuve qu'elle avait bien un amant et qu'elle voulait te quitter définitivement. Le mot que tu as trouvé dans ton coffre… si je ne me trompe pas, tu l'as sur toi.

Hébété, Randall tâtonna dans la poche intérieure de sa veste et y trouva le fragment de lettre écrit sur le papier de l'hôtel. Il le lut pour la troisième fois et enfin en comprit la signification.

– C'est son écriture ?

– Non, la tienne. Tu n'as pas trouvé l'original de la lettre. Tu as recopié ce texte en 1984 à partir d'une trace laissée sur un bloc de correspondance. Tu as gardé ce bout de papier toute ta vie, plié dans ton portefeuille, à côté d'une photo d'Abigaël. C'est toi qui as tenu à ce qu'on le laisse dans le coffre. Comme une sorte d'indice dans un jeu de piste, bien qu'il ne puisse plus rien évoquer pour toi… Tu t'es toujours considéré comme responsable de la mort d'Abigaël. Alors aujourd'hui tu sauves Hedy, son double, même si tout cela n'est qu'un simulacre.

Sur la plage, les mouettes continuaient de piailler. Le ciel avait pris une teinte orangée à l'horizon.

– Le dernier meurtre a été commis en octobre 1985, continua Boyle. Ensuite, plus rien. La police a pensé que l'assassin était peut-être mort, qu'il avait déménagé ou qu'il croupissait en prison pour un autre crime. On a d'ailleurs fait à peu près les mêmes hypothèses au sujet de Jack l'Éventreur. Sans les progrès de la science, on ne lui aurait sans doute jamais mis la main dessus. En 2003, l'analyse de traces ADN a permis de prouver que le tueur était un certain Sean Burks, un ancien flic de Boston.

– Un flic ?

– La police avait un temps supposé que le tueur était un livreur, un employé des compagnies de gaz ou d'électricité, bref, quelqu'un qui pouvait facilement pénétrer dans les immeubles sans attirer l'attention. Mais jamais elle n'aurait cru qu'il se trouvait en fait dans ses propres rangs. Burks a probablement profité de son statut et de son badge pour endormir les craintes de ses futures victimes.

– Il a avoué ?

– Non. Deux jours après son arrestation, il s'est pendu dans sa cellule et a emporté tous ses secrets dans sa tombe. Sa mort a créé un véritable scandale : personne n'a compris comment on avait pu laisser un tel monstre sans surveillance. On ne sait pas s'il était impliqué dans d'autres affaires ou s'il a arrêté de tuer du jour au lendemain, ce qui est tout de même peu probable pour un tueur compulsif. Dans son appartement, on a retrouvé plusieurs objets appartenant à ses victimes. Il les avait conservés comme des sortes de trophées.

Le regard de Logan se fit vague. Randall ne remarqua pas tout de suite qu'il était en fait accroché à la photographie de la jeune femme restée sur la nappe blanche.

– De toute façon, ajouta-t-il, même si Burks avait parlé, il n'aurait pas pu avouer le meurtre d'Abigaël.

– Pourquoi ?

– Parce que c'est moi qui l'ai tuée, Andy.

# 7

Randall était pétrifié dans son fauteuil. Il pensa d'abord avoir mal entendu, mais l'expression terrible qui apparut sur le visage de Logan Boyle lui fit comprendre qu'il n'en était rien.

Il tourna la tête vers l'intérieur de la salle de restaurant à la recherche d'un employé, mais il n'y avait personne. Il pensa crier pour attirer l'attention de quelqu'un et ne plus devoir rester seul avec cet homme. Pourtant, il demeura muet. Désespérément muet.

– Après tout, qu'est-ce que ça peut bien te faire puisque tu ne te souviens pas d'elle ?

Non, il ne se souvenait pas d'elle, mais cette fille était le portrait craché de Hedy, et Randall se sentit révulsé d'être assis en face d'un assassin.

– Tu ne la méritais pas, Andy. Je te l'ai dit dès le début de votre relation. Tu avais trouvé la fille parfaite, mais tout ce qui t'intéressait, c'était ton satané livre. J'étais jaloux de toi, je peux bien te l'avouer. Lorsque Abigaël t'a quitté la première fois, elle est venue me voir. Elle était triste – mais pas autant que j'aurais pu l'imaginer : je crois qu'elle avait compris depuis longtemps que rien ne serait possible entre vous, que tu étais trop égoïste pour t'engager dans une histoire sérieuse avec qui que ce soit. Alors j'ai essayé de lui changer les idées... Nous sommes sortis ensemble un soir.

Et donc, bizarrement, elle n'a pas du tout pleurniché à cause de votre rupture. En fait, nous n'avons pratiquement pas parlé de toi. Abigaël voulait vivre sa vie intensément : elle n'était pas le genre de fille à s'enfermer dans les regrets. Et moi, je savais l'écouter, la regarder, la faire rire. À la fin de notre deuxième soirée, nous nous sommes embrassés et c'est comme ça que tout a commencé… Oh, je n'étais pas aveugle : je me doutais bien qu'en faisant cela avec ton meilleur ami elle voulait surtout se venger de toi, peut-être même ruiner notre amitié. Mais ça m'importait peu du moment que j'étais avec elle. Nous nous sommes vus en cachette, comme nous le pouvions. Bien sûr, je culpabilisais, je ne peux pas dire le contraire, mais j'étais amoureux d'elle, Andy. Qui de toute façon ne serait pas tombé amoureux de cette fille ? Ou peut-être que j'étais simplement envieux de ce qui t'arrivait. Professionnellement, je réussissais mieux que toi, mais au fond je n'étais que le bon copain juste là pour détendre l'atmosphère. Tu étais dans la dèche mais toutes les filles étaient attirées par toi : Andy, le beau brun ténébreux toujours perdu dans ses pensées… J'ai essayé de te décourager et de te dissuader de la revoir. Même si je savais que c'était insensé, j'espérais que les choses finiraient par s'arranger ; que tu te consolerais dans tes livres et que tu accepterais même notre histoire.

– Comment as-tu pu faire une chose pareille ?

Logan ne prêta aucune attention à sa question. On aurait dit que, désormais, il se parlait surtout à lui-même.

– Un week-end, nous sommes venus ici, au Grand Hôtel. Abigaël s'était occupée de la réservation, mais elle voulait que l'on reste discrets. À force de se cacher à Boston, elle était devenue anxieuse, presque paranoïaque. À cause de mon travail à l'hôpital, je n'ai pu la rejoindre que très tard le samedi soir : c'est pour cela qu'elle a dû dîner seule au restaurant. Le lendemain, nous avons traîné au lit puis nous sommes partis nous balader le long de la côte. Je crois bien que ç'a été la plus belle journée de ma vie. Secrètement, j'espérais que notre relation finirait par être découverte, quelles qu'en soient les conséquences. Tu vois, Andy, même si cela m'aurait fait énormément de peine, j'aurais renoncé à ton amitié pour l'amour d'Abigaël...

Logan récupéra soudain la photo de la jeune femme et la rangea, comme s'il ne supportait plus de l'avoir sous les yeux.

– Malheureusement, continua-t-il d'un ton plus tranchant, tu n'as rien voulu lâcher et elle s'est laissé prendre dans tes filets une nouvelle fois. Je ne sais pas comment tu t'es débrouillé pour la reconquérir et lui faire oublier ton comportement, mais tu t'es montré très fort. Abigaël a été honnête avec moi, elle n'a pas cherché à dissimuler ses intentions ou à me mener en bateau. Malgré la douleur que j'éprouvais, je n'ai pas fait d'esclandre. Et tu sais pourquoi ? Parce que je savais que tu finirais par la perdre à nouveau. J'ai simplement décidé de prendre mon mal en patience et d'attendre que cela se produise.

Sans même que Randall s'en rende compte, la luminosité avait considérablement baissé dans la véranda. Logan alluma la lampe-tempête électrique posée au centre de la table. Son visage prit aussitôt une couleur jaune effrayante.

– Oui, après votre deuxième et dernière séparation, j'ai cru que mon tour était venu. Je t'ai conseillé de poursuivre l'écriture de ton roman soi-disant pour te libérer émotionnellement, mais j'espérais secrètement que tu sombrerais encore plus. Je voulais te mettre définitivement hors jeu. Je n'ai pas voulu brusquer Abigaël ni me montrer trop pressant avec elle, mais j'ai vite compris que les choses ne se dérouleraient pas comme je l'avais imaginé. Elle ne répondait jamais à mes appels ni aux mots que je lui envoyais. Elle m'évitait. Un jour, je suis allé l'attendre à la sortie du théâtre. Elle m'a clairement fait comprendre que notre « aventure » avait été une erreur, et que votre séparation n'avait rien à voir avec moi. Elle voulait passer à autre chose et ne désirait plus me revoir. Là encore, j'ai essayé d'être raisonnable et de me persuader qu'il lui fallait encore un peu de temps. Trois jours plus tard, je suis allé taper à sa porte. C'était le soir, il devait être un peu plus de 21 heures. Elle n'avait pas envie de me laisser entrer, mais j'ai insisté pour pouvoir mettre les choses au clair avec elle.

Randall était toujours immobile. Il cherchait sur le visage du médecin une émotion, le signe d'un quelconque sentiment, mais celui-ci ressemblait à un masque inexpressif.

– C'est... c'est à ce moment-là que tu l'as tuée ?

– C'était un accident, rien qu'un horrible accident. J'ai ouvert les yeux ce soir-là : j'ai compris que je l'avais perdue, et surtout qu'elle ne m'avait jamais aimé. Nous nous sommes disputés. Elle a eu des mots très durs à mon égard, des mots que je n'ai pas supportés et que je préfère oublier. J'ai perdu le contrôle...

Randall se remémora le court récit qu'avait fait Logan sur le Tueur à la ceinture.

– Tu l'as étranglée ?

– Il faut croire que c'est ce que j'ai fait... Je serrais son cou entre mes mains et l'instant d'après elle reposait inerte sur le sol du salon. Même si j'avais du mal à croire que j'avais commis un meurtre, j'ai très vite eu l'idée de maquiller sa mort pour éviter de me faire prendre. En fait, Andy, c'est toi qui m'as donné cette idée.

– Moi ?

– Sans le vouloir, bien sûr. Quelque temps auparavant, dans ce bar que nous fréquentions, tu m'avais montré un article sur ce tueur en série. Je l'avais lu en diagonale mais j'en savais assez sur son mode opératoire pour fabriquer une scène de crime crédible. J'ai déshabillé Abigaël et je l'ai allongée sur son lit en lui serrant une ceinture autour du cou – je n'ai pas pris le risque d'utiliser la mienne, mais une que j'ai trouvée dans le placard de sa chambre. J'ai mis l'appartement en désordre, puis j'ai réussi à retrouver les lettres que je lui avais envoyées et tout ce qui aurait pu me compromettre. J'ai également volé ses boucles d'oreilles en or. Étrangement, je n'ai jamais réussi à m'en débarrasser : je les conserve encore dans mon coffre à l'hôpital. C'est idiot, je sais : elles pourraient directement m'envoyer derrière les barreaux, mais c'est plus fort que moi. Tu vois, avec le temps, on finit par oublier les saloperies qu'on a faites, même les pires, même un meurtre. J'imagine que j'ai besoin de ce bijou pour continuer à me persuader que c'est bien moi qui l'ai tuée, que tout ça n'était pas un cauchemar… Ce soir-là en tout cas, je n'aurais jamais pensé que la police en viendrait à faire de toi son principal suspect. Et je n'aurais jamais imaginé non plus que tu retrouverais la trace de notre séjour au Grand Hôtel.

– Je ne t'ai jamais soupçonné ? demanda Randall avec horreur.

– Non, je ne crois pas, même si j'ai eu peur, Andy. J'ai vraiment cru que quelqu'un parmi les employés de l'époque parviendrait à m'identifier. Mais ton père a fait un accident cérébral alors que tu menais ton enquête et tu n'as pas continué à creuser cette piste.

Son père… Randall ne savait même pas à quoi il ressemblait ni quel était son nom. Sa mémoire n'était qu'un cimetière aux pierres tombales effacées par le temps.

– Pourquoi est-ce que tu me racontes tout cela ?

Boyle prit quelques secondes pour répondre.

– Sans doute le besoin de me confesser… « Qui cache ses fautes est, à la fin, trahi par sa conscience. » Tu aimais bien citer Shakespeare autrefois. Tu es la seule personne à qui je puisse avouer la vérité sans prendre de risques. Tuer un être humain vous change à tout jamais. Parfois, je me demande comment Lisbeth et Elliott réagiraient s'ils apprenaient que j'ai tué une femme. Ils me regarderaient comme un monstre, exactement de la manière dont tu me regardes en ce moment.

– Tout le monde le saura bientôt, y compris ton fils… Je dirai ce que tu as fait.

Logan ricana.

– Je t'ai déjà avoué la vérité plusieurs fois, et tu ne t'en es jamais souvenu.

– Quoi !

– Ce n'est pas la première fois que nous avons cette discussion, que nous sommes assis tous les deux dans cette véranda. Certes, ton cerveau peut encore engranger quelques souvenirs, mais même ta mémoire antérograde est gravement atteinte et les choses ne vont pas en s'arrangeant. D'ici demain, tu auras tout oublié de ces deux derniers jours. C'est ce qui se passe à chaque fois... Cette comédie dure depuis trop longtemps.

Logan passa une main sur son crâne clairsemé.

– En définitive, Andy, tu n'es pas si malheureux. Tu as obtenu ce que tu désirais – peu de gens peuvent en dire autant. Tu n'as jamais voulu vivre dans le monde réel : il était trop ennuyeux pour toi, trop banal. Tu rêvais de vivre dans tes histoires. Souviens-toi... Non, bien sûr, tu ne peux pas te souvenir. Le problème, c'est que tu n'avais pas vraiment de talent et que tu ne l'as jamais accepté. Tes manuscrits étaient médiocres. Pas si mauvais que ça, juste médiocres. Même Abigaël le disait. Ils ne valaient vraiment pas que tu leur sacrifies ta relation avec elle. Quand je pense que...

Logan ne termina pas sa phrase. Il recula soudain, surpris par le canon de pistolet qui venait d'émerger de dessous la table.

– Les choses seront peut-être différentes cette fois, déclara Randall en pointant son arme sur son ancien ami. Sache que je n'hésiterai pas à tirer – de toute façon je serai bientôt mort. Je crois même que cette idée me plairait bien : en une seconde, je pourrais débarrasser le monde d'un salopard et d'un assassin. Je pourrais faire une dernière bonne action en ce monde.

– Pose ce joujou.

– Non. Tu vas m'accompagner. Nous allons rejoindre les autres et tu leur répéteras mot pour mot ce que tu viens de me dire.

À son grand étonnement, Logan Boyle se mit à rire.

– Tu crois vraiment qu'on aurait laissé une arme létale entre les mains d'un malade comme toi ? Tu es devenu un danger public, Andy. Ce flingue est chargé à blanc. C'est pour cela qu'on ne t'a pas fouillé de retour à l'hôtel. Il n'est qu'un accessoire, comme tout le reste.

– Je ne te crois pas.

– Eh bien tire, alors.

Croyant à un coup de bluff, Randall détourna l'arme, visa un bouquet de fleurs sur la table d'à côté et tira. Malgré la puissante déflagration, il ne se passa rien. Il appuya à nouveau sur la détente. Une odeur de poudre s'immisça dans ses narines mais le vase demeura intact.

Logan regarda derrière lui, par-dessus sa propre épaule.

– Ne te fais pas d'illusions, personne ne viendra : ils ont l'habitude de tes frasques, depuis le temps…

– Tu ne t'en sortiras pas, Logan.

– Oh si, je m'en sortirai ! Toi, en revanche… Ton état se dégrade de jour en jour, Andy. Ce jeu va toutefois bientôt prendre fin, il devient trop risqué. Je vais ordonner ton hospitalisation.

– Je ne me laisserai pas faire !

– Tu n'es plus libre de décider de rien. Tu m'as délégué beaucoup de pouvoirs quand tu as compris que tu n'arrivais plus à faire face. À ta mort, je vais d'ailleurs hériter d'un sacré paquet. Pour tous ces gens, dans cet hôtel, c'est moi le patron désormais. Ils m'obéissent au doigt et à l'œil. Tu t'es toujours méfié de tout le monde, sauf de celui que tu avais le plus à craindre.

– Tu ne m'empêcheras pas de partir !

Randall se leva brutalement de sa chaise, renversant au passage la tasse posée devant lui.

– Évite les mouvements brusques. Les pilules que je t'ai données tout à l'heure dans la voiture… elles commencent à faire effet.

Elles sont très puissantes, alors ne joue pas au héros. Tu pourrais t'évanouir et te blesser.

Randall esquissa deux pas en direction du restaurant, mais il se mit aussitôt à chanceler et dut se rasseoir.

– Qu'est-ce qui m'arrive ?

– C'est l'avantage d'être ton médecin personnel : je peux te faire avaler n'importe quoi, au sens propre comme au figuré. Quand tu te réveilleras, tu auras tout oublié de cette conversation. Au fond, je crois que c'est mieux pour toi. L'univers que tu t'es créé est tellement plus réjouissant que le nôtre... Tu ne sais pas la chance que tu as. Je vais appeler les infirmiers...

Randall avait fermé les yeux. Sa tête était renversée en arrière contre le fauteuil en osier.

– Accorde-moi une dernière faveur, trouva-t-il la force de dire.

– Laquelle ?

– Laisse-moi finir mes jours dans cet hôtel.

– Je te l'ai dit, ça devient trop risqué pour tout le monde.

– Une journée alors... Laisse-moi encore une journée être... l'écrivain... le plus célèbre du pays.

L'élocution de Randall était devenue hésitante, comme s'il était à moitié ivre. Logan hésita, mais cette ultime supplique parut l'amuser.

– D'accord, je peux bien accorder cette faveur au grand Randall Hamilton. Tu auras une journée – mais pas une de plus.

Ensuite, tout se passa très vite. Juste après que Logan eut envoyé un court message sur son portable, deux infirmiers arrivèrent dans la véranda en poussant un fauteuil roulant. Délicatement, ils installèrent Randall dessus. Il commençait à somnoler en grommelant des phrases dépourvues de sens, tout comme dans la vidéo de l'interview.

Du moins était-ce ce qu'il voulait faire croire. Car, tandis qu'on le ramenait vers la suite 328, il songeait à ce que contenaient les poches de sa veste.

Dans celle de gauche se trouvaient les pilules qu'il avait fait semblant d'avaler lorsqu'il se trouvait dans le 4 × 4.

Dans celle de droite son dictaphone, sur lequel il venait d'enregistrer l'intégralité de sa conversation avec Logan Boyle.

# ÉPILOGUE

– Bonjour, monsieur Hamilton, j'espère que vous avez passé une nuit agréable. Puis-je vous aider ? Maurice est toujours à votre service.

Randall se tenait debout devant le comptoir du Grand Hôtel. Derrière lui, les clients allaient et venaient, rejoignant la salle de restaurant ou remontant dans leur chambre après le petit déjeuner.

– Oui, je crois que vous pouvez m'aider, Maurice.

Mais, à vrai dire, il ne savait plus comment. Dès qu'il avait pénétré dans le hall fastueux, son esprit était redevenu un immense *no man's land*. Une terre aride, désolée, effrayante.

Comme il n'ajoutait rien, le concierge demanda :

– Votre travail avance-t-il comme vous le souhaitez ?

– Mon travail ?

– Votre roman. Vous m'avez dit hier que vous entriez dans la dernière ligne droite.

– Non, Maurice, je crains de ne pas arriver à le terminer.

– J'en suis vraiment navré, monsieur. Quelle déception ce serait pour vos millions de lecteurs.

Randall fit un violent effort pour se concentrer. Il essayait de lever l'épais rideau qui lui dissimulait sa vie, ses souvenirs, son passé. Il savait au plus profond de lui que si celui-ci finissait par s'ouvrir, ce ne serait que pour un bref instant, avant de retomber lourdement pour marquer la fin de la pièce.

Soudain, quelque chose se produisit. Dans sa tête, la plaine désertique se peupla. Des bribes de sa conversation avec Logan Boyle resurgirent. Il se rappelait la bande qu'il n'avait cessé de réécouter dans sa chambre depuis la veille pour tenter de comprendre ce qui lui arrivait.

– Vous vous souvenez de moi, Maurice ?

– Que voulez-vous dire ?

– La toute première fois que je suis venu ici... C'était il y a si longtemps...

Le regard du concierge se troubla. Il venait de comprendre qu'une anomalie était en train de se produire, que le scénario n'allait encore pas se dérouler comme prévu.

– Abigaël Spencer... poursuivit Randall. Ma fiancée, qui a été assassinée... J'étais venu jusqu'à l'hôtel pour trouver le coupable.

Maurice pâlit. Une émotion intense l'avait saisi. Il regarda rapidement alentour pour s'assurer que personne ne pouvait les entendre.

– Oui, monsieur, je m'en souviens. C'était en octobre 1984, une semaine avant la réélection de Ronald Reagan. Et je me souviens aussi de Mlle Spencer. Une jeune femme charmante, souriante, qui aimait beaucoup faire la conversation. Je n'oublierai jamais son visage... Vous deviez former un très beau couple avec elle. Oui, un très beau couple.

Randall porta la main à sa poche. Il en sortit l'enregistreur à cassette et le déposa discrètement sur le comptoir.

– J'aimerais que vous fassiez parvenir cet appareil à quelqu'un de ma part.

– Comment cette personne s'appelle-t-elle ?

Randall hésita. Son nom lui échappait, à présent. En réalité, il ne savait même plus pourquoi il voulait lui envoyer ce dictaphone ni ce que celui-ci contenait. Il savait seulement que c'était important, qu'il s'agissait de la dernière mission qu'il devait accomplir.

Les lettres s'embrouillaient dans sa tête. Randall ferma les yeux et, comme pour une partie de *Scrabble*, il mit toute son énergie à les déplacer et à les agencer. Mais, bien loin d'être stimulant, cet exercice s'apparentait pour lui à une torture mentale. Alors qu'il était sur le point de renoncer, un prénom et un nom se matérialisèrent dans son esprit.

– À l'inspecteur Alan Drayton… de la police de Boston. Est-ce que vous feriez cela pour moi, Maurice ?

L'homme n'arrivait plus à contenir son émotion. Randall vit des larmes briller dans ses yeux.

– Vous avez sauvé cet hôtel en le rachetant, monsieur, sans vous, il aurait fait faillite depuis longtemps. Et vous m'avez permis de terminer ma carrière entre ces murs. Je n'aurais jamais supporté de devoir prendre une place dans un autre établissement. Toute ma vie est ici.

– Je crois que la mienne l'est aussi, d'une certaine manière.

– Alors, oui, pour répondre à votre question, Maurice ferait n'importe quoi pour vous rendre service.

– J'étais certain que vous comprendriez.

Un couple de clients s'avança vers le comptoir. Un téléphone sonna. Derrière Maurice, un réceptionniste sortit du local réservé aux employés. L'instant suspendu venait de se briser. La dernière représentation pouvait commencer.

Avec un professionnalisme sans faille, le concierge reprit son rôle et s'empressa de dissimuler le dictaphone, qui arriverait après quelques vicissitudes au poste central de la police de Boston, dans un pli anonyme adressé à un inspecteur mort depuis plusieurs années. Un inspecteur du nom de Bennett, dont Drayton avait été autrefois le mentor, l'ouvrirait et découvrirait la bande à sa place, ce qui entraînerait la réouverture immédiate de l'enquête sur la mort non élucidée d'Abigaël Spencer et l'arrestation du docteur Logan Boyle.

– Qu'aimeriez-vous faire aujourd'hui, monsieur ? Souhaitez-vous que nous affrétions le voilier ? Nous devrions avoir très beau temps, même si je crains que les températures ne soient guère clémentes.

– Non, je vous remercie. Pour être honnête, je me sens un peu fatigué. Je crois que je vais simplement aller faire une promenade sur la plage. Ça me fera du bien.

– Une excellente idée, monsieur.

Randall Hamilton sourit, les yeux perdus dans le vague. Un visage lumineux apparut dans son esprit. Celui d'une jeune femme d'une vingtaine d'années, aux cheveux courts et bouclés, qui lui était étrangement familier. Elle souriait elle aussi. Il ignorait son nom, tout comme l'endroit où elle se trouvait, mais cela n'avait guère d'importance. Il était prêt à l'attendre, tout le temps qu'il faudrait.

– Qui sait ? dit-il alors que les traits de l'inconnue commençaient à s'effacer. J'y ferai peut-être une belle rencontre…

# *Postface*

Stephen King a écrit : « Les histoires me viennent n'importe où et n'importe quand – en voiture, sous la douche, pendant une promenade, voire dans la cohue d'une soirée. » Nombre de romanciers partagent cette expérience et vous diront que ce que l'on appelle l'« inspiration » peut difficilement se maîtriser. Si elle semble être souvent la conséquence de hasards, je crois qu'elle est surtout l'expression de préoccupations, voire d'obsessions, que l'on porte depuis longtemps en soi. Sauf à vouloir, comme Andy Marzano, la provoquer en s'appropriant sans scrupule la vie des autres.

L'idée du roman que vous venez de lire m'est venue durant le confinement de 2020, un matin à l'aube, alors que je n'arrivais plus à dormir. Les circonstances particulières d'un enfermement imposé ont fait surgir en moi l'histoire d'un homme prisonnier d'une cage dorée, dont il va devoir s'échapper pour affronter le monde réel. En une heure ou deux, j'avais en tête la structure de l'histoire et les principaux rebondissements. C'est aussi cela, le mystère de la création : les idées peuvent s'imposer à vous d'un seul coup, de manière abrupte, alors que des heures de travail acharné, comme celles que s'inflige Andy, ne mènent parfois à rien. Des projets de longue date cèdent alors le pas à des histoires toutes récentes, qu'il faut vite coucher sur le papier pour ne pas en perdre la fraîcheur ni la spontanéité.

Au-delà de l'histoire que l'on se donne pour but de raconter, l'écriture est aussi une manière de rendre hommage aux auteurs qui nous ont influencés. Dans ce roman, les plus évidents sont Richard Matheson, Stephen King et bien sûr Agatha Christie, que semble si bien connaître l'inspecteur Drayton. Un point qu'il me faut préciser : si le personnage interprété par Jack Nicholson dans *Shining* utilise une Adler de la fin des années 1960, Jack Torrance écrit bien dans le roman sur une Underwood empruntée à la réception de l'Overlook. J'en ai une chez moi mais elle est purement décorative et je ne taperai sans doute jamais de roman dessus. De toute façon, contrairement à Andy, je n'ai jamais réussi à dénicher les rubans encreurs adéquats.

Et puis il y a le théâtre. C'est en piochant dans les classiques de ma bibliothèque durant le confinement que j'ai relu celui de Tchekhov, dans la belle traduction qu'en a donnée Elsa Triolet à la fin des années 1960 dans la « Pléiade ». Cet auteur m'avait beaucoup marqué durant mon adolescence. *Oncle Vania*, et plus particulièrement le personnage de Sonia, m'a donné l'envie de faire d'Abigaël une comédienne. Le thème de la représentation s'est alors peu à peu imposé à tout le roman. Pour parvenir à ses fins, Andy décide de jouer un rôle, qu'il finira par regretter. Abigaël, marquée par un drame familial, trouve dans les personnages qu'elle interprète la force de continuer à vivre. Randall, un homme sans mémoire ni identité, devient lui le protagoniste (au sens originel du terme, celui de rôle principal au théâtre) de la pièce qu'il s'est écrite sur mesure pour donner un sens à son existence.

Privilège du romancier (et bien que, comme je l'ai dit, le confinement soit à l'origine de ce livre), j'ai décidé de gommer du récit toute allusion à la pandémie pour ne pas alourdir inutilement le texte et permettre au lecteur de s'évader durant quelques heures d'une réalité devenue trop pesante. Le mot « personnage » vient du latin *persona* qui signifie « masque » : je trouvais inutile d'en imposer un supplémentaire aux résidents de l'hôtel ou aux habitants de la petite ville côtière.

Enfin, pour ceux qui se poseraient la question, le Grand Hôtel n'existe malheureusement pas, même s'il m'a été inspiré par plusieurs établissements des environs de Chatham à Cape Cod. Je dis « malheureusement », car j'aurais beaucoup aimé occuper la chambre 328, le temps de pouvoir commencer un nouveau roman… avec vue sur l'océan.

RÉALISATION : NORD COMPO À VILLENEUVE-D'ASCQ
ACHEVÉ D'IMPRIMER SUR ROTO-PAGE
PAR L'IMPRIMERIE FLOCH À MAYENNE
DÉPÔT LÉGAL : JUIN 2022. N° 150842 (100458)
*Imprimé en France*